ちくま文庫

氷

アンナ・カヴァン
山田和子 訳

筑摩書房

Japanese language edition published by arrangement
with Peter Owen Ltd., London
via Tuttle-Mori Agency, Inc.

目次

序文　クリストファー・プリースト　5
氷　15
訳者あとがき　259
ちくま文庫版あとがき　264
解説　もう二度と出られなくなる　川上弘美　271

編集＝藤原編集室

序文

クリストファー・プリースト

『氷』はスリップストリーム文学、それも、スリップストリームに分類される中で最も重要な作品のひとつだ。『氷』はアンナ・カヴァンが書いた最後の長編となった（死の前年、一九六七年に刊行。その後、相当の期間がたってから、別々の時期に未発表の長編二作の原稿が見つかり、出版されている）。重い緊迫感に包まれ、読む者にただならぬ感情と驚きを呼び覚まし、そのオブセッシヴな〝侵食〟のイメージは他に類例を見ない。予想を超えた事態や偶然の出来事の連鎖の内で語られるストーリーは、実質的にプロットを欠いており、この点ひとつを取っても通常の小説とは大きくかけ離れている。

〝スリップストリーム〟は、一九八〇年代の終わりにアメリカで提起されたアイデアで、当初の意図は、当時のSF界にあふれ返っていた宇宙旅行や異星人の侵略やタイムトラベルなどのパルプ雑誌的枠組みの内にはおさまらない先鋭的なSF作品に、この考えを適用しようというものだった。スリップストリームに分類されたのは、J・G・バラード、ジョン・スラデック、トマス・M・ディッシュ、そして、フィリップ・K・ディックほか何人かのSF作家の一部の作品だが、同時に、この考え方を援護するために、SFのジャンルの外で、広い意味での〝スリップストリーム〟に適合すると考えられる作家たちも召集された。こうして、アンジェラ・カーター、ポール・オースター、村上春樹、ホルヘ・ルイス・ボルヘス、ウィリアム・S・バロウズといった作家たちが、〝スリップストリーム〟のタームのもとに挙げられるようになった。もちろん、アンナ・カヴァンもそのひとりだった。

この初期のスリップストリームにはひとつ問題があった。それは、アメリカのスリップストリーム唱導者たちが、事実上、小説市場に新しいカテゴリーを作り出そうとしていたことだ。スリップストリームは、それまで売るのが難しかった小説にマーケットを見出す突破口になるかもしれないというわけだったが、書籍販売業界はそう簡単に変化するものではなく、結局、この点ではたいした成果はもたらされなかった。

しかし、ラベルとは関係なく、スリップストリームとしてとらえられる作品が存在するという点は、確かに認知された。スリップストリームの観点は定着し、今もなお、カヴァンのような複合的な魅力を持つ作家にアプローチする有意義な方法でありつづけている。

スリップストリームを理解するには（実のところ、これは本質的に定義不能な概念である）、とりあえず、あらゆるカテゴリーづけの外にある精神のひとつの状態、もしくは特殊なアプローチというふうに考えてみるのがいい。スリップストリームは、読者の内に〝異質性〟の感覚を誘発する。歪《ゆが》んだ鏡に映ったものを見てしまうような、見慣れた光景や事物をいつもとは違う角度から眺めたような感覚。現実は私たちが日頃思っているほど確かなものではないのかもしれない――そんな感覚を、スリップストリームは呼び起こす。こうした感覚を与えるのは文学に限らず、音楽、映画、グラフィックノベル、インスタレーションなどにも、スリップストリームの要素を見出すことができる。スリップストリームは科学ないし科学がもたらしたものを扱うことが多いが、しかし、その扱い方は機械的・精密なものではない。これは、現実世界の多くの人の感覚を反映していると言える。科学に依存する度合いが極度に高まっている今日の社会で、大多数の人は、様々なものがどのように機能しているのかを理解しないままに過ごしているのだ（簡単な例を挙げれば、携帯電話の仕組みを正確に説明できる人はごく少数でしかないが、それにもかかわらず、携帯電話は、私たちの日常生活のあり方を決定的に変化させつつある）。

『氷』は、こうしたスリップストリームの典型例なのだが、この実質的に定義不能なスリップストリームのイメージをより明確にするために、いま少し具体的な例を挙げておこう。

文学の領域では、スリップストリームはフィクションのあらゆるジャンルを超えたところにある。この意味で、SFの一部は間違いなくスリップストリームとしてとらえることができる（が、断じて、すべてのSFがスリップストリームだというわけではない）。魔術的リアリズムと呼ばれるものの多くも同じで、たとえば、ガブリエル・ガルシア＝マルケスの『百年の孤独』はスリップストリームだ。TVドラマでは、デニス・ポッターの『歌う大捜査線』[*1]や、最新の『時空刑事1973ライフ・オン・マーズ』[*2]（交通事故をきっかけにタイムスリップし、一九七三年の世界で犯罪捜査を行なうことになる若い刑事の話）が、一般向けスリップストリーム。映画では、新しいところで、クリストファー・ノーランの『メメント』[*3]、ファン・カルロス・フレスナディージョの『10億分の1の男』[*4]、スパイク・ジョーンズの『マルコヴィッチの穴』[*5]などがスリップストリームに位置づけられる。

これらの作品はいずれも、シフトしていく鏡や歪んだレンズを通して見える日常世界のイメージを次々と提示していく。そこに何らかの説明を与えようとする姿勢はいっさい見られない。たとえば、『マルコヴィッチの穴』は——両手を操るスピードとスキルのおかげで書類整理係の仕事を得た、売れない人形遣いが、ある日、事務所で働いている時に、ファイリングキャビネットの裏の壁に穴を見つける。そこに入ってあれこれ探索しているうちに、その穴が俳優ジョン・マルコヴィッチの脳内に至る入り口であったことが判明する。なぜそうなのかということに関しては疑似科学的な説明すらなされない（これがあったらSFになっているはずだ）。この異様な状況はそのまま観客の前に投げ出され、結局、観客は、ドラマの登場人物たちと同様に、〝これは何なのだろう〟という最初の好奇心以上の疑問を抱くこともなく、すべてを見たままに受け止めていくことになる。

『氷』でもまた、読者は、冒頭から異様な状況に直面する。

悪天候の中、夜遅く車を走らせている人物。彼は（作者が女性であるところから、この語り手も女性かもしれないと思う読者もいるだろうが、すぐに男性であることがわかる）、ガソリンスタンドに立ち寄り、従業員と言葉を交わす。口にされるのは不吉なことばかり。異常な寒さ。道路は凍りついている。目指している村は遠く、たどり着けるかどうかも定かではない。多くのことが曖昧なままに残される。この運転者についても、読者はほとんど何も知らされず、冒頭のこのシーンの舞台がいったいどこの国なのか、時代はいつなのかもわからない。「この時期にこんなに寒かったことなど、ついぞなかったんですがね」——これは、天気についての話にしては不自然に思えるほど漠然とした物言いだ。「この時期に」というフレーズの異様さ・不自然さに、読者は、格別に不確かな思いをつのらせる。二人が話しているのは何月のことなのか。雪が降るのが異常だというのなら、初冬、ないし、冬の終わりの時期なのか。それとも、こんなことが起こるはずがないというのなら、夏なのか。読者には何もわからない。

冒頭のシーンのこの謎めいた感覚は、『氷』全体を貫く基調トーンとなっている。主要な登場人物は三人。語り手（私）と若い女性（少女）、そしてもうひとり、〝長官〟と呼ばれる人物だ。誰にも名前は与えられていない。語り手は、どこかの政府の軍部に所属していて、諜報活動を行なっているようでもある。

急速に氷に覆われていく世界を舞台に繰り広げられる、果てしない〝パ・ド・トロワ（三人の舞踊）〟。語り手は気まぐれに、何のあてもなく動いているとしか思えない。様々な移動手段を提供され、時に本能に、時に指令に従いながら、世界中を移動してまわる。彼が行くところにはどこにでも少女と長官がいる。一瞬、姿を見せたかと思うと、するりと彼の前から逃れ去っていく少女――こんなシーンが繰り返されるが、何度か少女と言葉を交わせることもある。そして、ある時点で、語り手はついに少女とともに車で逃亡を果たす。長官は、時に協力的に、時に敵対的に振る舞う。

こんなふうに描かれていく名のない登場人物たち、そして、カヴァンがこのうえなく真剣に対峙しているように思われる外的な環境の不確実性と感情の不確実性に、読者は何度となく（たとえ短い間であっても）立ち往生してしまう。熟慮されつくしたカヴァンの文章は、時に超常的で、時に力強い。

様々な夢や記憶（それともフラッシュバック？）が、予告もなく、説明もなく、その他の出来事とどんなつながりがあるのかという論拠さえいっさい示されぬままに、強引にメインストーリーに侵入してくる。

どの点から見ても、『氷』が、普通の小説の手法や決まり事が採用されているリアリスティックな作品ではないのは明らかだ。何より、このストーリーには原因と結果というものが完全に欠けており、普通の小説と同じような姿勢でアプローチすれば、何とも荒っぽい構成の、勝手気ままとさえ言っていい小説に思えることだろう。同時に、『氷』は、その設定もまたリアリスティックなものではなく、カヴァンの描く新氷河期は、昨今声高に語られるようになった気候変動＝地球温暖化の懸念という考えにはいっさい目を向けていない（気候変動の概念が一般用語の領域に入ったのは最近のこととはいえ、現象自体は、少なくとも二〇世紀初頭から科学的な観測が続けられてきたプロセスであり、カヴァンも、地球温暖化そのものについては知っていたと考えていい）。また、地球温暖化の対極である地球寒冷化説とも現実的な関連性は見られない。カヴァンがこの作品を書いていた一九六〇年代にいっとき、小氷期説が流行したが、カヴァンが描く氷と雪に閉ざされた世界――そそり立つ凍てついた山々、雪に埋めつくされた渓谷――は、そのスケールひとつを取っても、小氷期とはまったく次元を異にしている。

カヴァンの氷の世界は〝侵食〟のひとつの姿だ。氷は私たちのもとに忍び寄り、包囲し、捕らえる。熱帯に逃げようと、それはつかの間の安堵をもたらすだけのことでしかない。氷は必ずやってくる。

スリップストリームは、科学（とその所産）を無意識の領域に、メタファ、エモーションン、シンボルの領域にシフトさせる。スリップストリームは、現代の科学（および科学がもたらしたもの）に対するひとつのレスポンスであり、科学を理解することではないとしても、科学をめぐる人々の感覚を表現してみせる試みなのだ。しかし、これは〝アレゴリー〟ではない。

たとえば、カヴァンが長年にわたってヘロインを常用していたというよく知られた事実のもとに、『氷』をそのアレゴリーだととらえる向きは少なくない。『氷』の登場人物を飲み込んでいく氷は文学的なデバイスであって、カヴァンが日々静脈に注入していた〝純粋な白い結晶〟のシンボリックな表象なのだというふうに考えたくなる気持ちは理解できる。実際、この感覚は作品にいくぶん反映されているかもしれないし、『氷』を書いていた時のカヴァンの意識にもあったかもしれない。しかし、アレゴリーとして機能させるには、読者が、そのアレゴリーの対象をそれと把握できるだけの厳密さがなくてはならない。『氷』に登場するシンボルはどれも、とらえがたく、神秘的で、蠱惑的だ。『氷』は始まりと同じように終わる。具体的な結末、結論はいっさいない。行動の人である語り手は受動的な少女とようやく一体化するが、彼らの運命は〝解決された〟というにはほど遠い。氷の侵食は続く。

〝アンナ・カヴァン〟は、ヘレン・ファーガソンのペンネームである。ヘレン・ファーガソンは最初の結婚時の実名で、カヴァンは一九二九年から三七年にかけて、ファーガソン名で数作の長編を書き、出版した。その後、第二次大戦中にも著作を続けるが、この時期の作品はほとんどが短編で、その多くが、みずからの不安定な心理状態をテーマとしている。二度目の結婚が破綻し、ひとり息子が戦死した時期には、何度か自殺を試みた。二度にわたり、精神病院に長期入院し、この時の体験を反映した『アサイラム・ピース』（一九四〇）には、カヴァン作品でも最も不穏な緊迫感に満ちた短編が収められている。激しい痛みを伴う脊髄の疾患に冒されたカヴァンは、その痛みをやわらげるためにヘロインを常用しはじめる。

こうした状況にもかかわらず、カヴァンはアクティヴな人生を送った。世界中を旅してまわり、様々な時期に、ニュージーランド、オーストラリア、ビルマ、スイス、フランス、アメリカ合衆国で暮らした。最終的にイギリスに戻ると、その後はロンドンで生涯を過ごし、室内装飾家として知られ、ブルドッグのブリーダー、傑出した画家となり、晩年には、ささやかな不動産開発業（土地・家屋を買い、リフォームして転売する仕事）に携わった。カヴァンは車とカーレースが大好きで、登場人物がハイパワーの車で疾駆するという作品もいくつかある（『氷』でもそうだ）。

カヴァンは、生前はほとんど注目されなかった。批評家たちの注目を集めはじめたのは亡くなってからのことで、とりわけ代表作である『氷』は、その後も長く（一部の）読者に決定的な影響を及ぼしつづけてきた。この超絶的な唯一無二の傑作を、今改めて新しい世代の読者に紹介できるのは、このうえない喜びである。

二〇〇六年

＊1――『歌う大捜査線』*The Singing Detective* 一九八六年、ＢＢＣで制作・放映されたＴＶシリーズ。脚本：デニス・ポッター。二〇〇三年にアメリカで映画化。
＊2――『時空刑事1973ライフ・オン・マーズ』*Life on Mars* 二〇〇六〜二〇〇七年、ＢＢＣ。脚本：マシュー・グラハム、トニー・ジョーダン、アシュリー・ファロアほか。アメリカ、スペインでリメイク版が作られている。
＊3――『メメント』*Memento* 二〇〇〇年、アメリカ。監督・脚本：クリストファー・ノーラン。
＊4――『10億分の1の男』*Intacto* 二〇〇一年、スペイン。監督・脚本：フアン・カルロス・フレスナディージョ。
＊5――『マルコヴィッチの穴』*Being John Malkovich* 一九九九年、アメリカ。監督：スパイク・ジョーンズ。脚本：チャーリー・カウフマン。

氷

1

私は道に迷ってしまった。すでに夕闇が迫り、何時間も車を走らせてきたためにガソリンは実質的に底をついていた。こんな人里離れた山の中で夜になって立往生したらどうなるのか。そう思って愕然とした時、給油所の看板が見え、私は心底ほっとして、ゆっくりと車を寄せていった。従業員に声をかけようとして窓を開けると、外の空気は刺すように冷たく、私は上着の襟《えり》を立てた。従業員がガソリンを入れながら、天気のことを口にした。「この時期にこんなに寒かったことなど、ついぞなかったんですがね。予報によれば、本当に恐ろしい厳寒期が始まるのはこれからってことでしたよ」これまで、海外での任務や遠い異国の地の調査に人生の大半を費し、今も熱帯地方から戻ってきたばかりで、厳寒期と言われてもまるでピンとこなかったのだが、それでも、男の言葉の不吉な響きにはどこか不安をかき立てるものがあった。そのまま出立するのが心配になり、目指している村への道をたずねてみた。「夜だと絶対に見つかりっこないですね。

とんでもなく外《はず》れたところだから。それに、あのあたりの山道はいったん凍ると手に負えなくなってしまう」今の状況で車の旅を続けるのは度しがたい愚か者だとでも言いたげな口ぶりが癇《かん》に障《さわ》った。入り組んだ道筋の説明を途中でさえぎって代金を払うと、男の「くれぐれも用心してくださいよ、あの氷には！」という最後の警告の叫びも無視して、私は車を発進させた。

やがて、あたりは濃い闇に包まれ、ほどなく、私は完全に方向を失ってしまったことを悟った。先刻の話にもっと注意深く耳を傾けておくべきだったと思いながら、同時に、いっさい言葉を交わさなければよかったとも思っていた。理由はわからなかったが、男の言葉に、私は心落ち着かない気持ちにさせられていた。それは、私のこの訪問そのものに対する不吉な予言のようにも思われ、いつか、私は、出かけてきたことを後悔しはじめていた。

それを言うなら、そもそもの最初から、この小旅行に疑問を抱きつづけてはいた。この国に着いたのは昨日。片田舎の友人たちを訪問するのではなく、町での用件に専念するのが当然だったろう。あの少女に会いにいくという抑えがたい思いは自分でも理解できなかった。異国にいる間中、彼女のことが私の意識から離れることはひと時たりとなかったが、かと言って、帰国の理由が彼女だというわけではなかった。私が帰ってきたのは、この地域に何か不可解な切迫した非常事態が起こっているという噂を調査するためだ。だが、この国に着いた途端、彼女は強迫観念となり、私は彼女のことしか考えられなくなった。すぐに会わなければという思いに駆られ、ほかのことはすべてどうでもよくなってしまった。むろん、これが理性とは無縁の感情であることはわかっている。そして、今の不安感も同様に不合理なものだということも。私自身の国で、いかなるものであれ危険なことがこの身に降りかかるはずがない。そんなふうに思いながらも、車を走らせていくうちに、不安はつのっていくばかりだった。

私にとって、現実は常にその実体を測り知ることのできない存在だった。折々に、これは心騒がせる状態を生んだ。この今がまさにそうだ。彼女とその夫のもとを訪れたことは以前にもあり、二人の家の周りに広がる平穏で生気あふれる田園風景は生き生きと思い出すことができる。しかし、誰とも行き会わず、村にはいまだ到達せず、どこにも明り一つ見えない今、その記憶は急速に色褪せ、現実性を失って、確実性のない曖昧なものへと変貌していった。空は黒く、その空を背景に生い繁っている生け垣はなお黒い。時おり、ヘッドライトに浮かび上がる道沿いの家々もまた一様に黒く、誰も住んでいないのは明らかで、程度の差こそあれ、どれも荒れ果てていた。まるで、私の不在中に、この地域全体が見捨てられてしまったかのようだった。

何から何まで荒廃しているとしか言いようのないこの状況下で、はたして本当に彼女を見つけ出すことができるのか、私は疑問を抱きはじめた。どんな災厄が村を消し去り、農地を荒廃させてしまったのかはともかく、この地ではもう長い間、秩序立った生活は営まれていないように見えた。少なくとも私の眼に映る限り、平常の生活を回復しようという試みはまったくなされていない。家の修復も畑地の手入れも行なわれた様子はなく、野山には動物の姿すらない。道路は補修をしなければどうしようもない状態で、放置された生け垣の下の溝には雑草がびっしりと生い繁っている。この地方の全域が遺棄され荒れるにまかされるようになって久しいと思われた。

ひとにぎりの白い小石がフロントガラスを打ち、私は思わず跳び上がった。この北国の冬を経験したのはもう遠い昔のことで、この現象が何なのか、即座にわからなかったのだ。雹《ひょう》はほどなく雪に変わり、視界が閉ざされて、運転はいっそう難しくなった。冷え込みはさらに厳しくなり、やがて私は、この事実とつのっていく不安との間に関係があることに気づいた。給油所の男は、この時期にこんなに寒かったことなどなかったと言っていたが、私にとっても、氷や雪の季節にはまだあまりにも早すぎるという印象だった。不意に不安が恐ろしく鋭利なものになり、私は車をターンさせて町に戻りたくなった。だが、狭い道は方向転換もできず、結局、生きているものの気配もない闇の中を、いつ果てるとも知れず登り降りを繰り返す曲がりくねった道を進みつづけるほかなかった。路面は悪くなる一方で、勾配はさらにきつくなり、すべりやすくなっていった。慣れない寒さに頭痛を覚えながら、凍りついた個所を避けようと眼を凝らしていたが、それでも何度もスリップしてハンドルを取られた。時おり、ヘッドライトが道端の廃屋をかすめ、そのたびに一瞬浮かび上がる光景は、私を驚かせながらも、本当にそれを見たという確信を与えてくれないままに消えていった。

この世のものとは思えない白い花が生け垣の上に咲き競いはじめた。生け垣が途切れたところで、その奥が垣間見えた。ヘッドライトが瞬時、探照灯のように少女の裸体を浮かび上がらせる。雪の純白を背にした、子供のように華奢《きゃしゃ》なアイボリーホワイトの身体、ガラス繊維のようにきらめく髪。少女は私のほうを見ていない。その眼は、ゆっくりと彼女に向けて迫ってくる壁にひたと据えられている。ガラスのように輝く巨大な氷塊の環《わ》。少女はその中心にいる。頭上はるかにそそり立つ氷の断崖から、眼もくらむような閃光が放射され、下方では、早くも少女のもとに達した氷の最外縁がコンクリートのように足と踝《くるぶし》を固定して、彼女を動けなくさせている。私は、その氷が少しずつ少女の脚を這《は》い昇り、膝から腿を覆っていくのを見つめ、少女の口が開かれて白い顔にうがたれた黒い穴となるのを見つめ、かぼそい苦悶の叫びが発せられるのを聞く。哀れみはいっさい感じない。それどころか、苦悶する少女を見ていることで、説明しようのない歓びを感じている。この冷酷さは、私自身、是認できないものだが、それでも、それは厳然としてあった。これは様々な要因が結びついて生まれてきたものだ。だが、だからと言って、それが、酌量の対象になるというわけではない。

かつて、私は少女に夢中になり、結婚しようと思ったことがある。皮肉なことに、当時の私の意図は、冷酷な世界から少女を守ろうというものだった。この世界の冷酷さは、少女の臆病さと脆弱さが誘発しているように思われた。少女はこのうえなく繊細な神経の持ち主で、極度の緊張の中で生き、人間と人生を怖れていた。こんなふうになるまでに少女の人格に深い傷を負わせたのは、彼女を永続的に怯《おび》えた従属者の状態に置いていたサディスティックな母親だった。私は何よりもまず少女の信頼を得なければならなかった。そのために彼女に対して常にやさしく振る舞い、自分の感情は慎重に外に出さないようにしていた。少女はたいそうやせていて、ダンスをする時など、強く抱き締めたら折れてしまうのでないかと心配になったものだ。浮き出た骨は実にもろそうで、特に鋭く突き出した手首の骨は、私にとって格別の魅力を備えていた。さらに眼を奪うのは髪だった。アルビノの銀白色の髪は月光のように、月光に照らされたヴェネチアンガラスのようにきらめいた。私は彼女をガラスの少女のように扱った。現実の存在とは思えないこともしばしばだった。少女は少しずつ私に対する怖れを薄れさせていき、内気ですぐに逃げ出したがるところは消えなかったが、やがて、子供っぽい愛情を示すまでになった。私は自分が信頼できる人間であることを得心させられたと思い、安心しきって待っていた。精神的に成熟していないことで自分の感情を素直に判定できない少女だったが、それでも、私を受け入れる一歩手前まで来ていると思えた。そんな少女の愛情がまったくの見せかけであったとは思えない。しかし、少女は、現在夫となっている男性のために、突然、私を捨てたのだった。

これは過去の物語だ。だが、トラウマとなったこの体験の後遺症は、今もなお悩まされている不眠症と偏頭痛に歴然と現われている。処方してもらった薬は恐ろしい悪夢をもたらし、その夢に、少女はいつも弱々しい肉体を痛めつけられ傷つけられた絶望的な犠牲者として登場した。そうした夢は眠りを妨げるにとどまらず、私自身、それに歓びを感じるようになるという悲惨な副作用を生むに至った。

視界はかなりよくなった。夜は相変わらず暗かったが、雪もすでにやんでいた。険しい山の頂《いただき》に、かつての砦の廃墟が見えた。塔のほかに残っている部分はほとんどなく、灰燼《かいじん》に帰した建物の壁面に窓としてうがたれた穴が、黒く開かれた口のように並んでいた。この場所にはどこか、半ば憶えている何かを歪曲したような、漠然とした既視感があった。この砦は知っているような気がする、以前に見たことがあるのかもしれないとは思ったが、確信はなかった。このあたりに来たのは一度だけ、それも真夏のことで、その時にはあらゆるものがまったく異なった様相を見せていたからだ。

その時の訪問は、少女の夫である男性から招待を受けてのことだった。招待の連絡を受けた時、私は、その招きの裏に何か秘められた別の動機があるのではないかと疑った。彼は画家だった。ただし、本職の画家ではなくディレッタントで、何の仕事をしているとも思えないのに、いつも多額の金を持っているという人種の一人だった。何らかの個人的な収入があるのだろうが、私には、彼には見かけとは別の面があるように思えてならなかった。私を迎えた時の暖かい雰囲気に、私はいささか面食らった。彼はこれ以上はないほどの友好的な態度を示した。それでも、私は警戒心を解かなかった。

少女はほとんど口を開かず、男のかたわらに立って、長いまつげの奥の眼を大きく見開き、横眼で私に短い視線を投げるばかりだった。少女の存在は私に強い影響を及ぼした。ただ、どういう形で影響しているかということは、私自身にもほとんどわからなかった。二人を相手に話をするのは難しかった。家はブナの森の真ん中にあり、四方とも無数の大木が間近に迫っていて梢《こずえ》の間にいるかのような印象を与え、窓の外にはどこも濃い緑の群葉の波がさざめいていた。私は、インドリという名で知られる大型の歌うキツネザルのことを思い起こした。はるかな熱帯の島の森に住む絶滅寸前の動物で、半ば伝説となっているこの動物を目《ま》のあたりにした時、その穏やかな愛情のこもった態度と不思議な音楽のような声に深い感動を覚えたものだった。この生き物たちの話を始めたところ、私はすぐに我を忘れてしまうほどこの話題にのめり込んでしまった。男は興味を持った様子だった。少女は何も言わず、ほどなく昼食の準備のために部屋を出ていった。少女が去ると同時に、会話はずっとスムーズに進むようになった。

真夏のとても暑い時期で、窓のすぐ外でそよぐ樹々の葉が心地よいすずやかな音を立てていた。男の友好的な態度は変わらない。男に対する判断は誤っていたように思え、私は疑惑を抱いたことにばつの悪い思いを感じはじめた。彼は、私が来てくれて喜んでいると言い、少女の話に移った。「あれは恐ろしく内気で神経質でしてね。外の世間から来られた方と会うのは、あれにとって実にいいことです。ここでは考えられないほど孤独な毎日を送っていますから」彼はいったい私のことをどれくらい知っているのか、少女は私について何を話したのかと、いぶかしまずにはいられなかった。男に対して防御的な態度をとりつづけるのはばかげていると思えたものの、それでも、男のなごやかな話しぶりに対する私の応対には、依然としてある種の留保があった。

私は数日間、二人のもとに滞在した。少女は常に私を避けていた。男が一緒にいる時でなければ、彼女の姿を見ることはなかった。晴天の暑い日が続いた。少女は、短くて薄い、肩と腕を出したごくシンプルな服を着ており、ストッキングなしで、子供用のサンダルをはいていた。陽光の中で、少女の髪がまぶしく輝いていた。この時の少女の姿を忘れることは決してできないだろう。少女の顕著な変容はたがえようもなかった。以前とは比べものにならないほど自信が増している。よく笑顔を見せるようになったし、一度、庭で歌を歌っているのが聞こえたほどだ。男が名前を呼ぶと、走ってやってくる。幸せな少女を見るのは、これが初めてだった。ただ、私と話す時に限って、少女は依然としてどこか緊張している様子を見せた。私の滞在予定が終わりに近づきかけたころ、男は私に、彼女と二人だけで話をしたかとたずねた。話していないと答えると、男はこう言った。「帰る前にちょっとだけでも話をしてやってください。あれは過去のことを気に病んでいる。自分があなたを不幸にしたのではないかと悩んでいるのです」要するに、彼は知っていたのだ。少女は男に話すべきことはすべて話したのだろう。実際、話すべきことがそれほどあったはずもない。だが、男自身がどのようなことを聞いたのかについては議論する気もなく、私はあたりさわりのない回避の言葉を口にした。男は如才なく話題を転じたが、ほどなく再びこの話を持ち出した。「私は、あなたに、あれの気持ちを落ち着けてもらえたらと思っているんです。二人だけで話ができる機会を作りましょう」いったいどうやってそんな機会が作れるのかと私は思った。明日がここで過ごす最後の日だったからだ。私は翌日の午後遅くに発つつもりでいた。

翌朝はこれまでで最高の暑さだった。雷の気配があった。朝食の時ですら熱気は耐えがたいほどだった。驚いたことに、二人はピクニックに出かけようと言い出した。この地方の名勝地の一つを見ずに帰るべきではないと言うのだ。素晴らしい眺望が楽しめるという山の名が出された。私もその名は聞いたことがあった。出立のことを口にすると、車ですぐのところだし、荷物をまとめるのに充分な余裕を見て戻ってくるようにするからという返事が返ってきた。二人がすでに出かけることを決めているのがわかって、私も同意した。

遠い昔、この地方が他国の侵略の危機にさらされていた時代にさかのぼるという古い砦の近くで食事をしようということで、ピクニックランチが用意された。森の奥深くで道は終わっていた。車を降り、あとは歩いて登ることになった。着実に激しさを増していく熱気の中で、私は急ぐのを拒否して一人遅れ、やがて木立が終わるのが見えたところで木陰に座り込んでしまった。男が戻ってきて、私の腕を引っ張って立ち上がらせた。「頑張って！　すぐに登るだけの価値があったことがわかりますよ」男の熱意にあと押しされてカンカン照りの急な斜面を登り、ようやく頂上にたどり着いた。確かにそこからの眺めは素晴らしかった。しかし、男はまだ満足せずに、ぜひとも廃墟の上から眺めるべきだと言い張った。彼の様子にはどこか異様なところがあり、熱に浮かされているかのようだった。私は男のあとに続き、埃《ほこり》っぽい暗がりの中を、塔の内壁に刻まれた階段を登っていった。男のがっしりした体が光をさえぎって何も見えず、石段が欠けていた個所で足を踏み外して、危うく首の骨を折るところだった。頂上には胸壁もなく、瓦《が》礫《れき》の山の間に立つ我々と地面の間には垂直の壁が切り立っているばかりだった。男は腕を差し伸べて広大な景観の様々な事物を指し示しながら言った。「この塔はもう何世紀にもわたって道標《みちしるべ》の役割を果たしてきたんです。ここからは、この丘陵地帯の全域を見渡すことができる。あの遠くに見えるのが海。あれが大聖堂の尖塔。向こうの青い線が河口です」

私はもっと近くにあるもののほうに関心を引かれていた。石の山、針金の束、コンクリートブロック、そのほか、来たるべき塔の崩壊の危険を告げる様々な補修用の資材。予想されている危機の状態を知る手がかりを与えてくれるものはないかと、私は縁のほうに歩み寄り、足もとから垂直に落ちている、さえぎるもののない空間を見降ろした。「気をつけて！」男は笑いながら警告を発した。「ここはとてもすべりやすいし、バランスを失うことも考えられる。常々、殺人には最適の場所だと思っているんですよ」男の笑い声に恐ろしく常軌を逸したものが感じられて、私は振り返った。男はなおもしゃべりながら私のほうに近づいてくる。「たとえば、私がほんのちょっとでもあなたを押したとする……こんなふうに」彼の手が届く寸前に私は跳びすさったが、足場を失ってつまずき、よろめきながら、一段低いところにある崩れかけた不安定な張り棚の上に落ちた。男の笑い顔が、灼けつくような空を背に黒くのしかかってくる。「落ちてしまえば事故になる。そうでしょう？　目撃者は誰もいない。何が起こったかを伝えるのは私の言葉だけだ。おや、脚が震えているじゃありませんか。どうやらこの高さが影響しているようですな」再び塔の下にたどり着いた時、私は汗だくで、服は埃まみれになってしまっていた。

少女は一本だけ生えている古いクルミの樹の陰の草の上に食べ物を広げていた。相変わらず、ほとんど口を開かない。この訪問が終わりに近づきつつあることを、私は残念には思っていなかった。私たちの間には恐ろしく張り詰めたものが漲《みなぎ》り、少女が間近にいることで、このうえない不穏な空気が生まれていた。食事をしている間中、私は絶えず少女に、その銀色の髪の輝きに、青白い透きとおるような肌に、鋭く突き出したいかにももろそうな手首の骨に、ひそかな視線を送っていた。少女の夫は先刻の昂揚状態も失せて、今はむしろふさぎ込んでいる状態だった。ほどなく、彼はスケッチブックを持って、どこへともなく歩いていってしまった。私には彼の感情のありようが理解できなかった。遠方に厚い雲が現われていた。大気には湿気が感じられ、遠からず雷雨になることが察せられた。上着がすぐ横の草の上に置いてあった。それを丸めてクッションにすると、樹の幹に押し当て、頭を載せた。少女は、すぐ下手の草深い斜面に全身を伸ばして寝そべり、両手を額《ひたい》の上で組んで、まぶしい陽光から顔を守っている。ひとことも発することなく、とても静かだ。両腕を上げているため、シェーヴした腋《わき》のかすかにざらついた暗がりがあらわになっていて、そこに小さな汗の粒が霜のようにきらめいていた。薄いドレスは子供っぽい体のわずかな曲線をくっきり浮き立たせ、その下に何も着けていないのがはっきりとうかがえた。

少女は私の正面、ほんの少し斜面を下ったところにうずくまっている。その体の白さも雪にはわずかに及ばない。巨大な氷の断崖が四方に迫っている。光は蛍光を帯びている。冷たく平板な影なき氷光。太陽もなく、影もなく、生命もなく、ただ絶対的な寒気《かんき》だけが広がっている。私たちは押し寄せてくる氷の環《わ》の真ん中にいた。少女を助けなければ。私は呼びかけた。「ここまで登っておいで。早く！」少女は私のほうに顔を向けるが、動こうとはしない。平板な光の中で、その髪が曇った銀器のような輝きを放った。私は少女のところまで降りていって言った。「そんなに怖がることはない。約束する。私は必ず君を助け出す。さあ、あの塔の上まで登らなければ」少女は私の言葉が理解できないようだ。たぶん、迫り来る氷の轟音のために、声も聞こえないのだろう。私は少女の体をつかみ、斜面を引きずり上げた。少女の体は重さがないに等しく、実に楽な作業だった。片腕で彼女を抱きかかえて、廃墟の前で立ち止まり、塔を見まわして、これ以上登っても無駄なことを悟った。塔は倒壊する運命にある。何百万トンもの氷のもとでは即座に崩壊して粉々に砕け散ってしまうだろう。寒気に肺が灼けつく。氷はもう間近だ。少女は激しく震えており、両肩はすでに氷と化していた。私は少女を引き寄せて、両腕の中にしっかりと包み込んだ。

時間はもうほとんど残されていない。しかし、少なくとも私たちは同じ最後の時を分かち合うことができる。森はすでに氷に飲み込まれ、最後の樹々の列が引き裂かれつつあるところだ。少女の銀の髪が私の口に触れる。少女は私に身を寄せかける。その瞬間、私は彼女を失った。私の手は二度と彼女を見つけることができなかった。氷の衝撃に引きちぎられた樹の幹が何百メートルも投げ上げられ、空中高く乱舞した。閃光が走り、あらゆるものがいっせいに震えた。半分ほど詰まったスーツケースが蓋を開いたままでベッドの上にあった。部屋の窓はどれも大きく開け放たれて、カーテンが部屋の内側に向けて流れ込むようにひるがえっていた。窓外の樹々も梢を一方向にたわめ、空はすでに真っ暗になっている。雨はまだ降っていないが、雷鳴は依然としてすさまじく、全天に轟《とどろ》きわたっている。そのまま外を見つめていると、再び稲妻が閃《ひらめ》いた。朝に比べると温度はかなり下がっていた。私は急いで上着を着込み、窓を閉じた。

結局のところ、私は正しい道を進んでいたようだ。伸び放題の生け垣が先端を接してトンネルになっているところを過ぎると、道は曲がりくねりながら暗いブナの樹林を抜け、家の正面で終わった。明りはまったく見えなかった。これまでに通り過ぎてきたほかの家々と同様、この家もまた見捨てられ、居住者もいないように思われた。私はクラクションを数回鳴らして待った。時刻は遅く、二人がいるとしても、もうベッドに入っているだろう。だが、とにもかくにも彼女がいるのであれば、会わなければならない。私がここに来た理由もそれがすべてなのだから。しばしの間を置いて男が現われ、私を家の中に招き入れた。前回とは違って、私に会って喜んでいる様子は見られなかった。眠っているところを起こされたのだとすれば、理解できないことではない。男はガウンをまとっているようだった。

家には電気の設備がなかった。男は懐中電灯を手に、先に立って歩いていった。居間の暖炉の火はいくぶん暖かさをもたらしてくれたが、私はコートを着たままでいた。ランプの明りのもとで、私が異国にいた間に男が信じられないほど変わってしまったことがわかり、愕然たる思いを味わった。その顔は陰気で、厳しさと頑固さを増し、以前の愛想のよい表情はすっかり失せている。着ているのはガウンではなく、何か制服のような長い外套で、それが男に見慣れぬ雰囲気を与えていた。遠い昔の疑念が再び湧き上がってきた。ここにいるのは、非常事態がまだ起こりさえしないうちに、それに乗じてひと儲けを企む、そんな類《たぐい》の人間ではあるまいか。男の顔に友好的なものはいっさいうかがえない。私はこんな遅い時刻にやってきたことを詫び、道に迷ってしまったからだと説明した。男は酒を飲んでいるところだった。小さなテーブルに酒壜とグラスが置いてあった。「さて、君の到着に乾杯といくか」その振る舞いにも声にも心のこもったところはいっさいなく、むしろ、声には初めて耳にする冷笑的な響きがあった。男は私のグラスに酒をつぐと、膝に長外套を巻きつけるようにして腰を降ろした。ふくらんだポケットの奥に突き出た拳銃の台尻でもあるのではないかと思ったものの、外套の下にそうしたものはいっさい見えなかった。私たちは座って一緒に飲んだ。私はここまでの道の話をしながら、少女が現われるのを待っていた。少女がいる気配は感じられず、家のどこからも何の物音も聞こえてこない。男は少女のことを口にせず、やがて、その悪意のこもった楽しげな表情から、男が故意に少女を呼ばずにいることがわかった。記憶では魅力的だったはずの部屋は汚れきっていた。天井の漆喰《しっくい》ははがれ落ち、壁には、強風がもたらしたものか、深いひび割れが幾条《いくすじ》も走っている。雨が染み込んだ黒い跡も何カ所かあり、その部分では外側の荒廃もいっそう進んでいるのだろう。苛立ちはやがて抑えきれないまでにつのり、とうとう私は、少女はどうしているかとたずねた。「あいつは死にかけているよ」という言葉に私が思わず声を上げると、男は憎々しげな笑いを浮かべて「我々みんなと同様にな」と付け加えた。私をからかうための男なりの冗談だった。彼が、私と少女を会わせまいと思っているのがわかった。

何としてでも少女に会わなければならない。私は言った。「そろそろ失礼する。これ以上、邪魔をしようとは思わない。ただ、その前に何か食べるものをもらえないだろうか。昼からずっと何も食べていないもので」男は部屋を出て、荒々しく横柄な声で、食べ物を持ってこいと怒鳴った。外の世界の荒廃には伝染性があり、少女と男の関係やこの部屋の状態も含めて、あらゆるものをその毒に感染させているかのようだった。少女がパンとバターとハムの皿を載せた盆を持ってきた。少女の外観もまた変貌しているのではないかと、私は注意深く観察した。以前よりさらに華奢になり、透明感がいっそう増していたが、それ以外には取り立てて変わったところは見られなかった。少女は無言で、最初に会ったころのように、怯え、退行的になっているように思えた。たずねたいことがいっぱいあった。二人だけで話したいと心から思った。だが、そのチャンスはなかった。男は酒を飲みながら、片時たりと私たちから眼を離さなかった。アルコールが男の気分をとげとげしいものにしていて、私がそれ以上飲むのを断ると怒り出した。喧嘩を売ることに決めたようだ。退去すべき潮時だと思ったが、頭がひどく痛み、動くのも大儀だった。私が片手を眼と額に押し当てているのを見て状態を察したのだろう、少女がつと部屋を出ていった。ほどなく手に何かを包み込むようにして戻ってくると、「アスピリンです。頭痛に」とささやいて薬を渡してくれた。男が「そいつに何をこそこそ話しているんだ?」と、暴漢のようにわめいた。私は少女の思いやりに心を動かされて、できるならば感謝する以上のことをしたいと思った。しかし、男の表情はすさまじく、私は無言のまま立ち上がって部屋を出た。

男は見送りにはこなかった。私は壁や家具を伝いながら手探りで闇の中を進み、玄関の扉を開けて、ようやくほのかな雪明りに対面した。外は恐ろしく冷え込んでいた。私は急いで車に乗り込み、ヒーターのスイッチを入れた。ダッシュボードから眼を上げた時、少女が低い声で呼びかけているのに気づいた。聞き取れたのはわずかに「約束」と「忘れない」という二つの言葉だけだった。ヘッドライトをつけると、細い両腕で胸を包むようにして玄関に立っている少女の姿が見えた。その顔には犠牲者の表情があった。それは、言うまでもなく精神的なもので、子供時代に受けた心の傷がもたらしたものだ。私は、少女の眼と口のあたりの、このうえなく繊細できめ細かな白い肌に浮かぶ、ごくごくかすかな傷跡とおぼしきものに、それを捕らえた。それは、私にとって、ある形で狂おしいまでの魅力を発揮するものだった。私がその表情を捕らえたのは、車が動き出す寸前のほんの一瞬のことだった。凍りつく寒さの中で、作動するとはまったく期待せずに機械的にスターターを押しつづけていたのが、不意にエンジンがかかって車が動きはじめた。と同時に、視覚上の幻影としか思えないことながら、家の内部の暗黒が伸びて黒い腕と手になり、すさまじい勢いで突き出されて荒々しく少女をつかんだ。ショックを受けた少女の白い顔は粉々に砕け散り、そのまま転がるように少女の姿は闇の奥に消えた。

少女と夫の関係がこれほどまでに悪化していることには驚かずにいられなかった。彼女が幸せだった時期、私は少女とのかかわりを絶ち、事態の外に身を置いていた。今、私は再び彼女とかかわり合い、結びついたことを感じていた。

2

少女が突然家を出たと夫が知らせてきた。どこに行ったのか誰も知っている者はいないという。彼は少女が国外に出たと考えていたが、それはただの憶測でしかなく、情報はいっさいないということだった。私は動揺し、次々に質問を浴びせかけた。だが、具体的なことは何ひとつわからないままだった。「私にもあなた以上のことはわからないんですよ。あれは忽然と消えてしまったんです。まあ、出ていきたければいつでも出ていく権利はあるわけだ。自由な人間だし、白人だし、二十一なのだから」男はわざとめかしく剽軽《ひょうきん》な口調で話し、私には、彼が本当のことを言っているのかどうか判定することはできなかった。警察では犯罪行為がからんでいるとは考えていなかった。彼女の身に危険なことが起こったとか、彼女がみずからの意志で出ていったのではないとか考える理由はない。彼女はすでに自分の考えを明確に持てるだけの年齢に達している。失踪する人間はあとを絶たず、何百人もの人が家出をして、その後、行方を突きとめられないままでいる。その多くは不幸な結婚をした女性だ。彼女の結婚生活も破綻を来たしていたという。彼女が以前よりも望ましい生活を送り、誰にも邪魔されずに生きていきたいと願っているのは、ほぼ間違いないだろう。これ以上の捜索は無用の軋轢《あつれき》を生み、より大きなトラブルになりかねない。

これは警察にとって都合のよい解釈であり、何らかの行動をとる義務から免れさせてくれる説明だった。だが、私にはとうてい受け入れられるものではなかった。少女はごく幼いころから服従を条件づけられ、システマティックな抑圧によって自立心を破壊させられてしまっている。少女がみずから進んでこのような思いきった一歩を踏み出せるなど、考えられないことだ。何か外部からの圧力があったに違いない。誰か彼女をよく知っている人間と話ができたらと思ったが、彼女には親しい友人などいっさいいないようだった。

少女の夫が町に出てきた。何かいわくありげな所用のようだった。クラブでの昼食に誘い、二時間あまり話し合ったが、結局、何も新しいことはわからなかった。彼は相変わらず事件全体を軽く考える姿勢を崩さず、少女がいなくなったことを喜んでいるとまで言った。「あれの神経症的な振る舞いのおかげで、私までどうにかなりそうだった。挙げ句にできることはすべてやってみたが、あれは精神科医に診てもらうのを拒否した。何の予告もなしに、ひとことも言わずに出ていってしまった。何の説明もせずに。何の予告もなしに」

まるで自分のほうが被害者だと言わんばかりだった。「あれは私のことなどまったく考えずに勝手に出ていったんです。だから、私もあれのことを心配したりするつもりはない。あれはもう戻ってこないでしょう。それだけは絶対に確かです」彼が町にいる間に、私は機会を見つけて彼らの家に行き、少女の部屋をくまなく調べてみた。手がかりになるようなものは何一つ見つからず、ありふれた感傷的ながらくたのコレクションがあるばかりだった。陶器の鳥、壊れた模造真珠の首飾り、古いチョコレートの箱に入ったスナップショットの束。その一枚、少女の顔と輝く髪が湖に見事に映った写真を、私は札入れにしまった。

何としてでも少女を見つけ出さなくてはならない。この事実が残った。帰国した当初、私をまっすぐにこの山中へと駆り立てたのと同じ強迫的な思いが再び湧き上がってきた。この感覚に論理的な根拠があるわけではなく、自分でも説明することはできなかった。言ってみれば、それはどうしても満たされなければならない欲求のようなものだった。

私は仕事をすべて投げ出した。これからは少女を探すことが私の務めだ。ほかには何も重要なことはない。有力な情報を提供してくれる可能性のある何人かに接近することができそうだった。美容師。列車や船の予約記録を管理している事務員。周辺的なことにかかわっている人たちだ。私はそうした人たちが出入りする場所に出向き、スロットマシンで時間をつぶしながら、話しかける機会をうかがった。金がものを言った。そして、直観力も。手がかりはどれも、それなりにあとを追っていけるだけの内容を持っていた。迫りつつある非常事態が、一刻も早く彼女を見つけ出さねばという思いをさらに切迫したものにした。ひと時たりと少女を思念の外に追いやることができなかった。彼女をめぐって思い出されるのは、実際に眼にしたものばかりではない。最初の訪問の際、私は居間で、私のお気に入りの話題、インドリの話をしていた。男はじっと耳を傾け、少女は花瓶の前を行きつ戻りつしながら花を活けていた。私は衝動的に、あなたたち夫婦はインドリに似ている、と言った。友好的でチャーミングで、森の奥のこんな場所でとても幸せな生活を送っている、と。男は声を上げて笑った。少女はショックを受けたような表情を浮かべると、銀色の髪を背後になびかせ、白い素足をひらめかせて、フレンチドアから外に駆け出していった。影深い秘められた庭園。静寂に包まれ隔絶されたその場所は、夏の熱気から逃れることのできる涼しく心地よい安息所だった。その庭園が不意に想像を絶する恐ろしい寒気《かんき》に包まれた。四方を囲む樹々の葉の巨塊が牢獄の壁と化し、通り抜けることのできない環状の緑の氷の壁となって、少女に迫っていった。その壁が完全に視界を閉ざしてしまう寸前、私は少女の眼の怯えきったきらめきを捕らえた。

冬のある日、少女はアトリエで、夫のために裸でポーズをとっていた。両腕が優美な形で高く掲げられている。どれほどの時間、そのポーズをとっていたにせよ、過度の緊張を強いられているのは間違いない。どうしてこれほどまでにじっとしていられるのだろう。やがて私は、彼女の手首と足首にひもがくくりつけられているのに気づいた。部屋は冷えきっている。窓枠は厚い霜に覆われ、外の窓敷居には雪が積もっていた。男は軍用の長外套を着ていた。少女は震えており、「少し休ませてもらえる?」とたずねた時の声もまた震えていた。男は顔をしかめ、時計に眼をやってからパレットを置いた。「よし、しばらく休むことにしよう。服を着てもいいぞ」男は少女の縛《いまし》めを解いた。ひもが白い皮膚に深く赤い醜い輪の跡を残していた。寒さに動作はのろのろとぎこちなく、少女はおぼつかない手つきでボタンとサスペンダーをいじりつづけた。これに苛立った男は、不快な表情を浮かべて、ついと顔をそむけた。少女はびくびくした様子で何度も男に短い視線を投げた。唇は小さく震えつづけ、手の震えもいっこうに収まる気配がなかった。

また別の時、二人は寒い部屋にいた。いつものように男は長外套を着ていた。凍りつきそうなほど冷え込みの厳しい夜。男は手に本を持ち、少女は何もしていない。いかにも寒そうな惨めな様子で、赤と青の格子模様の裏地がついた灰色のローデン地の外套にくるまっている。部屋は静まり返り、極度の緊張が漲《みなぎ》っていた。二人ともう長い間言葉を発していないことがはっきりと感じ取れた。窓の外で、硬い霜に覆われた小枝が手を叩き合わせるような音を立てて折れた。男は立ち上がり、レコードをかけようとした。

少女は即座に抗議を始めた。「やめて！　そのおぞましい歌だけはやめて、お願いだから！」男は無視し、やりかけたことを続行した。ターンテーブルが回転しはじめた。それは、私がテープから起こして二人に贈ったインドリの歌のレコードだった。私にとって、この超常的な密林の音楽は美しく神秘的で魔力を秘めたものだったが、少女には拷問にも等しいものらしかった。両手で耳をふさぎ、高音に眉をしかめる少女の表情が次第次第に混乱の色を深めていった。レコードが終わって、ひと時の間《ま》も置かず、男が再びそれをかけはじめると、少女は殴りつけられでもしたかのように「やめて！　もう一度初めから聞かされるなんて絶対にいや！」と叫び、体ごと再生装置に跳びかかってレコードを止めた。唐突に止められたインドリの歌が不気味な泣き声となって消えていった。男は怒りをあらわにして少女に向き直った。「いったい何をやってるつもりなんだ？　本当に気がふれてしまったんじゃないだろうな？」「私がそのおぞましいレコードに我慢ならないことはわかっているくせに」少女はほとんど我を忘れているふうだ。「私がそれを嫌いでたまらないから、だから、それだけの理由であなたはそのレコードをかけるのよ……」涙が抑えようもなくあふれ出し、少女は荒っぽく手で拭った。

男は少女をにらみつけて言った。「おまえが口をきく気にならないというだけで、なぜ俺までが何時間も黙ったままで座っていなきゃならないんだ？」その声には極度の憤懣が表われていた。「とにかく、最近のおまえはどうかしている。どうして普通の人間らしく振る舞えないんだ?」少女は答えず、両手に顔を埋めた。指の間から涙がこぼれ落ちた。男はうんざりしたという表情で少女を見た。「おまえと二人だけでここにいるのは独房に監禁されているも同然だ。言っておくが、これ以上我慢しているつもりはない。もうたくさんだ。おまえの振る舞いには胸がむかつくほどうんざりさせられる。もうちょっとまともになれ。さもないと——」男は脅迫するような険悪な表情を見せ、うしろ手にドアをたたきつけて部屋を出ていった。静寂の中に取り残された少女は、涙で頬を濡らしたまま、迷子のように立ちつくした。次いで、当てもなく室内を歩きはじめ、やがて窓の前で足を止めてカーテンを引き開けた。その口から驚嘆の叫びが発せられた。

少女の前に広がっているのは暗闇ではなく、天空を染めつくす果てしない焔の波、途方もない氷河の夢幻的な情景だった。頭上では、虹色の冷たい焔が脈動し、それを貫いて、四囲にそそり立つ堅固な氷の峰々から放射される何本もの純粋な白熱光のシャフトが閃き走っている。それよりも近く、家を囲む氷の鞘《さや》にくるまれた樹々は、めまぐるしく変容する上空の鮮烈な火の滝を映し、超自然的なきらめくプリズムの宝石を滴《したた》らせている。見慣れた夜空の代わりに、オーロラが形作る、燃え立ち揺れ動く強烈な寒気と色彩の天蓋。そのもとで、大地はそこに住む者ともども、眼のくらむ輝きを放つ、通り抜けることのできない氷の断崖に捕らえられている。世界は逃亡の不可能な酷寒の牢獄と化し、あらゆる生き物は、この樹々同様、まばゆい死の光輝を放つ壁の内側で、すでに生命なき存在となっている。

少女は絶望的に四方を見まわした。どこも完全に巨大な氷の壁に閉ざされている。眼をくらませる光の爆発に氷は流体となり、壁全体がとどまることのない液体の動きを見せて刻々変容しつつ前進し、海洋ほどにも巨大な雪崩《なだれ》を引き起こしながら進んでいく氷の奔流が、破滅を運命づけられた世界の隅々にまであふれ広がっていく。どこを見ても、少女の眼に映るのは同じ恐るべき氷の環状世界。そそり立つ氷の壁また壁。のしかかってくる猛々しい巨像のような極寒の氷の波が、今まさに少女の頭上で砕けようとしている。氷から放射される死の寒気に凍りつき、氷の結晶の強烈な輝きに視力を奪われて、少女は自身もまたこの極地のヴィジョンの一部になったように感じる。自分という構造が氷と雪の構造と一体化したように感じる。みずからの運命として、少女はこの輝き揺らめく死の氷の世界を受け入れ、氷河の勝利と世界の死に自身を委ねる。

一刻も早く少女を見つけ出さなければならない。状況は悪化の一途をたどり、緊張は高まり、危急の時は間近に迫っていた。どこかの国が秘密裡に武力侵攻を行なったという噂が流れていたが、実際に何が起こったのかを知る者はいなかった。政府は事実を公にしようとはしなかった。私は、放射能汚染のレベルが急激に上昇しており、核兵器が使用されたことを示しているという機密情報を受け取った。その兵器は未知のタイプのもので、それがもたらす結果を正確に予測することはできないという。ただ、これによって極地の変容が起こり、太陽光線の屈折率が変わって、大々的な気候変動が生じることは充分に考えられる。南極の氷冠が溶けて南太平洋と大西洋に流れ出せば、巨大な氷塊が作り出され、その氷塊に反射された太陽光線は成層圏に放散されて、結果、地球全体の温度が下がってしまうことになるだろう。町では何もかもが混乱していた。旅行はまだ制限されていなかったが、外国からのニュースは検閲を受けていた。次々と発せられる互いに矛盾した条令のおかげで混乱はつのる一方だった。気まぐれに統制令が敷かれては、また解除された。この国の現状を明確に把握するには、世界で起こっている様々な出来事の全体像を知ることが不可欠だが、これは、外国からのニュースの報道を全面禁止するという政治家たちの決定によって阻まれていた。政治家連中は思考力を失っているというのが私の判定だった。彼らは迫りつつある危機にどう対処してよいかわからず、とりあえず何らかのプランが進展するまでは、一般市民には危機の正確な実態を知られないようにしておきたいと思っているだけなのだ。

この国の人たちも、燃料不足や電力の削減、輸送システムの瓦解、急速に闇市場に移ってしまった日常物資の調達といった身近な問題への対処に忙殺されていなければ、間違いなく、ほかの国々で起こっていることにもっと深刻な不安を抱き、より大きな努力を払って実態を把握することに努めていただろう。

異常な寒さが去る気配はまったくなかった。私の部屋はそれなりの暖かさを保っていたが、ホテルでさえ暖房は最低限に抑えられていた。外に出ると、あらゆるサービスが予想のつかない制限下にあって、私の探索は妨害されるばかりだった。河はもう何週間にもわたって凍結し、ドックの全面的な閉鎖が深刻な問題となっていた。日常生活に不可欠の物資のストックは底をつき、政府の高官たちがいかに非常手段に訴えることを望んでいないとしても、物資の供給、とりわけ燃料と食糧の供給がこれ以上遅れることは許されない状況だった。

外国に行けるだけの余裕がある者は誰もが、もう少し条件のいい場所を求めて出国しようとした。海路、空路とも輸送量には限界があり、どの船舶にも飛行機にも出立を待つ人たちの長大な予約リストができていた。少女がすでに出国したという証拠はいっさいなかった。全体的な状況を考えると、まだ出国していないのはほぼ間違いなく、そして、一連の推測の果てに、彼女が、ある船に乗船する可能性が浮上した。

その船が出る港は遠く離れたところにあり、そこに行くだけでも込み入った長い経路をたどる移動を余儀なくされた。夜も休まず移動を続けたのち、予定よりも大幅に遅れてその港に到着したのは、出航時刻のわずか一時間前のことだった。客はすでに乗船し、デッキはどこも客と彼らを見送りにきた友人たちでごったがえしていた。まず船長と話す必要があった。船長は恐ろしく口数の多い人間だった。私がじりじりとしながら待っている間、船長は、当局が定員超過を認めたことに果てしない文句の長広舌《ちょうこうぜつ》を繰り広げた。定員超過が船にとっていかに危険であるか、船長自身、さらには船会社と乗客と保険会社にとっていかに不当であるか。そんなことは私にはどうでもいいことだった。好きに探していいという許可を得ると同時に、私は船内の探索にかかった。しかし、目指す人物の形跡はまったく見つからなかった。

私はあきらめてデッキに戻った。疲労と落胆のあまり、デッキに群れ集っている人込みをかき分けて進むこともできず、手すり際に立ちつくしていた。不意に、何もかも投げ出してしまいたいという自棄的な衝動に襲われた。考えてみれば、少女がこの船に乗っているという確実な証拠はないのだ。漠然とした推測だけに頼って探索を続けるのは、意味がないばかりか、正気の沙汰ではないようにも思えてくる。ことに、探しつづけている対象に対する私自身の気持ちのありようは何ともつかみようがない。少女に感じている絶対的な希求の思いも、私自身の失われた自己の一部という面から考えれば、愛というより、説明のつかない常軌を逸した感情のような気がしてくる。これは私の性格上の欠陥の現われではないのか。その支配に自己を委ねるのではなく、意識的に消し去るべく努めるのが必要なのではないのか。

一羽の大きなセグロカモメが、故意に私の関心を引こうとでもいうかのように、翼の先端で私の頰をかすめるほどに近くを飛んでいった。私の眼は、そのあとを追って、上方のボートデッキに向けられた。そこに少女がいた。つい今しがたまで誰もいなかったその場所に少女が立って、私とは別のほうを眺めていた。その瞬間、それまで考えていたことはすべて昂揚した感情の波に洗い流され、以前からの強い渇望感が激しく湧き上がってきた。彼女であることは間違いない。世界中のどこにも、あのようにまばゆく輝く髪を持った少女は、厚い灰色の外套をまとっていてさえそのはかなさが見極められるほどに華奢な少女は、ほかにはいない。彼女のところに行かなくては。私の頭に浮かんだのはそれだけだった。カモメの軽やかな飛翔に羨望を感じつつ、私は、少女と私を隔てる途方もない数の人間たちの間に飛び込み、無理やりに人波をかき分けて進んでいった。時間はほとんどない。船はもうまもなく出航するはずだ。見送り人たちは次々と下船しており、私はその強力な流れに逆らって登っていかなければならなかった。頭には時間までにボートデッキに到達することだけしかなかった。焦るあまり、私は何人かを突きとばしてしまったようだった。怒声が上がり、拳《こぶし》が振り上げられた。行く手に立ちふさがった男たちに、急いでいることを説明しようとしたが、彼らは耳を貸さなかった。タフな風貌の三人の若い男は腕を組み、眉をつり上げ、喧嘩腰で進路を阻んでいる。彼らを怒らせるつもりなどなかった。そもそも、自分が何をしているかもわかっていなかった。私は彼女のことしか考えていなかった。その時、ラウドスピーカーの声が響いた。「見送り人は即刻下船してください！　乗降板は二分後に外されます」サイレンが耳を聾《ろう》せんばかりに轟きわたった。人波がいっせいに動き出した。乗降板に向けて殺到する人波に逆らって踏みとどまるのは不可能だった。人間の奔流に巻き込まれた私は、そのまま船から埠頭へと引きずり降ろされてしまった。

岸壁に立ちつくしてまもなく、私は頭上高くのボートデッキにいる少女を確認した。その懸隔は決定的だった。船はすでに離岸して速度を上げつつあり、私と船を隔てるギャップはもはや跳び移れるようなものではなかった。何とか彼女の注意を引こうと、私は声を限りに叫び、両腕を振りまわした。無益な行為だった。周囲では無数の腕の波が海となり、おびただしい声が意味のない合唱を繰り広げていた。見つめていると、少女は、たった今合流したらしい誰かのほうに顔を向けて話しかけた。それと同時に外套のフードを引き上げたので、髪が隠れてしまった。すっと疑念が湧き上がった。そのまま少女を見つめているうちに、疑念はさらに大きくなっていった。どうやら彼女ではなかったようだ。あの少女にしては物腰が落ち着きすぎているように見える。しかし、これはあくまで印象にすぎず、確信を持てたというわけではなかった。

船は港の出口に舳先《へさき》を向けるべく、大きな弧を描いて向きを変えはじめていた。後方に大鎌で刈り取られた畑の刈り跡のようななめらかな航跡が残された。私はなおも船を見つめていたが、乗客たちは寒さにデッキを離れて船室に入ってしまい、私の存在に気づいてもらえる見込みはもうまったくなかった。私は、少女の姿を認める直前に考えていたことをぼんやりと思い起こしたが、それは夢の出来事を思い出すようなものでしかなかった。私は今一度、強い探索の欲求に満たされ、決定的に重要な私自身の失われた自己の一部を見つけ出すという強迫的な思いに完全に捕らえられていた。ほかのことはいっさい取るに足らないこととしか思えなかった。

周囲を埋めつくしていた人たちは、寒さに足を踏み鳴らしながら立ち去りはじめていた。その大集団の移動も気にせず、私は、岸壁から離れずに、海の彼方に消えていく船影を見つめつづけた。自分の愚かさが腹立たしくてならなかった。船上の少女が本当にあの少女だったのか確認せぬままに、出航する船を呆然と見送る結果となり、これでもう二度と、彼女が当人であったのかそうでなかったのかを確かめるすべはなくなった。それに、もし当人であったとしても、もう一度見つけ出すにはいったいどうすればいいというのか。もの悲しい汽笛の音が海上を渡ってきた。船は港の庇護を離れて外海に踏み出し、早くも沖合いの大波に遭遇して、水平線に逆巻く灰色の巨大な波の陰に何度もその姿を隠していた。それはばかばかしいほどに小さく、玩具の船のようにしか見えなかった。そして船影は消えた。私の眼は二度と船の姿を捕らえることができなかった。船は永遠に失われてしまったのだ。

その時初めて、私は、人々がすべて立ち去って、私一人だけがその場に残されていることに気づいた。警官が二人、並んで行進するように歩み寄ってきて、横の掲示板を指差した。そこには『海岸を歩きまわることを厳禁する：軍事省』とあった。「なぜこんなところをうろついている？　これが読めないのか？」当然ながら、掲示板に気づかなかったという私の言葉を二人は信じなかった。ヘルメットをかぶった途方もなく背の高い二人の警官は、私の両脇に、それぞれの拳銃が体に突き立って感じられるほどにぴったりと寄り添って立ち、身分証明書の提示を求めた。書類は完備していた。私に不利になるようなものは何もなかった。それにもかかわらず、私の行動に疑念を抱いていた二人は私の名前と住所を書きとめると言って譲らなかった。またしても愚かな行為。今回は私自身が関心を引いてしまうという愚行だ。名前が公の記録に残ったことで、私はあらゆる土地の警察に知られ、私の行動は監視下に置かれることになってしまう。これは今後の探索にとって大きな障害になるだろう。

二人にせき立てられるように港のゲートを通り抜けていく途中、私はふと何かを感じて眼を上げた。壁の上に何羽もの大きなセグロカモメが一列に並んでとまっていた。一様に風に顔を向け、微動だにせず海の彼方を見つめているさまは、まるで、何かのメッセージとしてそこに並べられた剝製のように思えた。その瞬間、私は、ビザが一つでも無効になったり取り消されたりしないうちに直ちにこの国を出ようと決意した。探索を始める起点として特に可能性の大きい場所があるわけではなく、その点ではどこも同じようなものだと言える。しかし、警察の監視下にある間にこの地で行動を開始すれば、失敗を招く可能性のほうがはるかに大きいと言わざるをえない。

警察の報告書が行きわたらないうちに、できるだけ早く出立しなければならない。通常のルートに頼っていては難しいことだったが、私は様々な手段を弄し、何とか、わずかな乗客を載せて北に向かう貨物船に乗り込み、最終目的地までの予約をとることができた。かなりの心付けをはずんだおかげで、パーサーは進んで自分の船室をあけわたしてくれた。翌日、最初の寄港地に到着した時、私は接岸を見ようとデッキに出た。下方のデッキには、下船を待つ大勢の乗客がひしめき合っていた。それを見て、過日否応なしに聞かされるはめになった定員超過への不満の言葉を思い出した。この船の規定乗客数は十二名となっていたはずだが、それ以上、いったいどれくらいの人間が乗っているものか、見当もつかなかった。

寒さはこのうえなく厳しかった。流氷から剝離した無数の氷のかけらが緑の水の上を漂っていた。何もかもが霧に包まれ、ぼんやりとした姿で揺らめいている。浮き桟橋はすぐそこにあるのに、埠頭の端の建物は実体のない不定形の塊にしか見えなかった。フードつきの重たげな灰色の外套を着た一人の若い女性が、ほかの乗客から少し離れて手すりにもたれていた。時おり外套の折り返しが風にあおられて、格子模様のキルティングの裏地があらわになった。その外套が私の注意を引いた。もちろん、寒気《かんき》が到来して以来、女性の間ではこうした外套が制服とも呼べるものになっており、どこでも見受けられることは十二分に承知していた。

霧が晴れはじめた。まもなく陽が射してくるだろう。多くの入り海と荒々しい岩礁を従え、背後に雪をいただいた峰々をそびえ立たせた、入り組んだ海岸線が姿を現わした。海には無数の小島が点在し、そのいくつかが漂うように浮上して雲となり、その一方で、雲と霧の隊列が静かに下降していって海中に錨を投じた。下方には雪に覆われた白い風景が広がり、上空では霧にかすむ白い光が天蓋を形作っている。東洋の水墨画のおもむきを見せるその世界に、堅固な実体を感じさせるものは何もなかった。町は、次々と崩壊し無秩序な石の堆積と化した廃墟で構成されているようだった。波が壊し、さらっていく砂の城の町。かつてこの町を守っていた巨大な防壁は至るところで崩れ、両端は無益に海中に没していた。遠い昔、この町は戦略的に重要な位置を占めていた。その要塞ももう何世紀も前に廃墟と化して久しい。ただ、今でもなおいくばくかの歴史的な関心が寄せられてはいる。

不意に静寂が降りた。エンジンが停止していた。船は惰性で前進している。舷側に当たる波のかすかなざわめきと海鳥《うみどり》たちのもの悲しい鳴き声が聞こえる。わびしい北の音色。それ以外は何も聞こえない。陸からは、車が行き交う音も鐘の音も人の声も聞こえてこない。陰鬱な峰々のもと、廃墟の町は完璧な静寂に包まれて待機していた。私は太古の細長い船の群団を思い浮かべた。手押し車に積まれた膨大な戦利品の数々、翼のついた兜《かぶと》、角《つの》製の酒杯、金と銀の重い壮麗な装飾品、化石化した骨の山。そこは、過去の場所、死者たちの地に思えた。

ブリッジから声が上がった。埠頭に、陰鬱な顔つきをした一団の男たちが地面から湧き出るように現われた。武器を携え、制服をまとっていた。パッド入りの黒い軍用上衣、腰の部分をぴっちりと締め上げたベルト、長いブーツ、毛皮の帽子。彼らが歩いてくると、ベルトに差したナイフが光を受けてきらめいた。彼らには、威嚇的とさえ言っていい、どこか異様な雰囲気が感じられた。誰かが、長官の部下たちだというのが聞こえたが、私には何のことかわからなかった。その長官のことは一度も聞いたことがなく、この男たちの存在は私を驚かせた。私設軍は法で禁じられているはずだからだ。ロープが投じられ、それを受け取った男たちが埠頭にしっかりと固定した。乗降板が勢いよく降ろされた。乗客の間にかすかな動きが起こった。彼らは荷物を持ち上げ、パスポートと書類を取り出すと、すでに設置してあったゲートに向けて、ゆっくりと行進を開始した。

だが、灰色の外套を着た少女は上陸者の列に加わろうとせず、元の位置から動く気配も見せなかった。前進していく乗客の列と、一人残された少女に、好奇心がつのっていった。彼女から眼を離すことができなくなり、そのまま注視しつづけた。何より印象的だったのは、少女がまったく動かなかったことだ。このような、抵抗と服従とを同時に示す受動的な態度が、若い女性に一般的なものだとは思えない。たとえ手すりに縛りつけられているとしても、これほどまで微動だにせずにいられることは不可能だろう。そして、私は、あのゆったりとした外套の奥にならば、縛めを隠しておくのも簡単だと思った。

明るく輝くほとんど白に近いブロンドの髪がひと房、フードからこぼれ出し、風に吹かれてたなびいた。私は不意に強い興奮に襲われた。だが、同時に、こうした極端に淡い色の髪を持つ者は北方には少なくないと自分に言い聞かせてもいた。いずれにせよ、私の気持ちは抵抗しがたいまでに高まり、何としてでも少女の顔を見たいと思った。そのまま何事もなければ、いずれ少女は私のほうに視線を向けていたはずだった。

前進する乗客の流れが止まった。制服姿の男たちが乗船してきて、長官のために道をあけるよう要求し、有無を言わさぬ口調で命令を繰り返しながら乗客の間を突き進んでいった。そのあとにできた空間を歩んできたのは、黄色い髪の整った容姿の男だった。鷹のように鋭い北方人特有の雰囲気を漂わせた長身の頑強な人物で、その背の高さは周囲の人々を圧倒していた。ほかの人たちの感情などいっさい無視した傲慢な態度に、私は不快な印象を抱いた。そんな私の批判を感知したかのように、男は瞬時、私のほうに短い視線を投げた。その眼は信じがたいほどに青く輝く蒼氷のかけらだった。男は灰色の外套の少女のほうに向かっていった。ただ一人、男を見ていない人物だ。ほかの人たちはずっと男を注視している。「なぜそんなところに立っている？　眠っているのか？」男がそう声をかけると、少女は心底驚いたように振り返った。「急げ！　車が待っている」男は少女に歩み寄り、少女の腕に手を置いた。笑みを浮かべてはいたが、男の声と振る舞いには威嚇の色調があった。少女はためらい、男と行くことを望んでいないように見えた。男は少女の腕に自分の腕をまわした。友好的な様子を装いながら、実際には少女の意志を無視し、そのまま少女を引きずるようにして、一団となって状況を見つめている乗客の間を歩いていった。少女は依然として顔を上げず、その表情をうかがうことはできなかったが、彼女の細い手首をつかんでいる男の鋼鉄のような手の触感を想像することはできた。二人はほかの全員に先立って下船し、直ちに黒い大型車に乗って走り去った。

私は石になったように立ちつくしていた。不意に心が決まった。一か八《ばち》か、あとを追ってみる価値はありそうだ。少女の顔は見ていないが、いずれにしても、ほかに手がかりと言えるものはまったくないのだから。

船室に駆け降りてパーサーを呼びにやり、パーサーがやってくると、予定を変えたことを告げた。「ここで降りることにする」パーサーは、頭がおかしくなったのかと言いたげな様子で私を見た。「ご随意に」と、無関心を装って肩をすくめたものの、最初に見せた笑いを隠しおおすことはできなかった。私からの金はすでに受け取っている。これで、旅を続ける乗客の誰かから、また新たな金を得ることができるというわけだ。

私は大急ぎで、スーツケースから出してあった身の周りの品を改めてスーツケースに投げ込んだ。

3

スーツケースを手に、私は町に入った。静寂が一段と深まった。動くものは何もない。荒廃の度は船から見た時よりもはるかに大きく、無傷の建物は一つとしてなかった。かつて家屋が建ち並んでいた空間には瓦礫の山が堆積していた。そこここで壁が崩れ落ち、階段が中空で途切れ、アーチの前には深い弾孔がうがたれていた。この全面的な破壊の跡を修復しようとする試みはほとんどなされていなかった。わずかにメインストリートの瓦礫が取り除かれているだけで、そのほかの場所は原形をとどめぬままに放置されていた。残骸の間に、獣道《けものみち》のような、しかし、間違いなく人の手によって作られた細い通路が続いていた。誰か道を教えてくれる者はいないかと、私はむなしくあたりを見まわした。町の全域が見捨てられてしまっているようだった。やがて列車の汽笛が聞こえ、私を駅へと導いた。駅舎は廃墟の残骸から集めてきた資材で作られた急ごしらえの小さな建物で、遺棄された映画のセットを思わせた。この駅ですら、たった今、列車が出たばかりのはずなのに、人の気配はなかった。ここが実際に使われていると考えるのは難しかった。現実に機能しているものが、はたしてあるのだろうか。周囲の世界と私自身の内にある現実の不確実性が一体化した。私の眼に映るものはいっさい実体を持っておらず、すべてが霧とナイロンでできていて、その背後には何も存在していないようだった。

プラットフォームに出てみた。廃墟の一部をダイナマイトで爆破して線路を敷いたのだろう、一本の線路が狭い空閑地を経てモミの森の奥に消えているのが見えた。町と外の世界を結びつけるこのはかない絆《きずな》は何の安心感も与えてくれなかった。森に入ってすぐ、最初の木立を過ぎたところで終わってしまっているのではないかという気がしてならなかった。森の背後には山が迫っている。私は大声を上げた。「誰かいないか?」どこからか一人の男が現われて、脅すような仕草を見せた。「不法侵入だぞ。出ていけ!」私は、船から降りたばかりで宿を探しているのだと言った。男は敵意と疑惑に満ちた荒々しいまなざしでにらみつけ、何も言わなかった。私はメインストリートへの道をたずねた。男は陰気な声で二言三言《ふたことみこと》つぶやいたが、私には何を言っているのかまったく理解できなかった。その間《かん》も男はずっと、まるで私が火星から降ってきたとでも言わんばかりの視線を向けつづけた。

スーツケースを引きずりながら歩いていくと、やがて、かなりの人が行きかっている広場に出た。男たちが着ている黒い上衣は先刻の制服のヴァリエーションで、大半がナイフか拳銃を携えていた。女たちもまた黒い衣服をまとっており、陰鬱な雰囲気を醸《かも》し出していた。一様に無表情で、笑いなどどこにもなかった。この広場で、私は初めて、実際に使われている様子のある建物に出会った。窓にガラスが入っている建物さえあった。露店や小さな店。廃墟を利用して簡単な補修を施した木造の掘っ建て小屋や差しかけ小屋。広場の隅には営業中のカフェがあり、さらに、あちこちが破れた一年前の上映プログラムを貼ってある閉ざされた映画館まであった。ほかはすべて死んだ過去の遺跡でしかないこの町で、明らかにここは生きている心臓と言うべき場所だった。

私は、カフェの主人に、部屋の相談をする前に望ましい関係を作っておければと思って、一緒に飲まないかと声をかけた。この町の人たちはみな、よそ者に対して疑い深く、敵対的な感情を持っているように思えた。主人は誘いを受け、私たちはスモモで作った地酒のブランデーを飲んだ。灼けつくような強い酒で、寒い季節には格好の飲物だった。主人はがっしりした体軀の大男で、少なくとも田舎者ではなかった。最初のうちこそなかなか言葉を引き出すことができなかったが、二杯目を重ねるころには気分もやわらいできたらしく、私に、どうしてこんなところにやってきたのかとたずねるに至った。

「わざわざこんな町にやってくる者などおらん。ここには、よその国の人間の気を引くものなど何一つありはしないからな。あるのは廃墟だけだ」私は「この町の廃墟は有名です。私が来たのもそのためなんです。学会のための調査をしようと思いましてね」と、用意していた言葉で応じた。「よその国の人たちが関心を持っているというのかね？」「もちろんです。この町は、歴史上重要な意味を持っている場所ですから」予想どおり主人は喜んだ。「そのとおりだ。わしらには輝かしい戦いの歴史がある」「加えて発見という業績もあります。ご存じですか？　あなた方の先祖が長船で大西洋を横断して新大陸に到達した最初の人間となったことを示す地図が、最近見つかったんです」「あんたは、その証拠をここの廃墟で見つけようと思っているのかね？」これはまったく考えていなかったことだったが、私は即座に同意した。「もちろん許可が必要なことはわかっています。何事も正しい手順を踏んでしなければなりません。ただ困ったことに、誰と交渉すればいいのかわからないんです」主人はためらうことなく言った。「長官に申請しなくてはなるまいな。ここでは長官があらゆることを管理している」思いがけない幸運なめぐり合わせだった。「どうすれば長官とコンタクトがとれるのでしょう？」私は、少女の細い手首をつかんだ鋼鉄の手が、突き出たもろい骨を砕く光景を想像した。「簡単だ。《高い館》にいる事務官の誰かを通じて面会の約束をとりつければいい」これほどまでの幸運に恵まれるとは予想もしていなかった。当の長官に会うためには様々な計略を練って機会を待たねばならないと考え、実際そのつもりでいたのだった。それが、行動を開始した途端に向こうからチャンスがやってきてくれるとは、私は内心小躍りしたい気分だった。

部屋の件も難なく片がついた。連続する幸運の波に乗ったようだった。ただ、主人が自宅の部屋を提供してくれるのではなく、近くに住む姉のところにあいた部屋があり、そこを借りられるだろうとのことだった。「姉はやもめでな、少しでも余分な金が入れば助かるというわけだ」主人は電話をかけにいき、思ったよりも長い時間がたったのちに戻ってきて、万事話がついたと告げた。二度の食事はカフェで供し、朝食は部屋に運んでくれるという。「あの家なら邪魔をされずに仕事ができる。とても静かなところだ。通りとは逆のフィヨルドに面している。あそこに行く者など誰もおらん」主人の協力は貴重なものだった。会話を続けるために、どうしてみなフィヨルドに行こうとしないのかとたずねてみた。「そりゃあ、フィヨルドの底に棲んでいる竜を怖れているからだ」私は冗談を言っているのだと思って主人の顔を見た。だが、その顔は真面目そのもので、口調もありのままの事実を述べているとしか思えないものだった。電話を持っていて、しかも竜の存在を信じているという人間には、いまだかつて会ったためしがない。この事実は私を面白がらせると同時に、先刻来の非現実感をいっそう強めることにもなった。

部屋は暗く、快適さとも住みやすさとも無縁だった。暖房も充分ではない。それでも、最低限の必需品、ベッドとテーブルと椅子はそろっている。ほかに宿泊施設のあろうはずもないこの町で、ともかくもここを借りることができたのは、やはり幸運だったと言うしかないだろう。姉なる女性は主人よりかなり年長で、教養という面でははるかに劣るようだった。主人は、長い電話で、おそらく彼女の意向に反して下宿人を受け入れるよう説得したものと思われた。女は明らかに、一人で住んでいる家に異国の人間を置くことを喜んでいなかった。疑念と反感がはっきりと感じ取れた。トラブルを避けるために、私は女が要求した法外な額の一週間分の部屋代を文句も言わず支払った。

私は鍵を要求した。玄関の鍵は複製を作ってもらうと告げた。自由に出入りできるようにしておかなければならなかった。女は鍵を二つ持ってきたが、部屋の鍵だけを寄こして、もう一つは手に握ったままだった。それも渡すようにと、私は言った。女は拒否した。もう一度、強く繰り返した。女はかたくなな態度を崩さず、台所に引っ込んだ。私はあとを追っていき、力ずくで鍵を奪い取った。特にどうという行動ではないが、少なくともある種の規範を示したことにはなる。女は二度と私に逆らおうとはしないだろう。

私は家を出て、町を探索した。形なき衰微の色に包まれてひっそりと静まり返っている無人の路地。濃い緑の海に突き出した廃墟の要塞。防壁は、巨人の階段のような途方もない大きさの板石の階段があるところで海に崩れ落ち、いくつもの塊になって水中に没していた。どこに行っても廃墟しかない。朽ち果てた砦は、血に飢え戦《いく》さに明け暮れた過去の痕跡だ。私は、もっと新しい時代の建物はないかと探しまわった。皆無だった。

着実に数を減じていく住民は、失われた覇権の残滓たる廃墟の中で、ネズミさながらの暮らしを送っていた。ある場所が住めない状態になると、別の場所に移動する。共同体全体がゆるやかに死滅に向かいつつあり、年々歳々住民の数は減っていく。崩壊しつつある廃墟とはいえ、そうした人々に住まいを提供できるだけの建物は充分に残っていた。最初のうちこそ、人が住んでいる建物を見分けるのは難しかったが、ほどなく、補強された扉や板を打ちつけた窓など、居住を示すサインとも言うべきものがわかるようになった。

《高い館》で長官と会う約束をとりつけた。館は、町を見晴らす丘の最も高い場所に建てられた要塞を思わせる巨大な建物だった。指定された時間に着くのを見計らって、私は館に至る唯一の急な坂道を登っていった。外から見ると、館は防御体制を十全に整えた砦のように思われた。頑強な壁は途轍《とてつ》もなく厚く、窓はない。上部に、機関銃用に開けられたとおぼしい狭いスリットがいくつかうかがえる。入口は両側を大砲で守られ、その砲口は道路に向けられていた。特に時代遅れの代物に見えたというわけではないのだが、私はその大砲を前の戦争時の遺物だろうと考えた。事務官にはすでに電話で話をすませていたが、ここでは黒い上衣を着た四人の衛兵に迎えられた。二人が前に、二人がうしろについて、私たちは長い廊下を進んでいった。あたりは暗い。頭上高く、外壁のスリットから射し込む細い陽光が、様々な高さにある通廊や回廊、階段、橋のような踊り場などをぼんやりと浮かび上がらせ、あちらこちらに光を拡散させている。定かには見えない天井は信じがたい高さに、おそらくは建物自体と同じ高さにあるのだろう。頭上はるかな高みにもまた、しかとは見定められないものの、果てしなく分岐する無数の通廊がある。そんな景観の片隅で何かが動いた。少女の姿だ。私はとっさにあとを追った。少女は階段を登りはじめたところで、一段上がるごとに銀色の髪がふわりと持ち上がり、闇の中できらめいた。

短い急な階段を昇り詰めたところに部屋があった。とても広い部屋で、まばらに家具が置かれている。磨き上げられた床はダンスフロアのようで、何も敷かれていない。その部屋に入った途端、私は異様な静けさに驚かされた。室内の空間には、音を失ったとでもいうような不思議な感触があり、少女の動きも、ネズミが床を引っかきながら走っているような、そんな印象を与えるものになっていた。部屋の外からも、この建物のほかの場所からも、物音はまったく伝わってこない。しばし当惑していた私だったが、ややあって、ようやく、この部屋が防音されているのだと思い至った。ここで何が起ころうと、四囲の壁の外では絶対に聞こえないということだ。そして、この特別な部屋がなぜ少女に与えられているのかという理由も、すぐに明らかになった。

少女はベッドの中にいる。眠っているのではなく、待っているのだ。かたわらのランプから、ほのかにピンクがかった光が投げかけられている。大きなベッドは壇上に据えられており、ベッドと壇はともに羊の皮で覆われていて、その前に、壁とほぼ同じ高さの巨大な鏡がある。誰一人、彼女の声を聞いてくれる者はなく、また、誰にも聞かれることのないように意図されたこの部屋で、少女は一人きりで過ごしている。外の世界とのかかわりをいっさい断ち切られ、まったく無防備なまま、男のなすがままになっているのだ。ノックもせず、言葉もなく、男が入ってくる。冷ややかな、強烈な輝きを放つ青い瞳が鏡の中の少女に襲いかかる。少女はうずくまったまま微動だにせず、催眠術をかけられているかのように、じっと鏡の奥を見つめている。男の眼の催眠力は、いとも簡単に少女の意志を破壊することができる。母親による何年にもわたる執拗な圧力のもとで服従を強いられてきた結果、少女の意志はすでになきに等しいまでに弱められてしまっている。子供時代から犠牲者としての思考と行動のパターンに条件づけられてきた少女は、男の攻撃的な意志にまったく抵抗することができない。男は少女を完全に占有することができる。私はそれが起こるのを目《ま》のあたりにする。

男は急ぐこともなく、ベッドに歩み寄っていく。少女は依然として身動き一つしない。男が彼女のほうに身を屈めると、逃げようとするかのように身をよじって枕に顔を埋める。男の手が伸びて少女の肩をすべり、顎《あご》の骨を伝っていった指がぐいと顎をつかみ、方向を変えて、顔をもたげさせる。突然の恐怖に襲われた少女は抵抗し、身をよじり、右に左に激しく体を動かして男の力に立ち向かう。男は何もせずに、少女が暴れるにまかせている。少女の効果のない抵抗は男を面白がらせている。抵抗が長くは続かないことも承知している。黙したまま楽しげな薄笑いを浮かべて見つめながらも、少女の顔をねじ曲げているわずかな、しかし逃れようもない力をゆるめることはなく、ほどなく少女は力を使い果たしてしまう。

不意に少女は抵抗をやめる。疲れ果て気力も失せて、息を切らしている少女の顔は濡れている。男は指先に込めた力をほんの少し強め、まっすぐに自分の顔を見るよう強要する。抵抗にけりをつけるために、大きく見開かれた少女の眼を見据え、情け容赦なく、氷のように青い傲岸な凝視を送り込む。その瞬間、少女は屈伏する。この時点で抵抗力は完全に崩れ去り、少女は男の催眠力を持つ冷たい青の深淵に落ち込んでしまう。少女にはもうひとかけらの意志も残っていない。男は望むままに振る舞うことができる。

男はさらに身を乗り出してベッドに膝をつき、少女の肩に手を伸ばして押し倒す。意志を失った少女はなされるままで、そのごくわずかな体の動きさえ、完全に男の動きに従っている。何が起こっているかもほとんどわかっていない。正常な意識の活動は遮断され、服従という状態の意味を理解することもできない。男は自分の快楽にのみ専心する。

事が終わったあと、少女は生きている気配すら感じさせず、まるで遺体安置所に置かれた屍《しかばね》のように、乱れたベッドの上に全裸で横たわっている。シーツと毛布が床に落ち、壇の端から垂れ下がっている。少女の頭はどこか不自然な格好でベッドの端からはみ出し、暴力行為を示す形で首がわずかに曲げられていて、輝く髪は男の手でロープのようにねじられている。男はみずからの獲物に対する当然の権利を誇示するかのごとく、片手を少女の体に置く。その指が体の上をすべり、太腿と乳房のあたりでたゆたうと、少女は身震いし、痛々しげに震えつづけたのちに、再び静かになる。

男は一方の手で少女の頭を持ち上げ、瞬時、顔を見つめてから手を放す。少女の頭は枕の上に落ちる。男は立ち上がり、ベッドを離れる。しわになった毛布に足を取られ、それを蹴飛ばしてドアに向かう。部屋に入ってきた時からひとことも発していない男は、今もまた、ドアの閉じるカチリという音を別にすれば、物音一つ立てることなく去っていく。少女にとって、この沈黙は男の最も恐ろしい面の一つだ。それは少女を支配する男の力とどこかでつながっている。

私は、いったいどこに連れていかれるのかと、いぶかしみはじめた。館は途轍もなく広く、通廊は曲折を繰り返しながら果てしなく続いていた。やがて、跳ね上げ戸のある地下牢と岩にうがたれた独房に差しかかった。牢獄の壁には地下水や不快な臭気を発する滲出物の筋が幾重《いくえ》にも走り、急な階段はさらに深い地下牢に通じるものだった。私たちはいくつかの巨大な両開きの扉を通り抜けた。いずれも表にいる衛兵が錠を開け、私たちが通過すると、反対側にいる衛兵が音高く扉を閉じた。

長官が私を迎えたのは一分の隙もなく整えられた部屋だった。広々としていて家具の配置にも気配りが行き届き、木の床に古風なシャンデリアの姿がぼんやりと映っていた。窓は町とは反対側の、公園を思わせる草地を見晴らし、そこから先は、遠いフィヨルドに向けて急な勾配が続いていた。男の体にぴったりと合った黒い上衣はとびきり上質の素材でできており、長いブーツは鏡のように輝いていて、胸には、私の知らない勲章のついた色とりどりの飾り帯があった。今回の印象はかなり好ましいものだった。先に不快感をおぼえた傲慢な態度がずっと軽減されていた。とはいえ、男が生まれながらの支配者であること、何事も自分の思うとおりに進め、一般の基準で判断される人物でないことは明らかだった。「ご用の向きは何でしょうかな?」男はフォーマルな礼儀正しさを見せて挨拶し、青い眼でまっすぐに私を見た。私は用意してきた話を述べた。長官は即座に同意し、必要な許可証を作成させ署名して明日にでも受け取れるように取り計らおうと言った。さらに、自分から、調査の際も必要な手助けを得られるよう一筆書き添えておこうとも言った。私には、そこまでする必要があるとは思えなかった。「あなたはこの町の人間をご存じない。彼らは生来、法というものを知らず、生得的によそ者を嫌っている。昔ながらの粗野な気質が抜けていない。私はずっと、もう少し近代的な考え方を導入できないものかと試みつづけてきたが、効果はなかった。彼らは、ロトの妻のように過去という名の塩柱に埋め込まれてしまっている。そこから引き出すことは誰にもできない」私は礼を述べながら衛兵たちのことを考えていた。衛兵たちは長官の啓蒙的な見地とは相容《あいい》れないとしか思えなかった。

長官は、この地を訪れるにしては妙な時期を選んだものだと言った。私はなぜかとたずねた。「もうまもなく氷が到来する。港が凍結して我々は孤立することになる」長官は青い短い視線を投げた。そこには何か語られないものがあった。長官には眼をしばたたかせる癖があり、そんな時、底知れぬ輝きを秘めたその眼は青い焔を放射するように見えた。「自身で予測しておられるよりずっと長くここに縛りつけられることになるかもしれませんぞ」再び、言葉以上の意味が込められていることを暗示しているかのような鋭い視線が向けられる。私は「ここにはせいぜい一週間程度しか逗留しないつもりでいます。新しいことが発見できるとは思っていません。むしろ、全体の雰囲気をつかむほうが重要だと」と言った。不意に奇妙な感覚を覚えた。当初の反感とは裏腹に、長官と密接に触れ合っているという感覚、私たちの間には何か個人的な結びつきが実在しているとさえ言っていいような感覚だ。予想もしなかった、説明のできないこの感覚に当惑した私は、自分でも何を言おうとしているのかわからないままに、こう付け加えた。「どうか誤解しないでください」長官は満足したように微笑し、それと同時に態度がずっと親しげなものになった。「つまり、我々は同じ言葉を使っているというわけだ。結構。あなたが来られたのをうれしく思いますよ。この国はほかの先進諸国ともっと密接なつながりを持つ必要がある。これがその端緒というわけですな」依然として何のことを話し合っているのかよくわからないままに、私は退去しようと立ち上がり、もう一度謝辞を述べた。長官が手を差し出した。「いずれ夕食に来ていただかねばなりませんな。それとは別に、ほかに援助が必要なことが出てきたら、いつでもお知らせいただきたい」

歓声を上げたい気分だった。幸運はなおも続いている。私はもう目的を達成したような気になっていた。少女に会う機会を得られるのは間違いない。晩餐の招待が実現しなかったとしても、いつでも長官の最後の申し出に頼ることができるのだから。

4

翌日、署名入りの許可証が届いた。あらゆる援助を受けられるものとするという付加文には長官の頭文字が記されていた。カフェの主人はいたく感銘を受け、私はこのメッセージがみなに行きわたるようにと文書を主人に託した。

私は町についてのメモをとりはじめた。みんなを納得させられる行動をということで、手抜かりは許されなかった。これまでに何度か、漠然と、あの魅惑的な歌を歌うインドリのことを書こうと思ったことがあるのだが、今回の作業は記憶が薄れてしまう前に彼らのことを書きとめておく格好の機会となった。私は、町のことをほんの少し、あとはインドリのことを書いて過ごすようになった。ほかになすべきこともなく、これがなければ完全に時間を持て余していたことだろう。この作業にのめり込んだ私は、毎日、何時間もノートに向かった。時間はあっというまに過ぎていった。いくつかの点で、この町は故郷の国よりも居心地がよかった。寒さは強烈なものだったが、ストーブ用の薪《たきぎ》は日々供給されていて、部屋にいる限りは暖かく過ごすことができた。広大な森林が間近に広がっているこの地は、燃料の問題とは無縁だった。刻々と迫りつつある氷のことを考えると心が騒いでならなかったが、今のところ港は閉鎖されておらず、頻繁ではないにせよ、出入りする船もまだあった。そうした船から私は何度か、日々の食事を補う目新しい食品を手に入れた。カフェの食事は量こそ充分だったが、変化には乏しかった。メインルームから引っ込んだアルコーブのような一隅で供してもらうようにしていたので、話し声や煙草の煙から免れるとともに、ある程度のプライバシーを確保することができた。

廃墟で仕事をするということになっているおかげで、私は誰にもとがめられることなく《高い館》の観察を続けることができた。少女の姿は一度も見なかったが、長官のほうは何度かボディガードを従えて館から出てくるところを目撃した。長官はいつも素早く大型車に乗り込み、猛スピードで走り去った。私は、政治的な敵対者の存在がこうした警戒を生んでいるのだろうと推測した。

三日もたつと、私は苛立ちはじめた。進展はなく、残された時間もわずかだ。少女が館から出てこないとすれば、私のほうからおもむくしかない。だが、招待はなかった。何か口実を作ってもう一度アプローチしようと考えはじめた矢先、長官は、昼食に来るようにと部下の一人を迎えに寄こした。その男は昼前にカフェに向かう私の前にいきなり現われた。前もって知らせがなかったこと、この召喚とそれを伝える一方的なやり方は気にくわなかった。これでは招待というより命令ではないか。私は反抗せずにはいられず、昼食の準備は整い、私の到着を待っている、キャンセルなどできない相談だと言ってやった。男はこれには答えず、大声を上げた。さらに二人、黒い上衣の男がどこからともなく現われ、一人はカフェの主人に事情の説明に向かい、もう一人は私のすぐ横に立った。結局、選択の余地はなく、二人とともに行くほかはなかった。むろん、これは望むところであって、喜んで従ったのは確かだが、これほどまでに高圧的な迎え方でなければよかったのにと思ったことも事実だった。

長官は私をまっすぐに広大なダイニングホールに案内した。二十人は座れそうな長大なテーブルがあった。長官は最上席についた。堂々たる姿だった。私はそのすぐ横に座ったが、向かいにもう一人分の食器類が用意されていた。それに眼を向けた私を見て、長官は言った。「あなたの国から来た若い友人が滞在していましてね。彼女と会うのも興味深かろうと思ったもので」長官の鋭い視線を受けとめながら、私は静かに、それはぜひお会いしたいものですと答えた。内心では跳び上がらんばかりの思いだった。あまりにうまくいきすぎて、現実とは思えないほどだ。少女に会わせてほしいと頼む難題からこんなにも簡単に逃れることができるとは、幸運のクライマックスと言うべきだろう。

つや消しガラスの水差しに入ったドライマティーニが運ばれてきた。続いてすぐ誰かが入ってきて長官に何事かささやき、メモを手渡した。短いメモを読むと、長官は表情を一変させ、紙を何度も引き裂いて細かな紙片にしてしまった。「お若い方は気分がすぐれぬそうだ」私は落胆を隠すため、あたりさわりのない言葉をつぶやいた。長官は怒りもあらわに顔をしかめている。ごく些細なことでも自分の意向が通らないと我慢ならないのだ。部屋の空気は長官の怒り一色に覆いつくされてしまった。無言で余分のセッティングを片づけるよう合図すると、グラスや皿、ナイフ、フォークはまたたくまに消え去った。料理が運ばれてきたが、長官はほとんど手をつけず、握りしめた拳《こぶし》で紙片を叩きつづけていた。長官が私を無視する時間が長引くにつれて、腹立ちがつのってきた。私を呼びに寄こした威圧的なやり口に重ねてのこの無礼な振る舞いはどういうことだ。よほど立ち上がって出ていこうと思ったが、実際にそんなことをすれば、その段階でつながりが断ち切られてしまうのは承知していた。腹立ちから気をそらせようと、私は少女のことを考えた。少女が同席を断わったのは、私のせいかもしれない。もし彼女がこれまでの経緯をすべて知っているとすれば、私が誰であるかも見当がついているはずだ。私は頭上の静まり返った部屋に一人きりでいる少女の姿を想像してみようとした。だが、彼女は何千キロも彼方にいるような、到達することのかなわぬ非現実の夢の存在としか思えなかった。

長官は、表情こそ依然として険しかったものの、少しずつ冷静さを取り戻してきた。

私はこちらから話しかけようとはせず、長官が私の存在に注意を向けるのを待っていた。極上の仔羊の骨つき肉が切り分けられた。それを食べている時、長官は唐突に私の調査のことを口にした。「見受けたところ、この館の近辺の廃墟だけに限って調べているようだが」私は監視されていたことに気づいておらず、この言葉にいささか狼狽したが、幸い前もって用意してあった返答があった。「ご存じのとおり、この館はいつの時代にも行政府の建物として使われてきました。だから、何か興味あるものが見つかるとすれば、ほかのどこよりもこの近辺に可能性があるというわけです」長官は何も言わず、相手が疑わしい得点を主張した時のプレイヤーのような声を発しただけだった。長官が私の答えに満足したのかどうか、何とも言えなかった。

コーヒーが運ばれると、驚いたことに、護衛も含めて室内にいた全員が退出した。私は不安になった。二人きりで話さなければならないことがあるとしても、それが何であるのか皆目見当がつかなかった。長官は気分を硬化させているように見えた。冷ややかでよそよそしく、どこか遠いところにいるようだった。平板な口調で長官が次のように述べた時、そこに友好的な感情があるとはとうてい考えられなかった。「私をだまそうと試みる者は必ず後悔するはめになる。私はそうもやすやすとだまされるような人間ではない」抑制のきいた低い声ではあったが、そこには先刻感知した脅迫の意図がはっきりと表われていた。私は、どういう意味かわからない、言葉どおりにとらえる限りでは私にはまったく当てはまらない、と答えた。長官は無言で私を凝視しつづけた。私は、自分で感じている以上の冷静さを発揮して、その視線を受けとめた。危険と不誠実のオーラが長官を包んでいた。私は警戒を強めた。

コーヒーカップを脇に押しやり、テーブルに肘をついて、長官は顔を近づけ、なおひとことも発せずに、揺るぎない視線を向けつづけた。その眼は驚異的な輝きを放っている。私は、それが私を支配しようとしているのを感知すると同時に、私自身、眼をそらせられなくなっていることに気づいた。いつのころか長官は催眠術を学んだに違いない。私はそれに抵抗するために一瞬たりと気を抜くことができず、長官がほんの少し体を引いた時には、とにもかくにも安堵した。「私のためにやってもらいたいことがある」私は驚いた。「あなたのために? いったい私に何ができるというのです?」「聞きたまえ。この国は小さく貧しい後進国で資源もない。非常時になれば大国の援助を受けることもなく消え去ってしまうだろう。遺憾ながら、大国はわが国をまったく取るに足らない存在としか見なしておらず、いかなる関心も払おうとしない。そこで、貴国の政府に、我々の有用性を、たとえ地理的な位置という理由だけであっても我々が有用な存在たりうるということを、納得させてもらいたいのだ。君はそれをするのに必要な力を持っている人物だと見たのだが?」確かに私にはそれなりの影響力がある。だが、このような依頼はまったく予期していなかったので、私は不意をつかれた格好だった。本能は断わるように告げていた。「そうしたことは私の専門では……」長官が苛立たしげにさえぎる。「私はただ、貴国の政府の人たちに、わが国との協定の有利さを伝えて、注意を向けさせてほしいと頼んでいるだけだ。難しくも何ともない。地図を見せるだけでいいのだから」どう答えるべきか決めかねているうちに、長官はつのる苛立ちをあらわにして回答を迫った。「さあ、やってもらえるのか、もらえないのか？」長官の本性である支配意識と彼個人の強烈な磁力が、これにノーと言うのを事実上不可能にしていた。自分ではほとんどどうしようもないままに、私はイエスのつぶやきを返していた。「結構。これは協定だ。むろん、君も相応の見返りを得ることになるだろう」長官は、この一件はこれでけりがついたと言うかのように立ち上がり、片手を差し出した。そして、「基盤作りのためにも、まずは、即刻手紙を書いたほうがよいだろうな」と付け加えると、小さな銀の鈴を勢いよく鳴らした。大勢の人が列をなして入ってきた。長官は軽くうなずいて私を放免し、その人々との会見に向かった。困惑し、落ち着かない思いに包まれていた私は、とりあえずこの場所から出られるのを喜んだ。だが、この新しい展開は気に入らなかった。私は幸運が変化しはじめているという印象を持った。

二日後、大型車が私の横で停車し、毛皮で縁どりをした豪奢な外套をまとった長官が車中から声をかけた。話したいことがあるので《高い館》に来てもらえないかと言う。私が乗り込むと、車は猛スピードで館の入口に向けて登っていった。

部屋は長官との面会を待っている人でいっぱいだった。衛兵が人々を下がらせ、私たちは奥の部屋に入った。衛兵を退出させる際に、長官が低い声で「五分後にこの男を追い出せ」と言ったのが聞き取れた。それから、長官は私に向かって、「我らの協定に関連して、すでに誰かに手紙を書いてもらったものと思っているが？」私は二言三言《ふたことみこと》、はぐらかすような言葉をつぶやいた。長官は突然語調を変えて怒鳴った。「有力な地位にいる誰とも連絡をとっていないという報告を郵便局から受け取っている。君は約束をたがえない人間だと思っていたが、見込み違いだったようだ」口論になるのを避けるために侮辱は無視することにして、私は穏やかにこう応じた。「この協定で私が何を得ることになるのか、まだうかがっておりません」長官は素っ気なく、私の条件を述べるようにと言った。長官の敵愾心《てきがいしん》を少しでもやわらげられればと、私は単刀直入に話すことに決めた。「こんな前置きのわりには瑣末にすぎる要望に思えるかもしれませんが」と言って、忌憚《きたん》のない印象を与えるのを期待して笑みを浮かべてみせたのち、過度の関心を表わすことのないように注意しながら、「あなたの客人が昔の知人だと思えてならないので、それをはっきりさせるために一度会ってみたいと思っています」と言った。

長官は無言だった。沈黙の背後に敵意が感じられた。彼女を引き会わせようとした昼食時以来、長官の態度には明らかな変化が生まれていた。そして今、私は、長官が私たちの会見に同意しないだろうということをはっきりと察知した。

不意に時間のことを思い出して、私は時計を見た。まもなく五分が経過しようとしていた。指令どおりに衛兵が入ってきて放り出されるのを待っているつもりはなく、私は退去にかかった。長官は一緒に扉の前にやってきたが、片手をノブに置いて出ていかせないようにした。「彼女はこのところ体調がすぐれず、人と会うのに神経質になっている。君に会うつもりがあるかどうかは直接たずねてみなければならない」長官が会見を許すつもりのないことを確信して、私はもう一度時計を見た。あと一分しか残されていない。「本当にもう失礼しなければ。ずいぶん時間をとってしまいました」驚いたことに長官は笑い出した。私の頭の中で思考がどのように進んでいるのかがわかっていたのだろう。気分が一変したようだった。同時に、その態度も気やすいものとなった。瞬時、私は今一度、長官と精神的に交感し合っているような漠然とした感覚に捕らえられた。長官は扉を開き、待機していた部下たちに何か指令を下した。彼らは敬礼し、磨き上げられた床にブーツの音を響かせながら、足並みをそろえて通廊を歩き去っていった。そののち、長官は私のほうに向き直り、善意を誇示するかのような口調で言った。「お望みなら今すぐにでも会いにいくことはできる。ただ、その前に、彼女の側の気持ちの準備を整えさせてやらなくてはならない」

長官は私を引き連れて混雑する控えの間《ま》に戻った。全員が我がちに長官の周りに殺到し、口々に話しかけようとした。長官は笑みを浮かべ、間近にいる何人かに親しげな言葉をかけたのち、声を上げて、全員に待たせつづけている詫びを述べた。そして、今しばらく辛抱してもらいたい、順を追って必ず全員の話を聞く、と言った。さらに部屋中に聞こえる声で、「なぜ音楽がかかっていないのだ?」と言うと、そばに付き従っている部下に、きつい口調で「この方々が私の客人であることはわかっているだろう。しばらく待ってもらわねばならないとすれば、せめて、その間、楽しんでもらうよう努めるべきではないか」と言った。弦楽四重奏曲が流れはじめ、その音に追われるように私たちは室外に出た。

長官は私の先に立って、さらに多くの衛兵の前を通り過ぎると、恐ろしい速足で曲折する通廊を進み、いくつもの階段を登り降りしていった。私はそんな長官についていくだけで精いっぱいだった。長官の身体能力は私よりもはるかに高く、自身、その事実を誇示することを楽しんでいるようで、私のほうを振り返っては、大声で笑いながら、鍛えられた身体をこれ見よがしに示すのだった。突然のこの上機嫌をまともに受けとめる気にはならなかったが、それでも、長官のたくましい運動選手のような身体や幅広い肩、優美な細い腰には嘆賞の念を禁じえなかった。通廊は果てしないように思え、私は息も絶えだえとなって、最終的には長官も私を待たざるをえなくなった。私が追いついた時、長官は短い階段を登りきったところに立っていた。踊り場は深い影に包まれ、一つきりの矩形の扉を見分けるのがやっとだった。同時に、これが、その部屋にだけ通じる、あの階段であることがわかった。

長官は、少女に事情を説明する間、少し待っているようにと言い、底意のある笑いを浮かべて「その間に少しはクールダウンできるだろう」と付け加えた。片手をドアノブに置いて、さらに、「わかっていることと思うが、すべては彼女の意志次第だ。彼女が君に会いたくないとすれば、私にできることは何もない」と言うと、ノックもせずに扉を開き、そのまま室内に消えた。

漆黒に近い闇の中に取り残されて、私は苛立ちと陰鬱な思いに捕らえられていた。策略にかけられてだまされてしまったような気がしてならなかった。長官が手はずを整えて行なわれる会見から、私にとって満足できる結果が得られるとはとうてい思えない。会見そのものが実現しないことも充分考えられる。少女が私に会うのを拒否するか、あるいは長官が私に会うのを許さないか。いずれにしても、長官のいるところで少女と話したくなかった。長官がいれば、彼女は必ず彼の力に支配されてしまう。

耳をすましてみたが、防音壁の向こうからは何も聞こえてこなかった。しばらく待ちつづけたのち、私は階段を降りて歩きはじめ、外に出る道を教えてくれる使用人に出会うまで、暗い通廊をあてもなくさまよった。幸運な時期が終わってしまったのは間違いないようだった。

5

部屋の窓から見わたせる風景は空虚で、動くものの姿はどこにもなかった。家屋は一軒も見えず、眼に入るのは、倒壊した壁の瓦礫と荒涼たる雪の広がり、フィヨルド、モミの森、山々ばかり。そこには色もなく、黒から、これ以上はない雪の純白まで、いっさいが単調な無彩色の濃淡に包まれていた。まったき静寂の中に広がる生命なき海。一様な陰鬱さに包まれてそこここに整列している黒い樹々の隊列。そこに不意に動きが起こり、静まり返った単調な景観を貫いて、切迫した叫びが響いた。私は外套をつかみ、急いで腕を通しながら、ドアに駆け寄ったが、そこで思い直して窓辺に戻った。窓は固く凍りついていた。渾身の力を込めて窓を押し上げ、外の石積みの上に降りてから、今度は指先でそっと窓を引き降ろした。そして、凍った草の上をほとんどすべるようにして、斜面を駆け降りていった。最短のルートであると同時に、女主人の眼を逃れることもできたというわけだった。女主人が四六時中、私の行動を見張っていることは、まず間違いなかった。フィヨルドを巻いて通っている細道には誰もいなかったが、追っている人物はそう遠くではないはずだった。道は森に入った。樹々の下の空間が寒さと暗さを増した。密生する樹々は上方に黒い枝を伸ばして入り組んだ屋根を作り、下方では繁茂する下生えと分かちがたくからみ合っていた。二十人もの眼に見えない人間が間近にいるような気がしてならなかったが、私の眼は、モミの樹の間に亡霊のようにひらめく灰色の外套を捕らえた。時おり、格子模様の裏地がひるがえった。外套の主は何もかぶっておらず、明るい色の髪が銀の焔のように、森で燃える鬼火のようにきらめき輝いた。少女は急いでいた。森から出られないのではないかという不安に駆られていた。森ではいつもナーバスになる。森はいつでも恐ろしいものに満ちみちているように思えてならない。密生した樹々は少女を怯えさせ、黒い壁と化して、少女をその内に閉じ込めた。陽はすでに落ち、時刻も遅かった。少女は遠くまで来すぎてしまっていた。一刻も早く戻らなければならない。フィヨルドはどこかとあたりを見まわしたが、どこにも見当たらなかった。少女は方角を失ってしまったことを悟り、暗い森で夜になると考えた途端、心の底から恐怖が湧き上がってきた。怖れは、少女が生きている世界の空気とさえ言っていいものだった。少女がやさしさというものをわずかでも知っていたなら、世界はまったく変わっていたことだろう。樹々は敵意もあらわに行く手をはばもうとしているように思えた。物心ついて以来、少女は自分が犠牲者として運命づけられているととらえていた。そんな彼女の前で、森は今、破滅をもたらす邪悪な軍団となった。少女は闇雲に走り出したが、隠れていた根に足を取られて転倒しそうになった。枝が髪にからみついてぐいと引っ張り、もつれがほどけると、今度は悪意に満ちた鞭の一撃を加えてきた。銀の髪の何本かがむしり取られて、黒い針の間に輝いた。これは追手を獲物のもとに導く格好の目印になるだろう。長い苦闘ののち、少女はようやく森を抜け出した。だが、彼女を待ち受けていたのは、あのフィヨルドだった。水から邪悪な妖気が立ち昇っていた。妖気の主は人間の生贄《いけにえ》に飢えた太古の残忍な生き物だ。

周囲を取り巻くこのうえない静寂と孤立感に打たれて、少女は立ちつくした。夜が近づくとともに、新たな凶悪な気配が一帯に広がりはじめた。森の樹の軍隊が至るところに露営し、頭上には銃のような樹木の連なる山の壁がそそり立っている。下方ではフィヨルドが太陽を飲み込み、ありえない氷の火山となって、猛々しい焔を噴出させている。深まっていく夕闇のもとでは、どんな脅威でも想像できた。少女は水中から立ち現われる亡霊の姿を見るのを怖れ、必死に眼を向けまいとしていたが、そうした影の存在がひそやかに忍び寄ってきたのを感じてパニックに襲われ、走り出した。影の一つが少女を捕らえ、霊体のような冷たくやわらかい粘着質のひもをまとわりつかせてきた。声にならない叫びを上げて、少女は身を振りほどき、必死にあえぎながら走りつづけた。意識は悪夢の世界に閉じ込められて、考えることもできなかった。最後の陽光が薄れていった。少女は隠れていた石につまずいて膝と肘を打った。茨が手を刺し、顔を引っかいた。飛び跳ねるように走っていた足がフィヨルドの縁の薄氷を踏み抜き、身を切るような水に足が包み込まれた。息をつくたびに胸に鋭利なナイフを突き立てられるような痛みが走った。それでも、少女は足を止めることはおろか、速度を落とすことさえなかった。背後に迫る追手の重い足音に怯えきって、自身の苦しげな心臓の鼓動に気づくひまもなかった。吹きだまりの上で足がすべった。バランスを取り戻すことができず、少女はうつぶせに深い雪の中に倒れ込んだ。口の中が雪でいっぱいになった。力を使い果たした少女は、もう終わりだ、起き上がれない、これ以上走れないと思う。だが、緊張しきった肉体は、容赦なく少女を立ち上がらせた。抵抗しえない運命の磁力に引かれて、少女は否応なく進みつづけねばならなかった。少女が最も弱く傷つきやすかったころにシステマティックになされた虐待は、人格の構造をゆがめ、少女を犠牲者に変容させた。物も人間も少女を破滅に導く存在となった。人間、森、フィヨルド。破滅に導くものが何であろうとさしたる違いはない。どのみち、少女はその運命から逃れることはできない。彼女に与えられた回復不能の傷は、遠い昔にその運命を不可避のものとしてしまっていた。

漆黒の巨大な岩のかたまりが前方に亡霊のように浮かび上がった。黒いモミの隊列に支えられた丘陵、山、明りのともっていない要塞。力の失せた少女の手は扉を開くこともできないほどに震えていたが、待機していた運命の力が少女を内側へと引きずり込んだ。

ベッドに横たわった少女は、敵意に満ちた異邦の凍りつく闇が中をうかがう敵の耳のように壁に押しつけられているのを感じ取った。完全な静寂に包まれて、少女はただ一人、横になったまま鏡を見つめ、みずからの宿命を待っていた。その時はもうさほど遠くない。防音されたこの部屋で、まもなく恐ろしいことが起こるのを少女は知っている。少女を助けにこようとする者はいない。救出できる者もいない。部屋は、これまでもずっとそうであったように敵意ある存在だった。壁は庇護を拒絶し、空気には冷ややかな敵愾心が漲《みなぎ》っていた。少女にできることは何もなく、助けを求めることのできる人間もいなかった。見捨てられた孤立無援の少女は、ただ終わりの時を待っているしかなかった。

一人の女性がノックもせずに入ってきて、戸口に立った。整った容姿と近寄りがたい雰囲気を持つその女性は、黒一色の服をまとい、樹のように背が高く、威嚇的だった。そのあとに何人かが付き従っていたが、彼らは女性の背後の定かならぬ影にとどまっていた。少女は即座に、この女性が自分の死刑執行人であることを悟った。これまでも、少女は常に死刑執行人の憎悪の念を感じ取ってきたが、あまりにも無垢なために、また、自身の夢の世界に没入しきっていたために、その意味も明白な目的も理解することはなかった。そして今、冷たく輝く無慈悲な眼が鏡の奥をたゆたい、そののち鋭く犠牲者に向けられた。少女の眼は大きく見開かれ、本能的に予知した悪夢の恐怖に怯える二つの黒い穴となった。次いで、宿命の時が来たという思いが襲いかかってきた。退行が起こり、少女は執拗な虐待に馴化された従順な幼児になった。女性の命ずる言葉に従っておずおずと立ち上がり、おぼつかない足どりで壇を降りていく少女の顔は紙のように白くうつろだった。両腕をつかまれた時、少女は声を上げ、弱々しく抵抗した。誰かの手が口に押し当てられ、いくつかの人影がのしかかるように迫ってきた。四方から手が伸び、荒々しく体をつかんだ。両手を背中のうしろで縛られて、少女はあわただしく部屋から運び出されていった。

樹々のもと、あたりはどんどん暗くなり、道を見定めることも難しくなっていった。とうとう私は完全に迷ってしまい、やがて行き着いたのは、まったく見知らぬ場所だった。間近に壁があった。堂々たるその壁はまったく損なわれておらず、崩れたり壊れたりしている形跡はどこにもなかった。壁の上を行き交う哨兵たちの黒い影が見えた。二人の哨兵が接近しつつあり、私のすぐそばで行き違うことになりそうだった。私は、見とがめられる気遣いのない暗い樹の影に身をひそめていた。足音が高まった。厳しい寒さがあらゆる物音を実際よりも大きく響かせていた。二人の哨兵が対面し、踵《かかと》を音高く打ち鳴らして合言葉を交わすと、再び両方向に別れていった。足音が遠ざかるのを待って、私はまた歩きはじめた。いくつもの空間を同時に動いているというような奇妙な感覚があった。この空間の交錯に私は混乱していた。家ほどもある巨大な丸い岩がいくつも転がっていた。切り落とされた巨人の首を思わせる岩は、遠い昔に山腹から転がり落ちてきて、以来、ずっとその場にあるようだった。突然、話し声が聞こえ、あたりを見まわしたが、どこにも人の姿はなかった。声は巨岩のあたりから聞こえているようだったので、私は確かめにいった。濃い青の夕闇に黄色い花のような明りがこぼれた。私の前にあるのは岩ではなく、小さなコテージだった。その中で大勢の人が話し合っていた。

わめき声が聞こえた。物が激しくぶつかり合う音や怯えた馬のいななき。どれも戦いの音だ。無数の矢が雲のように飛来する。棍棒が重い音を響かせ、鉄の刃《やいば》が甲高い金属音を立てて打ち合わされる。見慣れぬ衣服をまとった男たちが壁に向かって波のように押し寄せ、反《そ》り身の短剣を歯の間にくわえて、手足を同時に動かしながら、次々に壁をよじ登っていく。ゴリラを思わせる敏捷さだ。何千という数の男たち。その多くが壁から追い落とされるが、新しい波は引きも切らず襲来する。やがて、壁を守る側の戦士はことごとく殺され、二番手の防衛陣も後退を余儀なくされた。侵略者たちはすでに壁の内に入り、あちこちの門を開け放っていた。待機していた軍勢が津波のように押し寄せた。住民はバリケードを築いて、それぞれの家に立てこもった。町は混乱に飲み込まれた。狭い路地で白兵戦が展開され、獣の吠え声のような意味のない猛々しい喚声が壁の間に反響した。異邦の侵略者たちは狂ったように町中を駆けまわり、葡萄酒を喉に流し込み、行き会う者はみな、男も女も子供も動物も見境なくたたき殺した。頬を伝い落ちる葡萄酒が汗と血に混じり合って、彼らの顔は悪鬼さながらの様相を呈していた。雪が舞いはじめた。これに、彼らはひどく興奮したようだった。みな異様な笑い声を上げながら、落ちてくる雪を口で受けようとした。馬に乗った男たちは小旗や羽根飾りをつけた長槍を携え、その先端には切り落とされた住民の首が突き立てられていて、中には幼児や犬の首もあった。至るところで燃え上がっている激しい火があたりを昼のように明るく染め、空中には、焼け焦げた木や積もった埃の鼻をつくような臭いが充満した。住民たちは家からあぶり出されると同時に、待ちかまえていた侵略者たちに惨殺された。焔の中で死ぬほうを選ぶ者も少なくなかった。

武器を持っていない私は身を守るものを探した。通りの真ん中に馬の死骸を積み上げたバリケードがあり、そこに、またがった馬ともども殺された男の死体があった。剣は、抜くひまもなかったのだろう、精妙な模様を彫り込んだ見事な工芸品と言うべき鞘《さや》に納まったままだった。突き出した柄《つか》を引っ張ってみたが、倒れた際に刀身がつかえてしまったのか、抜くことができない。何とか抜き取ろうと頑張っていると、大急ぎで積み上げられたらしい山全体が揺らぎはじめ、死骸がいくつか転がり落ちて、バリケードに間隙ができてしまった。修復するいとまもなく、通りの向こうから馬に乗った一団の男が、凶暴な金属音を響かせ、槍を振りまわし、意味のない喚声を上げながら疾駆してきた。私はとっさに地面に腹這いになり、最悪の事態を予測しながらも、姿を見られていないことを願った。バリケードの前に来ると、一人が長槍を繰り出して死んだ兵士に突き立て、ぐいと動かした。死体は私の上に落ちてきた。だが、おかげでどうやら命拾いできたようだった。そのまま息をひそめていると、男たちは血走った獣のような眼をぎらつかせながら恐ろしい勢いで駆け去っていった。

彼らの姿が消えるのを見届けてから、私は死体を押しのけて立ち上がり、少女を探しにいくことにした。略奪された町での若い女性の運命はよくわかっており、そう簡単に見つかるわけもないことは承知していた。先刻の剣は、圧力から解放されたせいか、簡単に抜き取ることができた。このような武器を扱った経験はなく、途中でそこここに転がっている死体に何度か切りつけてみた。重く扱いにくい武器ではあったが、やがてバランスのとり方とコツが飲み込めてきた。これは今の私に何よりも必要な自信を多少なりとも与えてくれたが、結局、襲撃は受けなかった。戦闘はもっと下手の港の堡塁《ほうるい》のあたりに移っており、堡塁はまだ持ちこたえているようだった。人影が見えると、私は物陰に身をひそめた。全面的な大混乱のおかげもあって、何とか人目に触れずにおくことができた。《高い館》はすでにほとんど焼け落ちて、骨格を残すだけとなっていた。煙と焔が空に向けて噴き上がり、内側はまばゆい白熱光に包まれていた。できるだけ近くまで行ってみようとしたが、耐えがたい熱気と煙に追い戻されてしまった。中に入るなど論外だった。いずれにしても、このような焦熱地獄の中で生き延びている者がいるはずもない。顔が熱にあぶられ、火の粉が髪を焦がしはじめた。私は両手でそれをもみ消した。

　少女を見つけたのはまったくの偶然だった。ほど遠からぬ石の上に、少女は顔を下にして横たわっていた。口からひとすじの血が流れ出し、首は不自然な格好にねじ曲げられている。生きている人間がこんな角度で顔を曲げられるはずがない。首の骨が折れているのだ。髪をつかんで引きずられたらしく、何者かの手が髪をロープのようにねじって銀の輝きを曇らせてしまっていた。背中に散った血はまだ生々しく、濡れた鮮紅色の輝きを放っていたが、それ以外の個所ではすでに凝固して、白い肌に黒くこびりついていた。片方の腕に眼がとまった。そこには円形の歯形がくっきりと残っていた。前腕の骨が折れ、手首の尖った骨の先端が裂けた肉を破って突き出しているのを見て、私は欺かれたような感覚に捕らえられた。この腕を愛情を込めて折るのは私でなければならなかった。私だけがこのような傷を負わせる資格を持っているのだ。私は上体を屈め、少女の冷たい肌に触れた。

　コテージの中から姿を見とがめられるほど近づきすぎないように用心しながら、私は窓の内をうかがった。煙っぽい狭い部屋に大勢の人間がひしめいていた。一人一人の顔に火明りが反映して揺らめいているさまは中世の地獄絵を思わせ、誰もが口々にしゃべっているために、最初はひとことも聞き取ることができなかった。一人の女性が眼にとまった。異常なほどに背が高く、近寄りがたい雰囲気を漂わせた、整った容姿の持ち主。先刻、《高い館》で見た女性だ。彼女は「父上」と呼ぶ男性と一緒だった。その父上なる男は窓のすぐ近くに座っていたので、彼の話が私に理解できた最初の言葉となった。男はフィヨルドの伝説を語っていた。毎年、冬至の日にフィヨルドの深淵に棲む竜に美しい少女を生贄として捧げねばならないという。ほかの声は次第に静まり、やがて話は儀式の内容に移っていった。「娘を岩の上に置いて直ちに縛《いまし》めを解く。少しばかり抗《あらが》ってもらわねばならん。さもないと、竜は我らが生贄と偽って死んだ娘を捧げたと考えるかもしれないからだ。はるか下方で水面が泡立つ。鱗《うろこ》に覆われた巨大な怪物がとぐろを巻くようにして現われる。そこで娘を投げ落とす。フィヨルドの全体が巨大な渦巻となり、血と泡が四方にあふれ返る」

続いて、生贄となる者について活発な議論が始まり、様々な人が代わるがわる意見を述べた。その話しぶりは、まるで自分たちのチームとライバルの町のチームとのサッカーの試合について話し合っているかのようだった。一人が言った。「この町に供出できる美しい娘がそうもたくさんいるわけではない。どうして我々がその一人を竜に与えなければならないのだ？　我々にとって何の意味もない異国の娘を生贄にして、何の不都合があるだろう」その口調から察するところ、話し手は、列席している全員が素性《すじよう》を知っている特定の人物について語っているようだった。女性の父親が異議を唱えようとしたが、娘がそれを阻止した。彼女は声高に同意を宣し、憎悪に満ちた口調で熱弁をふるいはじめたが、私には断片的なフレーズしか聞き取れなかった。「まるでガラスでできているように透きとおった青白い娘……粉々に砕いてやればいい……あの娘は私がこの手で砕いてやる」最後は絶叫になった。「この手で岩から投げ落としてやる！　ほかに誰もそれだけの勇気を持ち合わせている者がいなければ！」

私はむかつく思いで窓辺を離れた。この連中は野蛮人よりもひどい。手と顔の感覚がなくなっていた。凍えかかっている。なぜ、こんなにも長い間、連中の世迷い言に耳を傾けていたのだろう。どことなく自分がおかしいような感覚があった。それが何なのかはわからず、一瞬心が騒いだものの、すぐに意識から消えてしまった。冷たく小さな月が天空高く明々と輝いて、あたりの景色をくっきり浮き立たせていた。フィヨルドが見えた。だが、それは見慣れた景観ではなかった。巨大な垂直の岩がいくつか水中からまっすぐに突き立ち、高飛び込みの跳躍台のような平坦な一枚岩を支えていた。何人かの人影が現われた。その中に両手を縛られて引きずられている少女がいた。私の前を通りすぎる時、脅《おびや》かされ裏切られた幼い犠牲者のみじめな白い顔が見えた。私ははじかれたように駆け出し、少女に追いついて縛めを切ろうとした。誰かが飛びかかってきた。その男を投げ飛ばし、再度少女のもとに駆け寄ろうとしたが、すでに一団は先に行ってしまっていた。私は「人殺しども！」と叫んであとを追った。私が追いつくより早く、彼らは少女を岩の上に引きずり上げていた。

フィヨルドをはるかに見降ろす高い平らな台の上、少女のすぐ横に私はいた。そこにいるのは私たち二人だけだったが、背後の渾然とした低いざわめきが大勢の傍観者の存在を伝えていた。彼らのことはどうでもよかった。私の意識は完全に、暗い水の上に張り出している岩の際に半ばひざまずき半ばうずくまるようにして震えている少女だけに向けられていた。月光のもとで髪がダイヤモンドの粉のようにきらめいている。少女は私を見ていないが、私には彼女の顔が見えた。青白い顔は今は骨の髄まで色を失っていた。このうえなく華奢な体を見つめていると、その全身を、心臓を納めている胸骨さえも、この両の手にすっぽり包み込んでしまえるような気がした。皓々《こうこう》たる月の光に照らされた純白の繻子《しゅす》のような肌には影がない。手首に残されたひもの痕は、昼の光の中では赤く浮き上がるのだろうが、今はただ黒く見えるばかりだ。その手首をつかみ、もろい骨をこの両手でひねったらどのような感覚が伝わってくるか、私にはいとも容易に想像することができた。

私は上体を屈め、少女の冷たい肌に、太腿の浅いくぼみに触れた。乳房の間に雪があった。

武器を携えた男たちがやってきて私を押しのけ、少女のかぼそい肩をつかんで引き起こした。少女の眼から大粒の涙が氷のかけらのように、ダイヤモンドのようにこぼれ落ちたが、私は心動かされなかった。私には、それが本当の涙だとは思えなかった。少女自身がとても本当の存在には思えなかった。青白く、ほとんど透きとおっているような少女は、私が夢の中で自分の快楽のために利用する犠牲者だった。背後の人々が儀式の遅延に苛立って低いつぶやきをもらした。男たちはそれ以上待つことなく、少女をフィヨルドに投げ落とした。落ちていく少女のあとに、最後の痛ましい叫びが長く尾を引いた。次の瞬間、紙袋をたたき割ったように夜が炸裂した。巨大な水柱が噴き上がった。激しい波が岩に押し寄せて飛沫《しぶき》の滝を砕け散らせた。降りそそぐ凍りつくような水のシャワーも意に介さず、私は石台の縁から下方をうかがった。沸き立つ水の中から、とぐろを巻く鱗の輪が現われ、白いものが、鎧で固められた顎に嚙み砕かれる寸前、水中で狂ったようにもがくのが見えた。

私は大急ぎで宿に戻った。寒さに足の指は感覚を失い、顔は硬直し、頭が痛みはじめていた。暖かい部屋の中で体がほぐれてくると、私はノートに向かった。主要なテーマはもちろんインドリだが、いつも、何を書く場合でもまず最初は町に関心があるように見せかけることから始めるようにしていた。私が部屋をあけている間、ノートを読むのは簡単なことだが、治安要員がわざわざそんなことをすると思っていたわけではない。

インドリの話とローカルな出来事を混ぜこぜにするという、私が使っている子供のように単純なやり口にだまされるのは、せいぜいこの家の女主人くらいのものだろう。女主人はいつもあらゆるものを盗み見ていた。

穏やかで神秘的な歌う生き物について書くことに、私は大きな充足感を感じていた。彼らとの結びつきがどんどん深まっていくようだった。魅惑的な別世界の声と快活で愛情豊かで無垢な姿は、今では私にとって人生のシンボルにまでなっていた。人間の破壊的な性向や暴力や残虐さがなくなれば、あるいは、こうした生き方がこの地上にも実現することがあるかもしれない。いつもなら書くことは楽しく、言葉は頭の中でおのずと紡ぎ出されるかのように何の造作もなく浮かんできた。だが、今日は違っていた。的確な言葉がまるで見つからなかった。私自身のことが明瞭に表現できず、自分のことをはっきりと憶えていないのがわかった。しばらくして、私は書くのをあきらめ、ペンを置いた。その瞬間、大勢の人が煙っぽい部屋にひしめいている情景が浮かんだ。あの話の内容を長官に伝える必要がある。そう思ったものの、その情景の記憶には、夢に見ただけだというような奇妙な非現実感があった。さらに、少女が実際に危険にさらされているのかもしれないという思いが浮かんだ時も、確信とはほど遠い曖昧な感覚に包まれただけだった。それでも、私は電話をしようとテーブルを立った。そこで、ここで電話をかけたら女主人が一言一句に耳をすませるだろうということに思い至った。何もかもが確信の持てない状態にある今、何が現実的だと言って、これ以上に現実的なことはない。私は思い直し、電話はカフェでかけることにした。

家を出ると、非現実感は圧倒的なものになった。色のない強烈な光が戸外のあらゆるものをくっきりと浮かび上がらせていた。光がどこから発しているのか見当もつかなかった。この超常的な光は、通常なら肉眼では見えないはずの物の細部までを明らかにしており、私の驚きはさらに増した。ちらついている小雪の一片一片の精妙な結晶構造が鮮明に見て取れ、星か花のような繊細な形がこのうえなくくっきりと、宝石のようにきらめいていた。廃墟の姿を求めてあたりを見まわしたが、それはもうどこにもなかった。破壊の景観にはすでに馴染《なじ》んでいたが、今見ているものはそれとは違っていた。廃墟の町は痕跡すら残っていなかった。町を構成していたものはことごとく破壊され、その残骸の上を巨大なスチームローラーが通っていったとでもいうように、真っ平らになってしまっている。この全域の平坦化を強調するための意図的なオブジェとして故意に残されているように思える垂直の残骸が一つ二つ。夢のような感覚に包まれて私は歩いていった。生きている者、死んだ者を問わず、人の姿はいっさいなかった。空中にはどこか甘い香りが満ちていた。決して不快なものではないその香りは私の手や服にも染みついていて、たぶん何らかのガスの残り香だろうと思われた。火の手が見えないことに私は驚いた。燃えているものはないようで、煙もまったく見えなかった。その時になってようやく、私は白い不透明な液体に気づいた。その液体は何本もの細い流れとなって残骸の間を走り、あちらこちらで合流して水たまりを作っていた。液体は周辺部を侵蝕し、何であろうと接触するものを飲み込んでいく。そのようにして、白い水たまりは休むことなくその大きさを増していっていた。この広大な破壊の場の全域が処理されてしまうのももう時間の問題でしかない。私はしばし立ちつくし、これほどまでに完璧で実際的な処理の方法があるものかと、感嘆の思いに包まれてそのプロセスを見つめていた。

少女を探さねばならないことを思い出し、私は果てしない残骸の広がる中を延々と歩きまわった。遠く離れたところに少女の姿が見えたような気がして、声を上げて走り出すと、その姿は変容し、消えた。蜃気楼のようにさらに遠くに少女の姿が現われ、再び消滅した。瓦礫の山から女性の腕が突き出していた。その手首をつかんでそっと引っ張ると、腕だけがするりと抜けて私の手の中に残った。背後で何かが動く音がした。素早く振り返った私の眼に映ったのは、鳥がさえずるような声を上げながら、すべるように進んでくる一団の生き物の姿だった。異様な形状で部分的にしか人間でないようなその姿に、私はサイエンスフィクションに登場するミュータントを思い起こした。彼らは私に眼も向けず、私の存在を完全に無視していた。私も彼らに近づくようなことはせず、先を急いだ。

やがて死体が散乱している場所に出た。そのうちの一体が少女のものである可能性もあると思い、手近な死体に近づいて、まじまじと眺めてみた。まったく判別できる状態ではなく、頭蓋骨とわずかに残された肉が燐光を放っているばかりだった。ほかの死体を調べたところで時間の無駄でしかなさそうだった。私はそのままその場をあとにした。

6

部屋の前を通りすぎる私の足音を聞きつけた女主人がドアを開け、しかめ面でこちらをうかがった。私は気づかないふりをして玄関に急いだが、玄関の扉は何かが邪魔をしているようで、びくともしなかった。力いっぱい押しつづけていると、やがて戸口に積もった雪が崩れ、扉が開いた。凍りつく風が吹き込んできて背後の何かをガタガタと揺り動かした。「もっと気をつけてやったらどうなの！」と怒声が上がったが、私は無視した。

外に出た途端、私は降り積もった雪の量に驚かされた。純白の亡霊のような見知らぬ町が古い町に取って代わっていた。わずかな暗い明りのもと、厚い白の覆いは廃墟の形状を一変させ、細部は不鮮明になって、いっさいの輪郭がそれと見定めるのも難しい芒《ぼう》漠《ばく》としたものに変貌している。大量の雪が事物の実体と正確な位置を奪い去っていた。最以前に抱いた背後に何も存在しないナイロンの景観という印象がよみがえってきた。

初は小雪がちらちらと舞っているという程度だったのが、やがて、強い風にあおられた白い雪の塊が地面と平行に飛んでいくようになった。凍えるような寒風に私は頭を低くし、凍結し乾いた雪の粒が脚の周りで渦を巻くのを眺めながら歩いていった。吹き寄せる雪はさらに激しさを増し、やがて視界を完全に覆いつくしてしまった。自分がどこにいるのかもわからなくなった。途切れ途切れに瞬時見えるだけの景色は、どことなく見覚えはあるものの、どれも奇妙に変形し、現実感を欠いていた。考えがまとまらなくなった。外の世界の非現実性は、尋常ならざる形で私自身の乱された心の状態を延長したもののようにも思えてきた。

必死に思考をまとめようとしているうちに、やがて、少女が危険にさらされていることと、それを警告しておかねばならないことが思い出されてきた。カフェを見つけるのはあきらめて、まっすぐに長官のもとにおもむくことにした。町を見降ろす要塞にも似た石の巨塊は何とか見定めることができた。

中央広場を別にすれば、町は夜には人けが絶えるのが常だった。だが、驚いたことに、急坂に差しかかった私の前には館を目指して登っていくおびただしい数の人がいた。そう言えば、いつだったか、《高い館》で市民を招いての晩餐会か祝賀会が行なわれるという話を聞くともなしに耳にした記憶がある。その会が今晩催されるのに違いない。入口に着いた時、私は一つのグループからほんの数歩の位置にいた。この人たちがいてくれたのはありがたかった。誰もいなかったとしたら、ここが目指す場所かどうかの確信も持てなかったはずだ。それほどまでに雪はあらゆるものの外観を変えてしまっていた。入口の両側にある二つの小山は砲台だろう。しかし、ほかのいくつもの小山は何なのか見当がつかない。巨大な中央扉の上部のランタンから、剣のように鋭く尖った長い氷柱《つらら》が何本も下がり、ほのかな明りを反射してギラギラした輝きを放っていた。前にいたグループが入館を許されたので、私も進み出て中に入った。一人だったとしても衛兵が私を入れてくれたのはまず間違いないところだったが、それでもこうして入るのが一番簡単なように思えた。

誰一人、私にはわずかな注意も向けなかった。みな私であることは気づいているはずなのに、そんな様子を見せる者は皆無だった。見知った顔が近づいてきて一瞥もくれずに通り過ぎるということが繰り返されるにつれて、ますます非現実感がつのっていった。暗い広大な部屋はすでに大勢の人で込み合っていた。私が一緒に入ってきたのがたぶん最後に到着したグループだったのだろう。それにしても、これが祝賀会であるのなら、何とも異様なものだった。そこにいる人々の顔はいつに変わらず陰鬱で、笑い声はもとより、話し声すらほとんど聞こえてこない。やがて、ところどころで会話が始まったが、あまりにも低いトーンで、内容を聞き取ることはできなかった。

会衆に注目するのはやめて、私はどうすれば少女のもとに行けるかを考えはじめた。

この前は長官が部屋のドアの前まで連れていってくれたのだが、案内なしでもう一度あの部屋を見つけ出すことなどとうていできないことはわかっていた。誰かに手助けしてもらう必要があった。誰にアプローチするのが最善かと考えながら部屋から部屋へと歩きまわっているうちに、ふと気づくと、私は壮大なアーチ天井のある広間に入り込んでいた。架台に板を載せたテーブルがいくつも並び、肉やパンを盛った特大の皿の間に一定の間隔を置いて葡萄酒やそのほかの酒の壜と壺が置かれている。私は見とがめられないように暗い片隅に立って、召使いたちがさらに様々な料理の皿を運び込み、テーブルに並べていくのを眺めていた。少女の身を心配する気持ちは恐ろしく強まっていたにもかかわらず、彼女を見つけ出す行動に移ることをせず、何もせずにその場に突っ立っていた。やがて、様々な思念が異様な形で断片化していくのがわかった。

何百という松明《たいまつ》が赤々と燃え、広大な広間を照らしている。戦勝を祝う宴の準備はすでに整っていた。私はまず、副官の一人を従えて、捕虜の検分におもむいた。これは司令官の伝統的な特権であり、決まり事でもあった。女たちはひとまとめに仕切り柵の奥に押し込められていた。それぞれが誰からもできるだけ離れていようと奥まったところにいたが、私たちが近づいてくるのを見ると、さらに奥に行けないものかというふうに壁に体を押しつけた。私の眼を引く者はいなかった。私には一人一人を区別することもできなかった。苦しみが女たちに同じ表情を与えていた。広間のそれ以外の場所はどこも喧騒にあふれていたが、ここには沈黙しかなかった。哀願も罵言も悲嘆もなく、凝視する眼があるばかりだった。女たちの裸の手足と乳房の上で松明の赤い光が揺らめいていた。

松明は、束ねた火矢のように、高いアーチ天井を支える巨大な柱の一本一本にくくりつけられていた。ほかの女たちとは少し離れたところ、そうした柱の一つに寄りかかって、一人の少女が立っていた。輝く髪のほかに体を覆っているものは何もない。希望が失われてしまったことで、白い顔には静かな表情が浮かんでいた。まだ子供と言っていいようなその少女は私たちを見ようともせず、その眼ははるか遠く、内奥の夢に向けられていた。皮をむかれた小枝のような腕、流れ落ちる銀色の髪……雲間に顔をのぞかせた三日月……。私はそのままそこにとどまって、少女を眺めていたかった。だが、兵士たちがやってきて、私を王の御前《ごぜん》へと導いていった。

壮麗な黄金の玉座には、英雄たち、すなわち王の祖先たちの顔と偉業の数々が彫り込まれていた。王の膝からは、黒貂《くろてん》の毛皮で縁どられ金糸の刺繍を施した豪奢なマントが彫像のような硬い襞《ひだ》を作って重々しく垂れ下がり、松明からこぼれ落ちる火が、王の絶えず動きつづけている長くほっそりした手の冷たい白さにぬくもりを与えていた。王の眼からは青い閃光が放射され、同じ青い光が手に帯びた巨大な宝石からも発していた。王のこの宝石の名前を私は知らない。王の手と眼はひと時として静止することなく、絶え間ない青の放射攻撃が続いた。王は私を別の場所に移動させようとはせず、ずっとかたわらに立たせていた。勝利を得た軍勢を指揮した者であるがゆえに、私は欲しくもない派手やかな勲章を授けられた。こんなものはもう数えきれないほど持っていた。私は王に、あの少女をいただければいいと告げた。あえぐような声が上がった。周囲の人々はみな、私が殴り倒されるのを待ちかまえた。私はどうでもよかった。すでに人生の半ばを過ぎ、見たいと思うだけのものはもう充分に見ている。戦さにはうんざりし、戦争と殺戮以外に何も愛するもののない、この傲岸で危険な主人に仕えるのにもうんざりだった。この人物の戦さには常軌を逸したものがあった。征服するだけでは満足しない。殲滅《せんめつ》戦を要求し、敵は皆殺しにして、誰一人生かしておくことはないのだ。王は私を殺したいと思っている。だが、戦さなくして生きていくことができない人物であるとはいえ、王には軍事行動の計画を立て町を制圧する能力はない。それを行なうのは私しかいない。したがって、私を殺すわけにはいかない。王は私の軍事の技量を必要とし、同時に私の死を望んでいる。王は死の色をたたえた一瞥を投げ、そのまま私をかたわらに立たせつづけた。そして、周囲に立っているほかの人々に、もう少し近くに寄るようにと合図した。追従者たちの小さな輪が作られた。私が立っている場所にだけ切れ目が残った。小柄な男が私の腕をかいくぐるようにして輪の中にすべりこみ、獰猛な犬が嚙みつこうとでもするかのように鼻の長い顔をもたげて、主人にはへつらいの態度を、私にはののしりの声を向けた。輪は完成した。だが、青い閃光を放つ指輪も、静止することのない手の動きも、細長い指と尖った長い爪も、依然として見て取ることができた。王の指は人を締め殺そうとしているような奇妙な形で内側に曲がっていて、青い石はその湾曲部に位置していた。いくつかの命令が下されたが、声が低すぎて内容は聞き取れなかった。つい先刻、王は私の手腕と剛胆さを過剰な言葉で称賛し、多大な褒賞を約束した。私は今宵の主賓だった。王のことはよくわかっている。王が今、私のためにどのような褒賞を考えているかも充分に想像がつく。私はすでにそのための表情を準備していた。

六人の衛兵が少女を兵士用の外套でくるんで王の前に連れてきた。この男たちは傷痕をいっさい残さずに人間の体をつかむ訓練を受けていた。私はそんな方法を学んだこともなく、今目《ま》のあたりにしても、どのようにやるものなのか見当がつかなかった。ひと時の沈黙が降りた。私は思った。あるいは寛大さが発現されるかもしれない。状況次第ではありえないことではない……。

王の手が少女のほうに伸ばされた。餌食を求める湾曲した指、燃え立つ青。巨大な指輪が髪をかきむしった時、少女は喉の詰まったような小さな声を上げた。少女の声を聞いたのはその時だけだった。手首と足首にはめられた金属の環が弱い音を立て、少女は荒々しく王の膝の上に引きずり倒された。私は身動き一つせず、顔色も変えずに、この情景を見つめていた。峻厳で冷酷な人物、気の狂った危険きわまりない人殺し。少女の、若い女性特有のしなやかな体と夢見るような瞳……哀れみ、悲しみ……。

私は、忙しげに長卓の間を行き来している召使いの一人にアプローチすることにした。選んだのは、怯えた表情を浮かべた田舎娘だ。大勢の召使いの中で最も若い一人で、動作はのろのろとしており、この仕事に就いて日が浅いのは明らかだった。娘はいじめを受けているようで、ほかの者は彼女をいたぶり、平手で打ち、あざけり、のろまと怒鳴りつけた。娘は眼にいっぱい涙をためて失策を繰り返しつづけ、私が見ている間にも何度か物を落とした。その様子はどこか知能に欠陥があるのではないかと思えるほどだった。私は彼女が必ず通る戸口の前で待ち、娘をつかまえると口をふさいで戸口の外に引きずり出した。幸い通廊に人の姿はなかった。私は低い声で、傷つけたりするつもりはない、助けがほしいだけだと繰り返したが、娘は怯えた眼で私を見つめ、涙のあふれた眼をしばたたかせて震えているばかりで、私の言うことも理解していないように見えた。すぐに誰かが探しにくるはずで時間がないというのに、いっこうに口を開く気配がない。私はやさしく話しかけ、まくしたて、揺さぶって、紙幣の束を差し出した。答えも反応もまるでない。紙幣をさらに増やして、それを娘の鼻先に突きつけながら、「ここから逃げ出せる絶好のチャンスだぞ。君にひどい仕打をしている連中から逃げ出せるんだ。この金があれば当分は働く必要がない」と言うと、ようやく娘も話のポイントを理解して、私を部屋に案内することを承諾した。

私たちは歩きはじめたが、娘は相変わらずのろのろしており、何度も自信のない様子で足を止めた。この娘は本当に部屋への道を知っているのだろうか。堪忍袋の緒が切れそうになった。娘を殴りつけたくてたまらず、自分を抑えるのが難しくなってきた。手遅れになってしまうかもしれない。私は、どうしても長官と話をしなければならない、パーティが始まればそれもできなくなると言った。娘の答えは、早いうちは長官は姿を見せない、現われるのは必ず飲み食いが終わってから、つまり、およそ二時間後だということだった。これを聞いて、私はひと安心した。やがて、ついにあの急な階段の前に到達した。娘は階段の上を指差し、私が差し出した金をわしづかみにすると、来た道を一目散に駆け戻っていった。

私は階段を登り、部屋に通じる唯一のドアを開いた。防音された部屋は闇に包まれていたが、背後の踊り場からほのかなひとすじの光が射し込んだ。ベッドに横たわった少女がいた。きちんと服を着ており、かたわらに本があった。本を読みながら眠ってしまったようだ。私はそっと少女の名を呼んだ。少女がはっとしたように体を起こすと、その髪がきらめいた。「誰?」その声には恐怖があった。私は、かすかな光が顔を照らすように横を向いた。少女は即座に私を認知した。「こんなところで何をしているの?」「君は危険にさらされている。私は君を連れ出しにきたんだ」「なぜあなたと一緒に行かなければならないの?」その声には驚きが現われていた。「何も違いはあるまい、たとえ……」と言いかけた時、私たちは同時に物音を聞き取った。階段を登りはじめた足音。私はあとずさり、凍りついて息を殺した。ドアの外の弱い光は消えていた。暗い影に包まれて、私は安全だった。少女が裏切らない限りは。

　長官は荒々しく少女の肩をつかんだ。「外套を着ろ。すぐに出発する」その声は低く、有無を言わせないものだった。「出発？」少女は、背景の闇よりもなお暗い影でしかない長官を見つめながら、冷たい唇でつぶやいた。「なぜ？」「しゃべるな。私の言うとおりにしろ」少女は従順に立ち上がり、ドアから入ってくる隙間風に身を震わせた。「こんな暗がりの中では何も見つけられやしないわ。明りをつけてもいいかしら？」「だめだ。誰かに見られるかもしれない」長官は懐中電灯をつけ、少女が髪をとかしはじめたのを見て、櫛《くし》を引ったくった。「髪など放っておけ！　外套を着ろ。急いで！」長官からは性急な苛立ちが放射され、それが少女の動きをいっそうぎこちないものにした。暗い部屋を手探りして、ようやく外套を見つけ出したが、今度はどうやって手を通せばいいかわからずにまごついている。手にした外套は左右が逆になっていた。長官は怒りをあらわにして外套をつかみ、正しい向きにして無理やりに袖に腕を押し込んだ。「さあ、急げ！　音を立てるんじゃないぞ。我々が出発したことは誰にも知られてはならん」「どこに行くの？　どうして夜のこんな時間に出発しなければならないの？」少女は答えを期待しておらず、長官が「唯一のチャンスだからな」とつぶやいた時も、はたして正しく聞き取ったのかどうか確信を持てなかった。長官は接近しつつある氷について何事か付け加えたのち、少女の腕をつかみ、引きずるようにして踊り場から階段へと向かった。懐中電灯の光が間欠的に漆黒の闇を貫き、長官の強圧的な影を浮かび上がらせた。その影に従って、少女は夢遊病者のように巨大な建物の迷路を抜け、雪に埋もれた凍てつく夜の中に出た。

雪は依然として激しく降りしきっていたが、黒い車の上にはまったく積もっていなかった。たった今きれいに取り除かれたかのようだった。だが、すれ違った者はなく、どこにも人の姿は見えない。少女は震えながら車に乗り込み、長官が素早くチェーンを確かめている間、無言で座っていた。館の窓の前では純白の雪が黄色い長方形に切り取られ、その窓の明りの前を通過する時、雪は降りそそぐ黄金に変容した。晩餐会の広間から聞こえてくる話し声や皿の触れ合う渾然とした喧騒が車の発進音をかき消した。少女は思わずこうたずねた。「あの人たちをどうするの？　みんなあなたを待っているわ。会わないつもりなの？」

苛立ちがすでに極限にまで達していた長官は少女の問いかけに怒りを爆発させ、「しゃべるなと言ったろうが！」と怒鳴って、ハンドルを握っていた一方の手を振り上げた。声は怒りに満ち、暗い車内で眼がギラリと光った。襲いかかる拳《こぶし》を避けようと、少女は素早く後退したが、長官の手の届く範囲から逃れることはできず、丸めた体を守るように片腕を上げて、無言で長官の拳に眼を向けた。一撃は肩を襲い、少女はドアに叩きつけられた。その後は長官の無言の怒りからできるだけ離れていようとするかのように、口をつぐんだままじっと身を縮めていた。

窓外には雪にすっぽりとくるまれた静寂が広がり、車内は沈黙に満たされていた。長官はライトをつけずに運転した。彼の眼は猫の眼のように、雪の降りしきる暗闇の奥を見通すことができた。誰にも見えない亡霊と化した車はひそやかに廃墟の町をあとにした。雪に包まれた太古の要塞はたちまち後方に退いて雪の奥に沈み、倒壊した壁も背後に消えていった。前方に黒々とした森の壁が浮かび上がる。その連なりの上辺に荒れ狂う亡霊のような白い渦は、さながら砕け散る波頭から吹き飛ばされる飛沫《しぶき》だった。少女は黒い森の巨塊が襲いかかってくるのを待ち構えた。だが、車が樹々に激突することはなく、窓外には雪と森の静寂が、車内には長官の沈黙と少女自身の不安が広がっているばかりだった。長官はひとことも発せず、少女に眼を向けることもなく、パワフルな車を操って、凍結した山の悪路をすさまじい勢いで疾駆させていった。どんな障害物ものともせず、一瞬たりとスピードを落とすことはない。そのさまは、みずからの意志の力によるものと言わんばかりだった。激しい車の揺れに少女は何度となくあちこちに投げ出された。シートから動かずにいられるだけの重さが少女にはなかった。投げ出されたはずみに長官の外套に触れてしまった時、その布地が燃えているかのようにあわてて身を引いた。長官は気づいた様子も見せなかった。少女は忘れられ見捨てられた思いを味わった。

この尋常ならざる疾走の意味が少女にはまったく理解できなかった。森は永遠に続き、沈黙も果てしなく続いた。雪はやんだものの、寒さは衰えるどころか、ますます厳しさを増していった。黒い樹々の奥から浸み出してきた寒気《かんき》が二人の足もとで凝結したかのようだった。何時間も走りつづけてようやく、ほのかな朝の光がためらいがちに枝の屋根を透過してきたが、周囲に浮かび上がったのは鬱然としたモミの樹の連なりだけで、枯れた枝と生きている枝がからみ合った樹海のほかには何もなかった。そんな枝のあちこちに鳥の死骸があった。それはまるで、樹々が意志を持って捕らえたとでもいうかのようだった。少女は、それら死んだ鳥と自分を同一視して身震いした。黒い枝の網に捕らえられているのは犠牲者である自分なのだ。樹々の隊列が四囲を隙間なく取り囲み、あらゆる方向から果てしなく行進してくる。雪が再び窓の外を走りはじめ、白い旗をひるがえらせた。少女は遠い昔に自分というものをあけわたしてしまった人間だった。今起こっていることを何一つ理解していなかった。車が高く跳ね上がり、少女は激しく投げ出されながら、傷ついた肩をもう一方の手でかばおうと無益な努力を続けた。

昼の光が射す短い一日を長官は猛烈な勢いで突っ走った。少女には、薄明りのもとでのこの恐ろしい疾走以外には何の記憶もないような気がしてきた。沈黙、寒気、雪、かたわらにいる傲岸な人物。長官の彫像のような冷ややかな眼は、メルクリウスの眼、催眠力を持つ恐ろしい氷の眼だった。少女は憎しみを望んだ。そのほうがずっと耐えやすいように思えた。樹々が少しまばらになり、空がわずかにその領域を広げて、薄れゆく陽光の最後の輝きを送り届けてきた。突然、丸太小屋が二つ現われ、少女は愕然とした。小屋の間にはゲートがあり、道を遮断している。ゲートが開かれない限り、通過することはできない。有刺鉄線と金属で補強されたゲートがすさまじい勢いで迫ってくるのを、少女はただ見つめていた。車はゲートに突っ込み、途轍もない破壊音とともに突破した。木材が砕け引きちぎられ、頭を刺し貫くような金属の悲鳴が上がる。粉々になったガラスが降りかかってきて、少女が本能的に首をすくめた瞬間、鋭く尖った銀の矢がほんのわずか上の空間を切り裂いていった。車は片側の二つのタイヤだけで支えられた格好で激しく揺れ、転倒すると思われた最後の瞬間、奇跡的な操作によるものか、腕力ないし純然たる意志の力によるものか、運転者は車を立て直し、そのまま何事も起こらなかったように平然と走らせつづけた。

背後で叫び声が上がった。何発かの銃弾が無益な響きを発し、車には届かずに落ちた。少女は背後に眼をやり、制服姿の男たちが何人か走ってくるのを見た。だが、それもすぐに黒い樹々の連なりにさえぎられ、ささやかな騒乱のひと時は終わった。国境のこちら側での道路状態ははるかによく、車はさらにスピードを上げてスムーズに疾駆していった。少女は割れた窓から吹き込む凍りつく湿った空気の流れから逃れようと、座っている位置を変え、膝の上の砕け散ったガラスの破片を揺り落とした。手首に血がついていた。両方の手が切れて出血していた。少女はさしたる驚きも感じぬまま、その手を見つめた。

私は階段を駆け降り、通廊を走り抜けた。正面の扉が見えるところまで来ると、影に身をひそめて、入口をガードしている男たちをうかがった。パーティのざわめきがさらににぎやかなものになって、ダイニングホールから響いてくる。宴たけなわというところだ。冷えきった通廊にいる衛兵たちに誰かが声をかけた。なおも注視していると、衛兵たちは頭を寄せ合い、しばし協議したのち、持ち場を離れて、私のすぐ前を通り過ぎ、仲間に合流しにいった。私は、本来なら衛兵が監視しているはずの正面扉から誰にもとがめられることなく外に出た。

激しい雪が降っていた。間近の廃墟さえ、間断なく落ちてくる雪の白い動く幕の奥で静止したただの白い影となり、それと見定めることもできなかった。雪は明りのともった窓の前で黄色い蜂の群れを思わせる姿に変貌した。私の前には広大な雪原が広がっていた。かすかなくぼみが長官の車が停まっていた場所を示している。その時ようやく私は、いろんな形の白い小山が長官の所有下にあるほかの車だということに思い至った。深い雪に足をとられながら小山に向かい、最初の一台のドアを試してみたところ、ロックされていないことがわかった。車全体が雪に埋まり、タイヤとフロントガラスにはことのほか厚く積もっていた。ドアを開いた途端、雪が落ちてきて全身が雪まみれになり、フロントガラスの雪を払っている間にも袖口深くに入り込んだ。エンジンはいっこうにかかろうとしなかったが、辛抱強く試みたのちに、ようやく車はゆっくりと前進しはじめた。タイヤが路面を捕らえられる限界まで回転数を上げ、そののち、わずかに残された長官の車のタイヤ跡をたどりはじめた。だが、そうする間にも、降り積もる雪に轍《わだち》はみるみるかき消されていき、館を取り巻く壁の外に出ると実質的に消滅したも同然となった。森の入口で完全にタイヤ跡を見失い、それでも強引に木立に入っていった結果、車は一本の樹にぶつかり、樹皮を大きくはぎ取って動かなくなった。タイヤはむなしく雪をかきながら空《から》まわりしていた。車から降りた途端、頭上の木の枝から雪のかたまりが落ちてきて私を直撃した。二秒とたたないうちに、吹きつける雪が服に付着して固く凍りついた。モミの枝を何本か折ってタイヤの下に押し込み、車に戻ってもう一度エンジンをかけた。効果はなかった。タイヤは雪面を捕らえる気配も見せず、小さな悲鳴にも似た音を立てながら空転を続けるばかりだった。やがて、車が横すべりしはじめたので、私はサイドブレーキを引いて車から跳び出した。跳び出した先は吹きだまりで、腋《わき》のあたりまですっぽりと雪に埋まってしまった。体を動かすたびに雪が崩れ、襟もとからシャツの中に入り込んできて、臍《へそ》にまで達するのが感じられた。必死になって何とか這い出したものの、この作業に私は疲れきってしまった。さらに多くの枝を折り取ってタイヤの下に押し込んでみたが、依然としてグリップする気配はない。疲れ果てた私は、少なくとも、追跡はあきらめざるをえないことを悟った。天候ももうどうしようもない状態になっていた。その後、果てしない努力を重ね、どうにか車を動くようにした私は、文字どおり這うようにして町に戻った。この状況下でなしうることはほかにはなかった。

町の外壁に到達したところで、車は再びすべりはじめ、今回は完全にコントロールできなくなった。ふと気づくと、前輪が砲弾の作った深いクレーターの縁をけずりかけていた。落差は何メートルもある。もう一秒気づくのが遅かったら命はなかっただろう。思いきりブレーキを踏み込むと、車は見事にスピンし、完全に一回転したところで私が車外に跳び出すと同時に、そのまま鼻面からダイビングして雪の下に消えた。

凍え、疲労困憊し、体はひどく震えて、歩くこともできそうになかった。幸いなことに宿はそう遠くなかった。何度も足をすべらせ、よろめきながら、ようやく部屋にたどり着くと、服に凍りついた雪もそのままに、歯をガチガチ言わせながらストーブを抱えこむようにしてうずくまった。震えは信じられないほど激しく、しばらくは外套のボタンを外すこともできなかった。のろのろと、一歩また一歩と時間のかかる段階を経て、ようやく外套を引きはがすことに成功した。これとまったく同様の、果てしないと思える苦闘を強いられたのち、やっとのことで凍りついた衣類のいっさいから解放されると、私はもがくように部屋着に袖を通した。国際電報が来ているのに気づいたのはその時だった。私は封を破った。

発信人の告げるところでは、これから数日後に決定的な局面に至るということだった。すでに空と海の便はすべて運行を停止しているが、翌朝、私をヘリコプターでピックアップする手はずがついているという。薄い電信用紙を握りしめたまま私はベッドにもぐり込み、何枚もの毛布の下で震えつづけた。このニュースを、長官は日中早い時間に受け取ったに違いない。そして、自分だけは助かるようにと、町の人々を運命のもとに置き去りにして、早々と逃亡してしまったのだ。こうした行動が大いに非難されてしかるべきスキャンダラスなものであることは言うまでもないが、私には長官を責めるつもりはなかった。私が長官の立場にあったとして、異なった行動がとれたとは思えない。この国を救うために長官にできることは何もなかった。このニュースを公表していたなら、間違いなく大パニックが起こり、道路はどこも車で埋めつくされて通行できなくなり、結局のところ、誰一人逃げ出すことはできなかっただろう。いずれにしても、私自身がつい今しがた体験したことから考えて、長官が国境に到達できる可能性は極めて低いとしか思えなかった。

7

ヘリコプターが遠隔の地の港に私を降ろしたのは船が出航する直前だった。私は熱病の一種にかかったようで、震えと痛みの中で感情が鈍磨していた。波止場に向かう車の後部席に座った私は、窓外に眼を向けることもなく、朦朧《もうろう》とした状態で乗船した。デッキを歩き出した時、船はすでに動きはじめていた。私は船室に直行するつもりでいた。だが、その時、港の光景が私の眼を捕らえた。私はショックを受け、足を止めて、その光景を見つめた。私の前をすべるように通り過ぎていく陽光に照らされた港。町は活気にあふれている。広々とした街路が見える。身なりの良い人々、近代的なビルの数々、車、青い水に浮かぶヨット。雪はない。廃墟もなく、武装した衛兵もいない。これは魔法だ。夢で見た光景のフラッシュバックだ。次いで新たなショックが襲う。これこそが現実であり、ほかの出来事のほうが夢なのかもしれないと思い至った時の、体が揺さぶられるような覚醒感。突如、これまでの日々が非現実なものとしか思えなくなった。もはや、その実在を信じることもできなかった。私はこのうえない安堵感に包まれた。長く冷たく暗いトンネルからようやく陽光のもとに出たという感覚だった。つい先刻まで起こっていたことは忘れてしまいたい。少女のことも、これまで続けてきた意味のない挫折ばかりの追跡も忘れて、未来のことだけを考えたい。

熱が引いても、こうした思いは変わることがなかった。過去から解き放たれたことを喜びながら、私はインドリたちのもとにおもむこうと決意した。あの熱帯の島をわが家とし、インドリそのものをライフワークにしよう。インドリを研究し、彼らの歴史を書き、あの不思議な歌を録音することに残った人生を捧げよう。私の知る限り、これはまだ誰もやっていない仕事だ。これは満足できる計画であり、人生を捧げるに値する目的だと思えた。

船内の売店で、私は大判のノートとありったけのボールペンを購入した。プランを立てる準備は整った。しかし、それに専念することはできなかった。結局のところ、私は過去から解放されてはいなかった。私の思いは果てしなく少女のもとに戻っていった。彼女を忘れたいと思ったことが信じられなかった。彼女を忘れるなど、とんでもないことと、ありえないことだ。少女は私の一部と言うべき存在であり、彼女なくして生きていくことはできないのだから。だが、この今、私はインドリたちのもとに行きたいと切望してもいる。葛藤が生じた。少女は私の行く手に立ちふさがり、あの細い腕で私を引き戻そうとした。

少女のことを考えるのはやめようと努力した。あの無垢な生き物たちの甘美で超常的な歌声に意識を集中しようとした。しかし、少女は執拗に、無垢とはほど遠い想念で私の心を乱しつづけた。少女の顔がとりついて離れない。ゆるやかなカーブを描く長いまつげ、おずおずとした魅惑的なほほえみ。次いで、私が意のままに作り出せる様々な表情が浮かぶ。ほほえみが不意に傷ついた表情に変わり、たちまち怯えに、涙に移行してしまう。この誘惑の強さに私は動揺する。振り降ろされる死刑執行人の黒い腕、少女の手首をつかむ私の両手……この夢が現実に変わるかもしれないことが恐ろしい……少女の内にある何かが、彼女を犠牲者にすることを要求する。こうして、少女は私の夢を忌まわしいものに変容させ、自分では望んでもいない暗い世界の探索へ私を導いていく。今ではもう私たちのどちらが犠牲者なのか判然としない。たぶん互いが互いの犠牲者なのだろう。

置き去りにしてきた状況のことを考えると、どうしようもない不安に包まれた。私はデッキを歩きまわりながら考えつづけた。いったい何が起こったのか、長官は無事に逃げおおせたのか、少女は長官と行動をともにしたのか。船上にはニュースはまったく届かない。待つしかなかった。何らかの情報を得られる港に到着し上陸するのを、どうしようもない不安と苛立ちに包まれて、ただ待つしかなかった。船上での長い時間が過ぎ、ようやくその日が来た。客室係にスーツのプレスを頼んであった。届けられたスーツのボタン穴には、生き生きともたせてある真紅のカーネーションがとめつけられていた。鮮やかな色彩がライトグレーの生地によく映えていた。

客室を出ようとした時、傍若無人なノックの音がしたかと思うと、私服の警察官が返事も待たずに入ってきた。彼は帽子もとらず、上着の前を開けて警官のバッジと腋下のホルスターの拳銃を見せた。私はパスポートを渡した。警官は横柄な物腰でページをめくりながら、およそ礼儀というものを欠いた遠慮のない眼で私を上から下までじろじろと眺めわたし、とりわけ、赤いカーネーションにはあからさまな非難を込めた強いまなざしを向けた。私の外見のいっさいが、あらかじめ固まっていた男の私に対する評価をいっそう低下させたのは明らかだった。用件は何かとたずねてみた。答えはなく、侮蔑感もあらわな沈黙が続いた。私ももう一度たずねる気にはならなかった。男は手錠を取り出して眼の前で揺らしてみせた。私は何も言わなかった。やがて、ジャラジャラ言わせつづけるのにも飽きたのか、しまい込んでから、私の国に対する配慮から手錠は使わないことにすると言った。私は男の同行のもとで下船を許されるということだった。いかなる策略も講じないほうが賢明だというひとことが付け加えられた。

照りつける太陽のもと、全員が下船しつつあった。混雑する人の流れの中で、私は同意したとおり、男から離れないよう真横に並んで進んでいった。心配はしていなかった。

こういうことはよくあることだ。事情聴取を受けるのだろうと考え、どんな質問を受けるのかと思った。また、彼らがどうやって私の名前をチェックしたのかとも考えた。制服姿の警官が波止場のすぐ先の脇道で私たちを待っていた。私は黒いガラスのはまった装甲自動車に乗るよう命じられた。短いドライブののち、車は静かな一角にある大きな公用のビルの前で停まった。鳥がさえずっていた。海上での長い時間を過ごした私にとって、そのさえずりは特別な響きを伴って聞こえてきた。

通行人の姿はほとんどなく、そのわずかな人たちも我々には何の注意も向けなかった。ただ一人、数メートル離れた角に立っている少女が、何か興味を持ったように、私のほうに短い視線を何度か投げてきた。少女は春の花を売っていた。キズイセン、サンジャクアヤメ、野生のチューリップなどに混じって、私がつけているのと同じ真紅のカーネーションがひと束あった。武器を装着した一団の男が私を取り囲んだ。隊列を組んで私をビルの中に連行し、長い廊下を進んでいった。「ぐずぐずするな」容赦のない力のこもった手が私の肘をつかみ、その手に押し上げられるようにして、私は数段の階段を登った。開け放たれた両開きの扉の先は劇場を思わせる広い部屋で、列をなす座席に大勢の人が座っており、一方、その人たちと向かい合う一段と高い席に治安判事の姿があった。「入れ！」何人もの手が私を引っ張って、教会の会衆席のような座席に押し込んだ。「止まれ！」のかけ声とともに、左右で、そろった足踏みが停止した。私はこの場とはまったく切り離された感覚を味わいながら、あたりを見まわした。高い天井、閉ざされた窓。陽光はなく、鳥のさえずりもない。私の両側には銃を持った男たちが、そして、あらゆるところに私を注視している顔がある。人々は小声でささやき交わし、咳払いをした。陪審員たちはみな疲れているか退屈しきっているように見えた。誰かが、私の名前と経歴、その他の事項を読み上げた。間違いはなかった。それを確認したのち、私は宣誓をした。

これは少女の失踪について審理する裁判だった。少女は誘拐され、殺された可能性もあるとされていた。ある高名な人物に嫌疑がかけられ、取り調べを受けたあと、今度は別の人物が起訴されるに至ったが、その人物は行方不明だという。少女の名が挙げられ、私は彼女を知っているかとたずねられた。私は何年も前から知っていると答えた。「彼女とは深い付き合いだったのですか?」「古くからの友人です」と言うと、笑い声が上がった。別の誰かが「彼女とはどういう関係だったのですか?」と言った。「今言ったとおり、古くからの友人です」さらに大きな笑い声が起こって、法廷の職員の一人に静かにと制された。「あなたは友人を追って外国に行くために、いきなりあらゆる予定を変更し、当時携わっていた仕事のいっさいを投げ出したと、そう我々に信じてもらいたいわけですか?」私に関してはあらゆることが調べつくされているようだった。「そのとおりです」と私は言った。

私はベッドに腰を降ろし、煙草を吸いながら、髪をとかしている少女の、鏡に映じた顔を見つめている。なめらかな光沢を持つまばゆい髪の豊かな房が、銀の滝となって両肩に流れ落ちている。少女は身を乗り出して自分の姿を眺め、鏡は小さな乳房の上端を映し出す。少女の呼吸に合わせて上下する胸を見つめながら、私はそっと近づいて背後に立ち、腕をまわして両の乳房を手で覆う。少女は身を振りほどこうとする。彼女の怯えた表情を見たくなかったので、私は煙草の煙を顔に吹きかける。少女は抵抗を続ける。火のついた煙草を悪しき目的に使いたいという衝動に駆られ、それを実行に移さないよう、床に落として足先で踏み消し、そののち、改めて少女を引き寄せる。少女は必死にもがき、叫ぶ。「やめて！　放っておいて！　あなたなんか大嫌い！　残酷で不誠実で……みんなを裏切って、約束を破って……」私は我慢しきれなくなり、少女を放して、ドアに錠を下ろしにいく。ドアに着く前に物音がして振り返ると、少女がオーデコロンの大きな壜を振りかざしている。私を殴ろうというのだ。私は、壜を降ろせと言うが、少女は耳を貸す様子はない。私は戻って、少女の手から壜をもぎ取る。少女には奪い合いをするだけの力はない。彼女には幼い子供程度の力しかない。

少女が服を着ている間、私はベッドに腰を降ろしている。互いにひとことも口をきかない。身支度を終えて少女が外套のベルトを締めた時、不意にドアが開く。苛立ちの極にあった私は、今一度戻って錠を下ろすのを忘れていたのだ。男が入ってくる。私は彼を追い出そうとベッドから立ち上がるが、男は私の姿が見えないか、あるいは存在していないかのように、私の横を通り過ぎる。

背が高く、運動選手のような体つきの、傲岸な容貌の人物。その自信にあふれた態度には、ほとんど偏執病者のようなおもむきがある。このうえない輝きを放つ青い眼が危険なシグナルを投射する。その眼は私を見るまいとしているように思える。少女は石になったように立ちつくし、何の行動もとろうとしない。私もまた同様に何もせず、ただ成り行きを眺めている。私らしからぬことだ。一方、男のほうはリヴォルヴァーという明白な意図を示すものを手に持っている。彼がその意図を実行に移すのを止めることはできない。男は私たち二人とも撃つつもりなのか。だとしたら、どちらを先に撃つのだろう。私たちの一方だけを撃つつもりなら、いったいどちらを撃つのだろう。そんなことが私の関心を捕らえている。

男が少女を自分の所有物と見なしているのは明らかだ。私は少女が私に所属していると考えている。我々二人の間で少女はその存在を消し去られ、無へと変じてしまう。少女の唯一の役割とは、あるいは我々二人を結びつけることだったのかもしれない。男の顔には、常に私をはねつける、あの極度に傲岸な表情が浮かんでいる。それにもかかわらず、私は唐突に、男に対して説明のしようのない親近感を覚える。まるで血がつながっているような、そんな近しさが混乱を生み、そして、私はこんな疑問を抱きはじめる。

本当に我々は二人の人間なのだろうか……。

「あなたがその友人に会われた時、何があったのですか?」という質問がなされた。「私たちは会っていません」抑えられた興奮のどよめきが起こり、法廷職員は再び静粛を求めなければならなかった。続く声は、充分な訓練を積んだ役者の台詞《せりふ》のように聞こえた。「私は、当証人が精神病者、おそらくは分裂病者であり、したがって、その証言も信じるに足らぬものと申し上げたいと思います」誰かが異議を差しはさんだ。「精神分析医の鑑定書を提出せよ」芝居がかった声が続く。「考えうる限り、最大限の強調をもって繰り返します。この男は精神病者として知られており、全面的に信用できないのであります。我々が今取り調べているのは、無垢にして純潔な若い女性に対してなされた極悪非道な犯罪です。この人物の異様な冷淡さ、感情の欠落した陳述ぶりに注目していただきたい。この法廷に、ボタン穴にあのような花をつけてくるとは、まったくもって何というシニシズムでありましょう! 家庭生活の尊厳に対して、つつましく恭順な感情に対して、かくまで侮辱的な姿勢を誇示するとは、何と傲岸不遜なことでありましょう! この人物の態度は正常ならざるばかりか、堕落した恥ずべきものであり、我々が持っている神聖にして侵すべからざるものへの冒瀆であります……」

室内のどこか高いところ、私には見えないところで鐘が鳴った。上級判事の平板な声が告げた。「精神病者は証人として認めるわけにはいかない」

私は法廷から連れ出され、独房に十七時間拘置された。そして、翌朝早く、何の説明もなしに釈放された。この間《かん》に船は私の荷物を載せたまま出航してしまっていた。私は着のみ着のままで置き去りにされてしまったことになる。ただ幸いなことに、パスポートと財布は没収されずにすんだ。金は充分に支給されていた。

理髪店で髭を剃ってもらい、顔を洗って髪を整えてもらうと、私は鏡に映った姿を注意深く検分した。新しいシャツが必要だったが、店はまだどこも開いていない。あとで買って着替えるしかなさそうだ。いずれにしても、今のままでもさほど見苦しくはなく、しおれたカーネーションを取ってしまえば、まず普通に見えるだろう。カーネーションは外の溝に捨てるつもりで理髪店を出ると、店の前にいた少年が靴を磨かないかと声をかけてきた。磨いてもらっている間に、一番いいカフェはどこかときいてみた。少年は通りの先を指差した。靴磨きを終えてそのまま歩いていってみると、実際なかなかよさそうなカフェだったので、私は戸外の陽に照らされたテーブルについた。早朝のことで、ほかに客の姿はなかった。勤務中のウェイターも一人だけで、盆に載せたコーヒーとロールパンを運んでくると、私をその場に残して、すぐに暗い店の中に戻っていってしまった。私はコーヒーを飲み、これから何をしたらいいのかと考えながら、行き過ぎる人々を眺めていた。朝もこれほど早い時刻となると、通行人もそれほど多くはなかった。花の籠《かご》を抱えた少女が通っていった。それを見て、私はまだカーネーションを捨てていなかったことを思い出した。ボタン穴から引き抜こうとしたところ、例の客室係の手でしっかりとピンどめされているのがわかった。襟を裏返し、横眼で見降ろしながらピンのありかを探っていると、誰かが「取ってあげましょう」と言った。顔を上げると、花売りの少女が笑みを浮かべていた。どこかで見たことがあるような気がして、私は以前からこの少女を知っていて好感を抱いているというような気持ちになった。手際よくカーネーションを外した少女は、まったく同じとしか思えない花を籠から取り出して改めてつけようとした。それには及ばないという言葉が出かけたが、ふと何かが脳裡をよぎり、私は口をつぐんだままでいた。新しい花をとめつけてからも、少女はそのまま私のかたわらに立っていた。単に代金を受け取るのを待っているだけではないという様子だった。この推察は間違いないと思えたが、万一誤解であったらと考えて、私は何も言わずにいた。私の推測は正しく、ほどなく少女はこう言った。「何かほかに、私にしてもらいたいことはありませんか?」私は素早く周囲を見まわした。依然としてほかのテーブルに客の姿はなく、路上の人たちも声の届くところにはいない。少女は籠を椅子に置いていたので、私は花をひと束ずつ取り上げて吟味しているふりをした。誰が監視していようとも、たとえ野外用の双眼鏡で見ていようとも、花売りと客が普通に話をしているとしか見えないだろう。私は「ある」と言ったものの、この少女が何者なのか判断をつけかねていた。だが、いずれにせよ、事態がいったいどうなっているのか一刻も早く突きとめるのが何よりも肝要だった。「しばらく船に乗っていて情報が得られなかったんだ。教えてもらいたいことがずいぶんある」

最新の状況についてどれほど無知であるかをさらけ出さないようにしながら、私は慎重にいくつか質問をした。私の国の状況は漠然としていて不安を抱かせるものだった。正確な情報はいっさい伝わってきておらず、災厄の規模もまだまったく知られていなかった。北の国の長官は奥地に逃亡して割拠する軍閥の一つに合流し、それら軍閥間では様々な衝突が起こっているという。

私は質問を続けた。少女は礼儀正しく友好的な態度を崩さずに私の役に立とうと努めていたが、応答は次第に曖昧なものになっていった。深入りするのを怖れているようでもあった。客が一人二人、カフェに入ってきて間近のテーブルについた。少女は小声で、「こうしたことについては、もっと上にいる人と話す必要があると思います。お望みなら、手はずを整えてきますけど」と言った。私は即座に同意したが、この少女にそのようなことができるとはとうてい思えなかった。少女は私に待っていてくださいと言い残して花籠を取り上げると、半ば走るようにして通りの彼方に消えていった。彼女が戻ってくることはないだろうと思いながらも、私はコーヒーのお代わりを注文して待った。ほかになすべきこともなかった。彼女を介して知った長官逃亡のニュースは、とりあえずは安心感を与えてくれた。確証はないとはいえ、長官が少女を伴っていることはまず間違いないと思えたからだ。時間が過ぎていった。今では、あたりには大勢の人がいた。私は通りを見つめながら、わが情報提供者が戻るのを待った。そして、もう戻ってこないと判断を下したちょうどその時、人込みをかき分けるように急いでやってくる少女の姿が見えた。私のテーブルまで来ると、彼女は大きな声で、「はい、ご注文のスミレです。あちこち探して、結局、中央市場まで行かなきゃなりませんでした。少し高いかもしれないけど」と言った。息を切らしてはいたが、周囲の人々を意識して、はっきりと陽気な口調で話すように努めているのがわかった。これ以上引きとめようとしても無駄だと判断して、私は「いくらだね?」とだけ言った。少女が告げた金額を渡すと、彼女はチャーミングな笑みを浮かべて礼を言い、勢いよく走り去って人込みの中に姿を消した。

スミレは紙に包まれていて、その紙にメッセージが書かれていた。これで、どこに行けば助力を与えてくれる人物に会えるかがわかった。このメッセージは即刻処分しなければならない。私は、日用品を入れておくために、革の持ち手とストラップのついたカンヴァス地の鞄を買い、それからホテルを探した。ホテルの部屋で風呂に入り、着替えを済ませてから、紙に記されていた人物のオフィスにおもむいた。その人物にはすぐに会えた。彼もまた真紅のカーネーションをつけていた。用心してかかる必要があった。

私は単刀直入に本題に入った。遠まわしに話を持っていけば、かえって危ういことになりそうだったからだ。長官が軍事活動を行なっているという町の名を挙げ、そこに行くことが可能かどうかたずねた。「無理です。あの地域では戦闘が続いていて、町でも連日のように夜襲があります。外国人は立ち入りを許されていません」「例外はない、と?」男は首を横に振った。「どのみち、政府関係の人間以外には行く手段もありません」否定的な言葉ばかりを聞かされて、私としてはこう言うよりほかになかった。「あきらめたほうがいいとおっしゃるわけですね?」「公的な立場から申せば、そのとおりです」男は秘密めかした視線を私に向けた。「だが、百パーセントだめだと言うわけではありません」その表情に元気づけるような色が加わった。「私に手助けできるかもしれないことが一つだけあります。ともかく、どれだけできるかやってみましょう。でも、それほど当てにはしないでください。二、三日すれば、状況をお知らせできると思います」私は礼を述べた。立ち上がって握手を交わした。男は、何であれ情報が入ったら直ちに連絡すると約束してくれた。

私はどこかうんざりした思いと焦《あせ》りを感じていた。なすべきことは何もなかった。この町の生活は、表面的には平常に見えるものの、実際には少しずつ行き詰まりの状態に近づきつつあった。北方から届く途切れ途切れのニュースは大々的な混乱と想像を絶する状況を伝えていた。破壊は途方もない規模で広がっているに違いない。生き残った人間もごくわずかだろう。この地域のローカル放送局はどこも、気楽なトーンで、心配することはないという内容の放送を続けている。一般市民に動揺を与えてはならないという政府の方針に基づくものだ。私には、このキャスターたちも、自分たちの国は破滅を免れると本気で信じているように思われた。私にはわかっていた。安全な国などどこにも存在しない。眼前の危機からいかに遠く逃げようと、災厄は果てしなく広がっていき、最終的にはこの惑星の全域を覆いつくしてしまうのだ。その一方で、全面的な紛争が広がるのも避けられない状況になっている。小規模ながらも戦争がすでに始まっていることは、最悪の事態に至る可能性を示している。多少なりとも理性を持ち合わせている国は、好戦的な国の動きを抑えようと全力を傾けているが、この努力も結局のところ、一触即発の危険をはらんだ現状と、現在の破局的状況をさらに増大させる全面戦争の脅威を際立たせるだけの結果しか生んでいない。少し脇に追いやられていた少女の身を心配する思いが再び湧き上がってきた。一国の破滅から逃げ出せたからと言って安全になったわけではない。別の国に行ったのであれば、大規模の戦闘に巻き込まれている可能性が高い。長官が少女を安全な場所に送り届けたと考えたかったが、長官の性格を十二分に知っている者としては、そんなことが信じられるわけもなかった。とにかく、何より重要なのは長官に会うことだ。長官に会わなければ、少女がどうなったかも永久にわからないだろう。その夜、私は何軒ものバーで過ごしながら人々の話に耳を傾けた。長官の名前が何度も話に出た。みずからの国民を裏切った逆賊として語られることもしばしばだったが、それ以上に、戦争の成り行きに何らかの影響を及ぼす新しい実力者であり、眼を離せない重要人物だととらえている者が多いようだった。

翌朝一番にフロントから電話があった。誰かが私に面会を求めているという。私は例の組織の幹部からの伝言を期待して、面会者という人物に部屋まで来てもらうように言った。「こんにちは」笑みを浮かべ、屈託のない様子で入ってきたのは花売りの少女だった。驚いた私を見て、少女は言った。「もう忘れられてしまったのかしら?」私は、君がここに来るとは思っていなかったので、と言った。今度は少女のほうが驚いた顔を見せた。「でも、ご存じでしょう? 毎朝、花を届けるのも私の仕事の一部だってことは」少女がカーネーションをつけてくれる間、私は黙っていた。愚かなことに、私は、少女が属している組織についてまったく無知であることを、かくも簡単にさらけ出してしまったのだ。組織のことを知りたいとは思ったが、私自身の正体も知られてしまう可能性のあるのが心配だった。ふと、この少女ともう少しゆっくり過ごせば、こちらから質問をしなくても情報を得られるかもしれないという考えが浮かんだ。少女は若く魅力的で、自然で落ち着いた振る舞いも好ましい。退屈をまぎらわしてくれることにもなるだろう。

私はその夜の夕食に少女を誘った。彼女の物腰はチャーミングで、ものおじしない、人を引きつける振る舞いを示した。食事ののち、ナイトクラブを二軒はしごしてダンスをした。少女はとても楽しいパートナーだった。リラックスして屈託なくよくしゃべったが、私がまだ知らない事柄は口にしなかった。私は少女とともにホテルに戻った。私たちが寄り添って入っていくと、ポーターはあらぬ方に眼をやった。私はかなり飲んでいた。少女のたっぷりとしたスカートがきらきらと輝く輪になって床に落ちた。翌朝早く、私がまだ眠っている間に少女は花市場に出かけ、朝食時に新しいカーネーションを一本持って戻ってきた。眼を輝かせ、明るく生命力にあふれていて、昨夜の闇の中で過ごした時以上に魅力的だった。しばらく引きとめて、彼女を介してこの現在に自分をつなぎとめておきたいと思った。しかし、少女は言った。「いいえ、もう行かなくてはならないわ。しなければならない仕事があるから」そして、最大限の親しみを込めた笑みを浮かべると、今晩また一緒にダンスをすると約束した。その後、二度と少女に会うことはなかった。

新聞を読んでいる時に、幹部からの使いが来た。私は急いで彼のオフィスに行った。彼は陰謀にかかわっているような秘密めかした風情で私を迎えた。「手はずを整えることができました。少々急を要することになりますが」と言ってにやりと笑った。自分に満足し、自分が事態を巧みに操作したことを私に示して満足しているようだった。私は驚きと興奮を味わっていた。彼は続けて、「国境の我々の側に設置が進んでいる新しい送信機の重要な交換部品を運ぶトラックが、たまたま今日、出発することになりました。

目的地はあなたが目指している町のすぐ近くです。あなたは外国人のコンサルタントということになっています。細かいことは途中でチェックしてください。必要なものはすべてここに入っています」彼は書類がぎっしり詰まった厚いホルダーを差し出した。一番上に旅行許可証があり、三十分後に中央郵便局の前に行かなければならないことがわかった。

私は最大級の感謝の言葉を並べた。彼は私の腕を軽くたたいた。「気にするには及びません。私は役に立てただけで満足です」手を引く際に、彼はボタン穴の花に軽く触わった。私はギクリとした。何か疑っているのだろうか？　彼の組織について何一つ解明できなかったとはいえ、少なくとも相当な力を持った組織だということだけはわかったわけだ。ホッとしたことに、彼は微笑を浮かべてこう言っただけだった。「急いで荷物をまとめに戻られたほうがいいでしょう。どんな理由があれ、遅れてはなりません。運転手は定刻出発の指令を受けているし、誰であろうと絶対に待っていてはくれません」

部屋がみるみる暗くなっていった。突発的な嵐だった。幹部の手がライトのほうに伸ばされた時、青白い閃光と雷鳴が同時に起こり、猛烈な雨が窓をたたきはじめた。長外套の制服を着た男が入ってきて、スイッチに触わるなという仕草をした。私に判別できたのは大柄ながっしりした体軀の男だというだけだったが、その巨大な外形にはどこか見覚えがあるような気がした。男は部屋の隅に立って低い声で幹部と話しはじめた。抑えられた声ながら激した様子のうかがえる話し合いの内容を聞き取ろうとしたが、何もわからなかった。ただ、二人が何度となく私のほうに短い視線を投げるところから、私が話題になっていることは間違いないようだ。それも明らかに良い話ではない。制服の男の顔は依然として見定められなかったが、激しい雷鳴の合間に強い非難の口調が聞き取れた。具体的な内容はわからない。男は、幹部の私に対する信用に疑いを持たせることに成功したらしく、明りに近いところに立っていた幹部が明白な動揺と疑いの表情を見せているのがわかった。

私もまた、このうえなく落ち着かない気持ちになっていた。もし、幹部が私に対する見方を変えたなら、私は何とも困った事態に追い込まれてしまう。長官のもとに行きつける可能性が絶たれてしまうだけでなく、真紅のカーネーションを彼らをだますために使っていたことが発覚するからだ。再逮捕されて再び監獄に送られる最悪の事態も充分に考えられる。

私は腕時計を見た。すでに三十分のうちの数分が経過していた。一刻も早くこの部屋から出なければと思い、そっとあとずさりして、うしろ手にドアを開こうとした。

強烈な閃光が室内を切り裂き、突発的な動きを毒々しい色で照らし出した。外套の裾がひるがえり、手にした銃がこちらに向けられた。私が両手を上げると、男は半ば体をひねり、轟きわたる雷鳴も圧せんばかりの大声で、それまで話を続けていた相手に怒鳴った。「どうだ、言ったとおりだろう？」男の注意がそれた瞬間、私は学生時代に習ったタックルの要領で男の脚に跳びかかった。発射された銃弾が頭上を飛んでいった。男は倒れるまでには至らなかったが、長い外套がまとわりついてバランスを失った。男が再び狙いを定めるより早く、私はその手からリヴォルヴァーをたたき落とし、部屋の反対側まで蹴飛ばした。男は即座に私に向かってきた。全体重をかけて体ごとぶつかってくるとともに、両の拳で強烈なパンチを繰り出してきた。男の体重は私をはるかに上まわっていて、私はもう少しで倒れそうになった。ドアが支えになった。ドアに貼りついた私の耳に、廊下をこちらにやってくる足音が聞こえた。室内の敵は再び猛々しく襲いかかってくると同時に、幹部に、銃を拾えと怒鳴った。拳銃を拾われたらおしまいだ。私はやけくそで引き開けたドアを男にたたきつけ、渾身の力を込めて足蹴りを食らわせた。男が体を二つ折りにしてうずくまるのを見て大いなる満足感を味わうと、向きを変えて一目散に駆け出した。行く手に新たに二人の人影が現われた。私は眼も向けずに一人また一人と投げ飛ばした。一人が叫び声とともにドアに激突する音が聞こえた。ほかに私を止めようとする者はいなかった。あとを振り返ることもなく、一気に廊下を駆け抜けて外に出た。雷鳴のおかげで銃声は隣接したオフィス以外には届かなかったようだ。

依然として嵐が私を助けてくれた。奔流のような雨に誰もが建物の中に避難してしまっていて、見とがめられる気づかいもなかった。街路には水があふれ、あっというまにぐしょ濡れになってしまったが、私は浅い川を徒渉《としょう》しているかのように水飛沫《しぶき》を跳ね上げながら、全力で走りつづけた。幸い中央郵便局の場所はわかっていたので、まっすぐにそこを目指した。ホテルには私を引きとめておくよう電話で連絡が行っているはずだし、そもそも戻っている余裕などなかった。郵便局についた時、トラックの運転手はすでにエンジンをかけていた。私は運転手に見えるように旅行許可証を振りかざしながら近づいていった。運転手は私をにらみつけ、親指を突き立ててトラックの後部を指し示した。私は最後の力を振りしぼって後部によじ登り、何かひどく硬いものの上に倒れ込んだ。すぐに誰かがフラップを降ろして、雨と昼の光を閉め出した。大きくひと揺れして、トラックは動き出した。息もできず、全身傷だらけで体の芯まで濡れそぼってはいたが、しかし、私は深い勝利感に満たされていた。

トラックの後部には私を含めて四人が詰め込まれていた。暗く、ひどい騒音で、居心地は最低だった。テントの中にいるような感じで、座席代わりに厚い板が置かれていたが、背筋を伸ばして座るには頭上の空間が足らなかった。真っ暗な中、私たちは一枚の厚板に二人ずつ、背を丸め、顔と顔を突き合わせて座っていた。周囲には形も大きさも様々な箱がぎっしり積み上げられていた。私は激しい揺れもほとんど気にならなかった。それほどまでに、今ここにいることが果てしない安堵感をもたらしてくれていた。狭く居心地の悪い移動テントの中で外界から遮断され、誰にも見つかる怖れもなく、現実の旅の途上にあるのだ。嵐は徐々に衰えていったが、雨は依然として激しく降りつづき、とうとうカンヴァス地の幌《ほろ》を通って内部に入り込んできはじめた。だが、それすら私の気分まで湿らせるには至らなかった。先ほどの状態以上に私を濡らすことができるものなどあるはずもなかった。

8

私は同乗者と近づきになろうと試みたが、工科大学から直行してきたその若者たちは私と話をしようとしなかった。外国人だという理由で私を信用していないのだった。こちらが質問をするたびに、秘密にしておかなければならない情報を探り出そうとしているに違いないというふうに、疑念をあからさまにした。とはいえ、そんな秘密など彼ら自身も知らないことは一目瞭然だった。信じられないほどナイーブな若者たちだ。私は自分が別の次元にいるような気がして、結局口を閉ざしてしまった。次第に私のことが頭から抜け落ちていったのか、彼らはやがて自分たちだけで話を始めた。話題は自分たちの任務のこと、送信機の組み立て作業をめぐる様々な問題についてだった。資材の不足、熟練した人材の不足、資金の不足、技術レベルの低さ、原因不明のエラー。折りに触れて何度となくサボタージュという言葉がささやかれた。作業は予定より大幅に遅れている。送信機は今月の終わりには運用が開始されるはずだったのに、今では作業がいつ終わるかも見当がつかない……。疲れ果てていた私は、やがて眼を閉じて、耳をすませるのをやめた。

何度か妙なセンテンスが聞こえてきた。改めて意識を集中すると、私が話題になっているのがわかった。どうやら私が眠り込んでいると思っているらしい。一人が言った。「僕たちが信頼できるかどうかをチェックするためだよ。あいつには何もしゃべっちゃいけない。質問にも絶対答えるんじゃないぞ」声は低くなり、ほとんどささやき声と言っていいほどになった。「教授が言ってるのを聞いてしまったんだけど……何も説明してくれない……どうして僕らを危険地域に送り出すんだ？　ほかの連中だって……」彼らは不満と不安に包まれており、私に情報を与えてくれる可能性はなさそうだった。彼らにかかずらわって時間を無駄にすることもないだろう。

夜遅くになって、トラックは小さな町で停車し、我々もしばしの休息をとることになった。私は雑貨屋の主人をたたき起こし、今日二度目になるが、石鹸や剃刀や替えの衣類など日常の必要品をいくつか調達した。その町にはガソリンスタンドは一軒しかなく、翌朝、出立する際に、運転手はありったけのガソリンを売るようにと言った。店主は憤然と抗議した。供給が極度に制限されているので、今後まったく手に入らないかもしれないという。運転手はまるで耳を貸さずに、全部缶に入れて寄こせと言い、さらに怒った店主の抗議に、「黙れ、さっさと言われたとおりにしろ！　これは命令だ」と怒鳴りつけた。横に立っていた私は、穏やかに、ここで燃料補給をしようと考えている次の人が困ることになるのでは、と言った。運転手は嘲笑的な一瞥を向け、「どこかにもっと隠し込んであるさ。いつだってそうなんだからな」ガソリンの缶はほかの荷とともに後部に詰め込まれ、我々四人用の空間はさらに狭められた。私は車軸上の最も居心地の悪い場所をあてがわれた。

フラップが巻き上げられ、外を見ることができるようになった。トラックは山の連なりを背後に従えた遠い森に向かっていた。町から何キロか走ったところで砂利を敷いた道は終わりになった。そこからは、シャーシの幅だけ離れた二本の細い黒いタールの帯が続いているだけだった。進むにつれて寒さが増していった。気候の変化に伴って土地の様相も変わりはじめた。森の端は常に視界を外れることなく、少しずつ近づいてくる。耕作地はまばらになり、やがて人の姿も村もまったく見かけなくなってしまった。私はようやくガソリンを大量に買い込んだ意味を理解しはじめた。道は着実に悪くなり、今ではどこも穴や割れ目だらけだ。前に進むことさえ困難というどころではなくて、運転手は汗びっしょりになって、のろのろとトラックを進めていった。タール帯さえついになくなってしまった時、私は身を乗り出して運転手の肩をたたき、運転を代わろうと申し出た。正直驚いたことに、彼はそれを受け入れた。

こうして、私は彼の隣、荷台に比べればはるかに居心地のいいシートに座ることになったが、すぐに、この大型トラックを操るにはたいへんな努力を要することがわかった。この手の車を運転した経験はなく、慣れるまではありったけの神経を集中していなければならなかった。道をふさぐ落石や倒木を取り除くために停車せざるをえないこともたびたびだった。最初にそんな事態に遭遇した時、運転台から這い出してうしろの連中に助けを乞わなくてはなるまいと思ったのだが、そうするより早く、学生たちは後部から跳び降りて障害物を動かそうと奮闘しはじめていた。私は晴れやかな気分になって、運転手に顔を向けた。運転手はかすかに頭を動かして、手伝う必要はないという仕草を見せた。トラックの運転ができることで私に対する評価が高まり、障害物の撤去といった作業には携わらなくともよいという判断になったというわけだった。

煙草を差し出すと、運転手は受け取った。私は道路の状態に関する意見を述べてみた。送信機がこれだけ重要で、輸送もこれだけ必要なのに、それに見合うだけの道路が作られていないのはなぜか、私には理解できない、と。「我々には新しい道路を作るだけの資力がない。一緒にプロジェクトを進めているほかの国に資金提供を頼んだが、断りやがった」運転手は顔をしかめてそう言うと、私の同情のレベルがどのあたりにあるのかを確かめようとするかのように、横眼でちらりとこちらを見た。私は感情を込めずに、それはフェアだとは思えない、と言った。「こちらが貧乏な小国だというだけで、あいつらはずっとひどい扱いをしてきた」運転手は怒りを抑えることができないようだった。

「我々が土地を提供しなかったら、そもそも送信機をここに設置することだってできなかったんだ。このプロジェクトを可能にしたのは我々だってことを忘れてもらっちゃ困る。全体の利益のために自分の国の一部を差し出して、しかも見返りには何ももらっていない。それなのに、あいつらときたら、この一帯を防衛する部隊さえ派遣しようとしない。悪感情が生まれるのも、あいつらの非協力的な態度が最大の原因なんだ」運転手は吐き捨てるように言った。大国に対する怨嗟の感情がはっきりと感じ取れた。「あんたは外国人だ……こんな話はするべきではなかったかもしれんな」運転手は心配げな視線を向けた。私は密告者などではないと言明した。

こうなると、いったん話しはじめた勢いで、運転手はさらに話を続けようとした。私は、彼自身のことを話してくれるようにとうながした。私が関心を持っている事柄について話を引き出せるとしたら、そのほうがよさそうだと思えたからだ。プロジェクトが開始された当初、彼は何組もの作業グループを乗せてこの道を走り、彼らはみな、移動の途上、よく歌を歌っていたという。「こういうフレーズを覚えているかい？『善なる意志を持てるすべての人は、世界の再生に向けて団結し、破壊の力に立ち向かう』これを合唱曲にして男も女も一緒に歌っていたんだ。聞いているだけで昂揚した気分になったよ。あのころは誰もが熱意に燃えていた。それが今では何もかも変わってしまった」何がどうおかしくなっていったのかと、私はたずねた。「次から次に出てくる問題、遅延、志気の低下。資材さえちゃんとしていれば、送信機はとうの昔に完成していたはずなんだ。ところが、何から何までよその国から調達しなければならない状況だった。度量衡の単位がまるで違う国から、ということだ。部品がまるで合わなくて、全部戻さなければならないことも何度もあった。そうした予定外の出来事が熱意あふれる若者にどういう影響を与えるか、わかるだろう？　全力をあげて仕事を完成させようとしている若者たちに」異なったイデオロギーと、ダイレクトなコミュニケーションの欠如に起因する誤解と混乱。よくある話だ。私は運転手に、こうした背景を率直に話してくれて感謝すると言った。丁寧なボレーの返球、バウンドして返される常套句。「大勢の人の理解を深めるには、まず一人一人のコミュニケーションを図ることが何よりも必要ですからね」

私は運転手の信頼を勝ちえたようだった。以後、彼はすっかり打ちとけた様子でガールフレンドの話をし、犬と遊んでいる彼女のスナップショットを何枚か見せてくれた。私は、大金を持ち歩いているのを知られるのは賢明ではなかろうと考えて、彼の注意を道端に向け、その間に素早く、札入れにずっとしまってある、湖畔にたたずむ少女の写真を取り出した。それを見せながら、この少女は行方がわからず、今も探しているのだと言った。運転手は特にこれといった反応も見せずに、「素晴らしい髪だな。あんたは果報者だよ」とコメントした。私がきつい調子で、恋人が地上から姿を消してしまっても自分を果報者だなどと思えるかと問うと、彼は正直なことに少しまごついた様子を見せた。私は写真をしまって、このような髪を見たことがあるかとたずねた。「いや、一度もない」と、運転手はきっぱりと言った。「我々の国の女性はほとんどが黒い髪だ」これ以上、少女の話をしても得るものはなさそうだった。

私たちは席を交替した。割り当て時間を終えてみると、私は疲れきっており、そのまま眼を閉じて短い眠りに落ちた。再び眼を開いた時、運転手の膝には銃が置かれていた。何を撃つつもりなのかときいてみた。「まもなく国境だからな。このあたりは危険地帯なんだ。至るところに敵がいる」「だが、この国は中立のはずだろう」「中立? そんなものはただの言葉にすぎない」そして、秘密めかしてこう付け加える。「ついでに、敵と言ってもいろんな敵がいるしな」「たとえば?」「破壊工作分子。スパイ。無法者。混乱した時代にはいつも、ありとあらゆる種類のならず者が幅をきかせるものだ」このトラックが襲撃されると思っているのかとたずねてみた。「以前にも襲撃されたことがある。このトラックに積んであるのは緊急に必要なものばかりだ。連中がそのことを聞きつけていれば、我々を止めようとしかけてくる可能性はある」

私も自分のオートマティックを取り出した。運転手が興味深げな一瞥を向けた。この外国製の武器に強い印象を受けているようだった。トラックは今しも森に入ったところで、運転手はナーバスになっていた。「危険地帯の始まりだ」高い樹々の枝から長い灰色の髭のようなコケが垂れ下がり、ぼんやりとしたスクリーンを形作っている。待ち伏せにはうってつけの場所だ。陽光は薄れはじめ、路上にはわずかな残滓が漂うばかりとなって、私たちをうかがっている見えない眼を想像するのがますますたやすい状況になった。襲撃者への警戒は怠らなかったが、しかし、私の頭は別の考えに占められていた。私は長官のことをたずねてみた。運転手は新聞で読んだことしか知らなかった。長官のいる司令部は送信機の設置場所から三十キロほど離れたところだ。「そこに行けないだろうか?」と私は言った。「あそこに行く?」運転手はあきれたように私を見つめた。「もちろん行けるわけがない。敵国なんだから。しかも道路は破壊されている。峠も封鎖されている。どのみち町もほとんど残っていないだろう。夜になるといつも町を攻撃する砲撃音が聞こえる」運転手の関心は陽のあるうちに目的地に到着することに移った。「暗くなる前に森を抜けてしまわなくては。運がよくてどうにかというところだろう」スピードが信じられないほどに上がった。トラックは激しく揺れ、ぐらつく石の上でスリップしながら、すさまじい勢いで進んでいった。

私は落胆のあまり、話を続ける気力も失っていた。状況は絶望的だった。私には少女が必要だ。彼女なくしては生きていくこともできない。しかし、彼女を見つけ出す見込みは絶たれてしまった。町へ行く道はない。町には決してたどり着けない。不可能なのだ。いずれにせよ、間断ない砲撃にさらされて町は壊滅しているに違いない。町に行く意味すらもはやない。少女はとうの昔に町を去っているか、でなければ殺されてしまっているだろう。私は深い絶望に包まれていた。これまでの旅路はまったく無駄なものだったのだ。

送信機の敷設地は入念に選ばれた場所にあった。周囲を森に囲まれ、背後に山が迫る小高い場所で、地上からの攻撃に対しては極めて守りやすい立地だった。施設に隣接する一帯の樹は伐採され、整地されていたが、森はさほど遠からぬところにあった。私たちは雨漏りのするプレハブの建物で寝起きした。何もかもがじっとりと湿っていた。コンクリートの床はどこも泥だらけで、私たちが歩く場所はたちまち沼地に変じた。住み心地の悪さと質の悪い食事には全員が不平をこぼしていた。

天候に異変が起こっていた。本来なら暑く乾燥した晴天が続く時期なのに、四六時中雨が降り、湿気と寒気《かんき》は消え去る気配もなかった。森の樹々の梢には白い霧が厚くまとわりつき、空は絶え間なく蒸気を発散する雲の大鍋と化していた。森の動物たちも混乱したように、普段の習性とはかけ離れた行動を示すようになっていた。人間への警戒心をなくしたオオヤマネコが施設に近づいては送信機の周りをうろつき、見たことのない大きな鳥がそこかしこでやかましく飛びまわった。この鳥や獣たちは、人間が解き放ってしまった未知の危機的状況を前に、私たちに保護を求めているのではないか。私はそんな印象を持った。彼らの異常な行動は不吉な前兆のように思われてならなかった。

時間をつぶすために、そして、ほかに取り立ててやることもなかったので、私は送信機をめぐる作業の再編成に着手した。作業そのものは完成もさほど遠くない段階に来ていたのだが、問題は人間たちだった。誰もが意欲を失い、無気力になっていた。私はみなを集め、将来について語った。紛争に明け暮れている国々も、我々の公正で正確な放送に耳を傾け、強く心動かされることだろう。我々の論旨の正当性は必ず受け入れてもらえるはずだ。再び平和が戻り、全世界規模の戦争の危機は回避される。これこそが諸君の働きに対する究極の褒賞となるだろう。そのような話をする一方で、私は全員をいくつかのグループに分け、互いに競争するようにして、最上の働きを示したチームには賞を出した。ほどなく放送を開始する準備が整った。私は真実という観点に立って、どちらの陣営に関することも同等に扱い、世界の平和を求める番組を送信し、即時停戦をアピールしつづけた。私のこの仕事に対して大臣から満足の意を表する手紙が届いた。

国境を越えるか、このままここにとどまるか、私は心を決めかねていた。灰燼に帰した町で少女が生き延びているとは思えなかった。少女が死んでしまっているとすれば、町へ行ってもしょうがない。どこかよその土地で生きているとすれば、これまた町へ行くことには何の意味もないということになる。私自身の身も危ういことになるかもしれない。非戦闘員であるとはいえ、スパイとして銃殺されたり、捕らえられて、いつまでも監禁されるというような事態も充分に考えられる。

しかし、すべてが順調に進むようになった今、ここでの仕事に私はうんざりしはじめていた。間断ない雨に降り込められた中で乾いた状態を維持しつづけるのにも、氷の到来を待ちつづけるのにも、もううんざりだった。氷は海にも山にも妨げられることなく、日一日と地球の曲面をひそやかに這い進んでくる。急ぎもせず、足踏みすることもなく、着実なペースで少しずつ前進し、わずかな痕跡も残さずに町々を消滅させ、燃えたぎる溶岩を噴出していた噴火口を埋めていく。この氷を止める手だてはどこにもない。非情な秩序のもとに行軍し、その進路にあるすべてを倒壊させ壊滅させ跡形もなく消し去っていく巨大な軍団を押しとどめることは誰にもできない。

私は出立する決意を固めた。誰にも告げず、しのつく雨の中を、封鎖された峠まで車で行くと、そこからは樹々に覆われた山中を徒歩で進んでいった。道案内をしてくれるものはポケット磁石だけだった。濡れそぼった藪《やぶ》をかき分けながらの数時間の苦しい登高を続けたのち、ようやく国境の検問所にたどりついた私は、そこで警備兵に捕らえられた。

9

私は長官のもとに連れていってほしいと頼んだ。長官は司令部を別の町に移したばかりだった。私は装甲車に乗せられ、軽機関銃を携えた兵士が二人、護衛の名目で同道した。依然として激しく雨が降りしきっていた。一日の終わりの光も届かない重い黒雲のもと、私たちは、滝のような豪雨の中を、司令部のある町に向かった。町に入るころには闇の帳《とばり》が降りはじめた。ヘッドライトが見慣れた荒廃の風景を照らし出した。瓦礫、廃墟、からっぽの空間。何もかもが雨に濡れて輝いている。街路はどこも兵士の群れでいっぱいで、被害の少ない建物が兵舎として使用されているようだった。

私は厳重な警戒態勢が敷かれている建物に連行され、小さな部屋に連れていかれた。そこにはすでに、呼び出されるのを待っている男が二人いた。私が入っていくと、二人は私をじろりと見たが、何も言わなかった。私たちは黙りこくって待っていた。聞こえるのは窓を打つ雨の音だけだった。男たちは一つのベンチに座り、私は外套にくるまってもう一つのベンチに座っていた。室内にある家具はこの二つのベンチだけで、いずれも長い間拭いた形跡もなかった。あらゆるものに埃が厚く積もっていた。

やがて、二人がささやき声で話を交わしはじめた。どうやら、空きができたポストのことで来ているらしい。私は立ち上がり、室内を行ったり来たりしはじめた。待たねばならないことはわかっていたが、とてもじっとしてはいられなかった。男たちの話を聞くつもりはなかったのだが、一人が声を高くしたので、否応なく耳に入ってきた。彼は間違いなく空きポストにつけると考えているようで、自慢げに言った。「俺は素手で人を殺す訓練を受けている。どんなに力の強い奴だろうと、三本の指で殺せるぜ。即座に息の根をとめられるツボを教わったんだ。素手で厚い板を割ることだってできる」この言葉に私はげんなりした。今求められているのはこういう連中なのだ。二人はほどなく呼び出されて面接に向かい、私は一人取り残された。長時間待たされることになるだろうと腹を決めた。

思ったほど時間がたたないうちに衛兵がやってきて、将校用の食堂に案内された。一段高い位置にあるテーブルの最上席に長官が座っていた。ほかの長いテーブルは大勢の将校で込み合っている。私は長官のいるテーブルにつくことになったが、その席は彼の近くではなく、反対側の一番下手の席だった。あまりに離れすぎていて、これではちゃんと話ができるわけもない。席につく前に、私は長官の横に行って挨拶をした。長官は驚いた顔を見せ、挨拶には答えなかった。周囲の将校たちが顔を寄せ合って、低い声でささやきながら、私のほうにうさんくさげな視線を投げた。私は好ましからざる印象を与えたようだった。長官は当然私を憶えていると思っていたのだが、誰なのかわからないという風情だ。だとすれば、以前のかかわりを思い起こさせるのは得策ではないと思い、私はそのまままっすぐに離れた席に行って腰を降ろした。

近くの将校たちと親しげに言葉を交わす長官の声が聞こえた。敵に捕まり脱走したといった話だった。しばらくは気にもとめずにいたが、やがて長官が自分の逃走時の話を始めたので、私は耳をそばだてた。大型車での逃走、ブリザード、国境のゲート突破、銃撃、少女。話している間、長官は一度も私のほうに目を向けることはなく、私のことを思い出した様子も見せなかった。

折々に、窓外を行進していく兵士団の足音が聞こえた。と、突然、爆発が起こった。天井の一部が崩れ落ちてきて明りが消えた。ハリケーンランプが運び込まれ、テーブルのあちこちに置かれた。その光の中に、皿の間に散乱した漆喰の破片が浮かび上がった。料理は埃と破片をかぶって、とても食べられる状態ではなかった。皿が運び去られ、それからうんざりするほど長い時間待たされたあげく、固ゆで卵を盛った鉢が私たちの前に置かれた。間欠的な爆発が建物を揺るがしつづけた。一面に白っぽい埃の靄《もや》が漂い、手に触れるものはすべてザラザラになった。

長官は私を驚かせようと芝居をしていたのだった。食事が終わると私に軽くうなずき、「君の放送は楽しませてもらったよ。なかなかその方面の才能があるようだ」と言った。私はこれまでやっていた仕事のことを長官が知っていたのに驚いた。長官の口調は親しげで、私を同等の人間と見なしていた。瞬時、私は何とも言えない親近感に包まれ、長官と一体化したような気持ちになった。長官は続けて、まったくいい時期に来たものだと言った。「我々の送信機がまもなく稼働しはじめる。そうなれば、そちらのはまるで使えなくなってしまうだろう」私はずっと当局に、もっと出力の大きい機械が必要だと言いつづけてきた。既存の設備が強力な電波によって妨害されるのは時間の問題でしかなかったからだ。長官は、私がまもなくそうした事態に至ることを知って脱走してきたのだと考えていた。そして、自分のためにプロパガンダを放送してほしいと言った。私は、見返りにあることをしてくれるなら引き受けてもいいと答えた。「相変わらず同じことを望んでいるのかな?」「ええ」長官は面白がっているように私を見つめたが、その眼に一瞬、疑念の閃きが浮かんだ。それでも、打ちとけた口調のまま、「彼女の部屋は上の階だ。ちょっと顔を見せにいってもかまわんだろう」と言うと、先に立って食堂を出た。しかし、「個人的な伝言を伝える必要があります。一人で会わせてもらえますか?」という私の問いかけには答えを返さなかった。

私たちは廊下を進み、階段を登り、また廊下を進んだ。長官が持つ大型の懐中電灯の光が、床に散乱する壁や天井の破片の間に踊った。埃に印されたいくつもの足跡が浮かび上がり、私は、その中に少女の小さな足跡はないものかと眼をこらした。長官は扉を開いて、ほの暗い部屋に入った。少女がはじかれたように立ち上がった。驚愕をたたえた白い顔の、きらめく髪の下の大きな眼が、まじまじと私に向けられた。「またあなたなの！」少女は体を強張らせ、自分を守ろうとするように体の前に椅子を引き寄せた。椅子の背を握りしめた両の拳《こぶし》は真っ白だった。「何がお望みなの？」「君と話がしたいだけだ」少女は私たち二人の一方から一方へと視線を移しながら、非難の色もあらわに言った。「あなたたち、手を結んでいるのね」私は否定したが、不思議なことに、少女の言葉にはどこか真実があるように思えた。「そうに決まっているわ。でなければ、彼があなたをここに連れてくるはずがないもの」

　長官が微笑を浮かべて少女に近寄った。これほどやさしい表情の長官は見たことがない。「どうした。旧友に会ったにしては、あまりほめられた挨拶のし方ではないな。三人で親しく話し合うわけにはいかないものかね？　君たちが知り合った時のこともまだ一度も聞かせてもらっていないし」長官が私たちを二人きりにするつもりがないことは明らかだった。私は黙って少女を見つめた。長官の面前で話すことはできない。長官の支配的な人格はあまりに強力で、その影響力は測り知れない。長官がいると、少女は怯え、敵対的な態度をとる。バリヤーが作り出されてしまうのだ。私自身も心乱されていた。長官が笑みを浮かべているのも不思議なことではなかった。私は少女を見つけ出していないも同然だった。遠くでの爆発が壁を揺るがした。少女は天井から降ってくる白い埃を見つめた。とにかく沈黙を破ろうと、私は、爆撃は怖くないかとたずねた。少女は無表情のまま、明るい髪を輝かせながら静かに頭を動かした。何かを意味しているとも、また、何も意味していないともとれる仕草だった。

長官が言った。「もっと安全な場所に移るよう説得を続けてきたのだが、頑としてここを離れようとしないのだ」長官は、少女に対する自分の力を誇示するように、満足げな笑みを浮かべていた。この言葉をそのままに受け入れるのは難しかった。私は室内を見まわした。椅子、小さな鏡、ベッド、テーブルの上の数冊のペーパーバック。どこも埃だらけで、床には落ちてきた漆喰が積もっている。灰色の厚手の外套がフックにかかっていたが、それ以外には、櫛《くし》と銀紙を破った四角いチョコレートを除いて、少女個人の所有物はいっさい見当たらなかった。私は長官から眼を移し、少女に直接話しかけた。長官がその場にいないかのようにしゃべろうと努めた。「ここはそれほど居心地がいいようには思えない。ホテルにでも移ったほうがいいんじゃないか。どこか戦闘が及ばないところの」少女は答えず、かすかに肩をすくめただけだった。沈黙が続いた。

窓の下を兵士団が行進していった。長官は窓辺に歩み寄り、鎧戸《よろいど》を少し開けて隊列を見降ろした。私は低い声で口早に「私は君を助けたいだけだ」と言って片手を差し出した。少女はその手を払いのけた。「あなたなんか信用していない。あなたの言うことはひとことだって信じやしない」その眼は挑戦的に大きく見開かれていた。長官が室内にいる限り、少女と心を通わせることは絶対に不可能だ。これ以上ここにいても得るものはない。私は部屋を出た。

ドアの外で、私は、長官の笑い声と床を踏む靴音、そして、こう話す声を聞いた。「どうしてあの男にあんな反抗的な態度をとったのだ?」続いて少女の声が聞こえた。先ほどとは打って変わって涙混じりの甲高いヒステリックな声だ。「あの人は嘘つきよ。あなたと一緒に働いているのはわかっている。あなたたちは二人ともまるで同じ。自分勝手で不誠実で、思いやりのかけらもない。どちらにも、もう二度と会いたくない。二人とも大嫌い! いつか、私は出ていく……そうしたら、もう二度と私を見つけることはできないわ……永遠に!」私はドアの前を離れ、廊下を歩いていった。瓦礫につまずき、蹴飛ばした。懐中電灯を用意しておくなど考えもしていなかった。

それからの数日間、私は、少女を長官のもとから中立国のどこかに連れていくことを考えて過ごした。成功する可能性は充分にある。この地の港には今でも時おり船が寄港している。問題はスピードだ。そして、秘密裡に運ぶこと、正確なタイミング。成否は、追手がやってくる前に港に着けるかどうかにかかっている。私は慎重に調査を始めた。情報は金で買うことができた。問題は誰も信用できないという点だった。私が金を払った情報提供者が、今度は、長官に雇われている者に、私がそうした調査をしているという情報を売る可能性がある。結局のところ、計画全体が非常に危険な状態にさらされているということだ。私はナーバスになっていた。いつもならこんな危険を冒すことは絶対にないのだが、今回ばかりはそんなことを言ってはいられなかった。

様々な情報提供者から伝えられる様々な秘密情報。名前、住所、目的地、出航日時。「＊＊へ行って……＊＊を頼んで……いつでも即座に出立できる準備を……必要書類……証明書……充分な資金……」計画を次の段階に進める前に少女に話しておく必要があった。私は少女の部屋におもむいた。銃声が聞こえたが、気にしなかった。市街では四六時中、銃撃が続いていた。長官が現われ、うしろ手にドアを閉めた。少女に会いたいのだが、と私は言った。長官は「それはできない」と言ってドアに鍵をかけ、キーをポケットに入れると、ピストルをテーブルの上に投げ出した。「彼女は死んだ」胸にぐいとナイフが突き立った。この世でのそのほかの死はすべて外部の出来事だが、この死だけは、銃剣のように、私自身の死のように、私の内奥を深く刺し貫いた。「誰が殺した？」それができるのはただ一人、私しかいないはずなのに。「私だ」と長官が言った時、私の手が動き、ピストルに触れた。銃身は熱い。これで長官を撃つこともできる。実に簡単なことだ。長官は私の行動を妨げる様子はいっさいなく、私を見つめている。そんな長官を私も見つめ返す。長官の顔を、その傲岸な骨格を見つめる。眼と眼が合う。

説明しがたい形で、私たちの視線が交錯した。私は私自身の鏡像を見ているような気がした。突然、私は極度の混乱に飲み込まれた。どちらがどちらかわからなくなった。一個の存在の片われ同士であったかのように、私たちは何とも不可思議な共生状態に溶け込んでいった。私は何とか自己を保とうとしたが、どれほど必死になっても、私たちを別個の存在にとどめておくことはできなかった。私は私ではなく長官なのだという感覚が絶え間なく襲いかかってくる。一瞬、実際に長官の服をまとっている感覚にさえなった。どうしようもない混乱に包まれて私は部屋を飛び出し、一目散に駆け戻っていった。いったい何が起こったのか、あるいは本当に何かが起こったのか、あとになっても、私にはわからなかった。

改めて少女のもとに出向いた時、部屋のドアの前にいる私を見た途端に長官は言った。「遅すぎたな。小鳥は逃げてしまったよ」長官はにやりと笑った。その顔には露骨な悪意が浮かんでいた。「行ってしまった。逃げてしまった。消えてしまった」私は拳を握りしめた。「おまえが逃がしたんだ。彼女を私に会わせないために。いつもそうだ。おまえはいつも、私たちを故意に引き離しておこうとしてきた」私は怒りに駆られて長官に詰め寄ろうとした。すると、再び視線が交錯して混乱が襲いかかってきた。前よりもはるかに大規模な、自己だけではなく時間と空間を巻き込んだ混乱だった。冷たい青い眼の閃光、指輪の青い閃き、湾曲した冷たい絞首人の指。彼は熊と組み合い、素手で絞め殺したことがある。肉体的にとてもかなう相手ではない……。戻っていく私の耳に、あざけるような声が届いた。「思ったよりも分別があるようだ」

　私は空き部屋に入り込んだ。自分を取り戻す時間が必要だった。激しい動揺はいっこうにおさまらなかった。少女への思いはあまりにも強く、少女を失ったことに耐えられそうになかった。慎重に計画を進めてきた脱出行、彼女を伴っての旅は、もう決して実現することはないのだ。私の頬は雨に打たれているように濡れ、伝い落ちた涙が口に入って塩の味を残した。私は眼をハンカチで覆い、あらん限りの力を振りしぼってコントロールを取り戻そうと努めた。

　今一度、振り出しに戻って、改めて少女を探す旅に出なければならないのだろうか。まるで呪いのような繰り返しだ。私は戦争から遠く離れた穏やかな青い海と静かな島々に思いを馳《は》せた。インドリたちのことを、より高い次元での平和な生の象徴である、あの幸福な生き物たちのことを思った。すべてを投げ出して彼らのもとにおもむこう。いや、それはできない。私は少女に結びつけられているのだから。私は氷のことを思った。忍び寄る死の影を投じつつ、この地上を着実に前進してくる氷。私の夢を重い轟きで満たす氷の断崖は、雷のような大音響とともに、想像を絶する規模の崩落を起こす。氷山が衝突し、途轍もない大きさの氷のかたまりがロケットのように空中高く舞い上がる。無数のまばゆい氷の星が放射線とともに大地に降りそそぎ、地中を貫通し、地球の核をその絶対的な冷気で満たして、前進する氷の冷気をさらに強化する。そして、地表では、ひと時たりと休むことなく、破壊しえぬ氷の巨塊が前へ前へと進みつづけ、あらゆる生命を無情に消し去っていく。私は恐ろしいプレッシャーと切迫感に襲われた。一刻たりと失ってよい時間などない。私は無益に時間を費している。これは私と氷の競走なのだ。少女のアルビノの髪が月光よりも明るく輝いて、私の夢を明々と照らす。私は氷山の上に踊る死んだ月を見る。それは、おそらく我々の世界の終末の時。一方、少女はきらめく髪のテントの奥から見つめている。

私は少女の夢を見ていた。眠っているのか、それとも目覚めているのか。少女の叫びが聞こえる。「いつか、私は出ていく……そうしたら、もう二度と私を見つけることはできないわ……」少女はすでに私のもとから去ってしまった。逃げ出してしまった。見知らぬ町の通りを走っていく少女。いつもと様子が違う。不安が薄れ、自信が増しているようだ。自分の向かっている場所をはっきり認識している少女は、一瞬もためらうことはない。巨大な建物に入った少女はまっすぐに一つの部屋に向かう。そこは恐ろしく混雑していて、扉を開けることさえできないように思える。だが、極度に華奢な体のおかげで、少女は、黙りこくった無数の長身の人影の間をすり抜けていくことができる。不自然な沈黙を守っている、途方もなく背の高い人々。その顔は一様に少女からそむけられている。彼らが黒い樹々のように周囲を取り囲み、頭上高くのしかかってくるのに気づいた時、いつもの不安が再び頭をもたげはじめる。自分がこのうえなく小さく、彼らの間で迷ってしまったように感じ、それと同時に不安はたちまち恐怖に変貌する。自信は跡形もなく消え失せてしまう。あれは現実のものではなかったのだ。少女にはもう、この場から逃げ出すことしか考えられない。あちらへ、またこちらへと視線をめぐらすが、扉は見つからない。出口はどこにもない。少女は捕らえられてしまった。顔のない黒い樹の姿をした者たちがひしめき合いながら迫ってくる。腕の枝を伸ばして少女を閉じ込めようとする。視線を落としても状況は同じ。ズボンをはいた堅固な幹の脚が四囲をびっしりと囲んでいる。床は黒い地面となり、根と幹のほかには何もない。少女は素早く視線を上げて窓を見るが、そこにあるのは、外界を完全にさえぎる、雪の織りなす白い網だけだ。知っている世界は遮断され、現実は消し去られて、少女はただ一人、雪の中に突き立つモミの樹のように高い、恐ろしい悪夢の樹々の姿をした者たちと、あるいは亡霊たちとともに取り残される。

全体的な状況は悪化の一途をたどっていた。災厄が歩みを止める兆しはまったくなく、その仮借なき進行が全面的な混乱を引き起こしていた。現実に何が起こっているのかを見定めるのはさらに困難になり、何を信じてよいのかさえ判断する手だてもなかった。もはや信頼できる情報源は存在していない。外国から届く断片的なニュースはごくごくわずか。すでに消滅してしまった、かつて権勢を誇っていた国々からは、いかなる情報も届くことはない。このように完全な沈黙に陥った地域が次々に広がっていくことが、ほかの何にも増して人々の気力を失わせる最大の要因となっていた。

いくつかの国では市民の不安が軍部に権力を掌握させる結果を生んだ。ここ数カ月間で世界全体が急激に軍国主義に傾き、各地に暴力を伴う憂慮すべき状態が出来《しゅったい》する結果となった。市民と武装した軍隊との衝突が頻繁に起こり、警官や兵士の殺害と、それに対する報復の処刑が日常となった。

正しい情報が欠落する中、当然予測されるように、数々のとんでもない噂が広まっていた。どこか遠い地方で恐ろしい伝染病や飢饉が広がっている。遺伝基準からとてつもなく逸脱した異常奇形が続々発生している。すでに破棄されたはずの熱核兵器が、ある国の、また別の国の所有するところになったという情報が周期的に伝えられる。自動爆発装置を備えたコバルト爆弾の存在をめぐる執拗な噂の言うところでは、あらゆる生命を消し去り、非生命物質は無傷のままで残すというこの爆弾が、いつかはわからないものの、すでに作動時刻をセットされているとのことだった。スパイ、逆スパイ行為が至るところで繰り広げられていた。どの国でも物資の不足が深刻化し、当然の帰結として食糧をめぐる暴動が起こった。市民生活は日に日に無法化していき、弱い人たちが暴力の餌食《えじき》となった。略奪行為に死刑が適用されることになったが、抑止力としてはほとんど何の効果もなかった。

私は間接的に少女に関する情報を入手した。少女は無事で異国の町にいるという。その町が、危険がすぐそこにまで迫った地域にあるのはほぼ間違いなかったが、接近する氷に関する情報にはいっさいアクセスを禁じられているため、正確な地点を確認することはできなかった。私は辛抱強くあらゆる手段を試み、多額の賄賂《わいろ》をばらまいて、ついに、目指す地域に向かう船に乗船することに成功した。船長は早急に金を欲しがり、法外な額で私が名指した港に寄ることを承諾した。

その港についたのは早朝だった。想像を絶する寒さで、すでに夜が明けているはずなのに、あたりは真っ暗だった。空も雲も見えず、いっさいが降りしきる雪の奥に隠されている。通常の朝とは似ても似つかないが、それが現実だった。闇に溶け込んだ凍りつく一日の始まり。極地の冬に飲み込まれた春。私は船長に別れの挨拶をしにいった。船長は、上陸をやめる気はないかと言った。私は、ないと答えた。「それならさっさと行ってくれ。こんなところに長く足止めされるのは願い下げだ」船長は苛立ちと腹立ちを隠そうともしなかった。それ以上言葉を交わすことなく、私たちは別れた。

私は一等航海士とともにデッキに出た。空気がまるで酸のような痛みをもたらした。氷の息吹き、極地の息吹きだ。皮膚を切り、肺を灼く、ほとんど呼吸もできないほどの寒気《かんき》。だが、その苛烈な寒気にも体は素早く順応した。濃密な雪が空の上部に珍しい霧のような陰鬱な薄膜を作り出していた。屍衣にくるまれた空から果てしなく落ちてくる小さな雪ひらは、あらゆるものの姿を曖昧にしていた。凍りついた船楼に張り出した部分があり、気づいた時には避けることもできずに両手がぶつかって、火傷《やけど》をしたような痛みが走った。静寂の中、下のほうでリズミカルに振動しているものがあるのに気づいた私は、一等航海士に、何かとたずねてみた。「エンジンだ。止まっていないんだ」なぜか、それは驚くべきことのように思えた。「止まるわけがない。船長は一刻も早く向きを変えたがっている。このところずっと文句を言いつづけだったよ。どうしてこんなところに寄らなきゃならないんだ、って」航海士は船長と同様の腹立ちを見せて言うと、納得はできないが好奇心だけは抑えられなくなったというふうに付け加えた。「いったい全体、何だってまたこんなところに来たんだ？」「そちらには関係のないことだ」とげとげしい沈黙に包まれて、私たちは舷側の手すりのところまで来た。手すりは厚い氷に覆われ、そこから縄梯子が下方のモーター音がするほうに向けて下がっていた。私に下を見降ろす余裕も与えずに、航海士は梯子に足をかけた。「港は凍っている。ランチで送り届けなきゃならん」航海士が慣れた足どりでするすると降りていくあとから、私は両手で縄を握りしめ、雪で視界を閉ざされた中をこわごわと下っていった。大きく揺れるランチに私を引きずり込んだのが誰か、座席のほうに突きとばしたのが誰かも見定められずにいるうちに、ランチは弾丸のように発進した。全速力で突き進むランチは、暴れ馬のように舳先を上げたまま、まっしぐらに波に突っ込み、小さなキャビンの屋根に水飛沫《しぶき》を撒き散らした。話を聞き取るには騒音がひどすぎたが、殺意がこもっているとすら言っていい乗員たちの敵意は十二分に感じ取れた。本来なら安全な地域に向けて海路をたどっているはずのこの時に、こんな危険きわまりない場所で足止めを食わされるはめになって、全員が私に激しい憎悪の念を抱いているのだった。彼らには、私の行動は完全にどうかしているとしか映っていないだろう。私自身もまた、すべての感覚を麻痺させる強烈な寒さの中で外套にくるまって座っているうちに、この行動にはたして意味があるものかどうか疑念を抱きはじめていた。

唐突に長く尾を引く叫び声が起こり、私は思わず腰を浮かせた。風の唸《うな》りではない。航海士がはじかれたように立ち上がり、メガホンを取って大声で何事か怒鳴り返したのち、「一方通行だ」と言いながらまた席についた。私が理解していないのを見て取ると、「逆方向に向かっているボートでいっぱいなのさ」と言いながら前方を指差した。

何かたいへんな混乱が起こっていた。やがて、一隻の船がはっきりとその姿を現わした。静かに停泊しているその船を真ん中にして、無数の小さなボートが激しく揺れながら狂ったように動きまわっていた。船に乗り移れるところまで近づこうと、我先に必死で競い合っているのだ。船にはボートに乗っている全員が乗船できる余裕がないらしい。船の手すり際には見物人がひしめき、まるでレース場のように、下方のボート同士が衝突したり転覆したりするのを眺めていた。ボートの人々はこれまで安穏な生活を続けてきて、こんな危機は経験したこともないのだろう、闇雲な恐怖をあらわにして自分だけは助かろうと醜い争いを繰り広げ、無益に殺到しては互いに押しのけ合い、ひたすら力を浪費している。一艘のボートが転覆して浮かび、その周りに水から逃れようともがくたくさんの手や腕があった。隣のボートに乗っているあふれんばかりの人々は、船べりにしがみつく溺れかかった人たちの手を殴り、蹴飛ばし、踏みつけて、海中に追い戻した。いかに屈強な泳者でも、この凍てつく海の中ではそれほど長くもちこたえることはできない。定員をはるかに超える人を乗せ、操船技術もない者に操られたボートが、一艘また一艘と引っくり返っては沈んでいく。衝突してばらばらになるボートもある。まだもちこたえているボートに乗っている人々もパニック状態で、互いに押し合い踏みつけ合いながら、泳ぎ寄ってくる水中の人々をオールで追い払うのに必死だ。死に瀕している者たちが乱打され、海へと追い戻されていく。その情景が雪の彼方に消えてしまったのちも、悲鳴や打撃や飛沫の上がる音が渾然一体となった、くぐもった騒乱のどよめきは、長い間聞こえていた。私は、ラジオのニュースで、自棄的になった人たちが危機の迫った国から安全な地域へ脱出しようとして抗争を繰り広げていると告げる、キャスターの無表情な声を思い出していた。

果てしない灰白色の広がりを見せる凍結した港には、氷に埋め込まれ遺棄された船が不動の黒いかたまりになって点在していた。黒い水の狭い水路の果てに、厚い氷に覆われ、不気味に笑う歯のような氷柱《つらら》に縁どられた堤防があった。私は堤防に跳び移った。強烈な風が吹き荒れる中、雪はやみ、やがてランチの姿は視界から消えた。別れの言葉はなかった。

10

そこは、かつてどこかの国のどこかの町であったはずの場所だった。しかし、私には何一つ識別することができなかった。雪が均一な純白のパッドとなって、道標となるあらゆるものの形を消し去り、ビルはどれも単調な白い断崖に変じていた。

市街の一角から不穏な喧騒が聞こえてきた。叫び声、木材の裂ける音、ガラスの割れる音。略奪行為が起こっているのだ。大勢の人があちこちの店に押し入っていた。リーダーがいるわけではなく、これといった目的があるわけでもない。恐怖と空腹とでヒステリックになり、凶暴になって、ただひたすらに興奮と戦利品だけを求めて殺到する秩序なき暴徒の群れだった。互いの間でも衝突を繰り返し、武器として使えるものは手当たり次第につかみ、それぞれの戦利品を奪い合っていた。手が触れたものは何でも、まったく役に立たない代物でもわがものとしたかと思うと、すぐに放り出し、また新たな戦利品を求めて駆け出していく。奪うことのできないものはたたき壊す。暴徒の群れは闇雲な破壊への衝動にとり憑《つ》かれ、あらゆるものをズタズタにし、粉々にし、足で踏みにじりつづけた。

一人の将官が現われ、呼び子を吹き鳴らして警官隊を呼んだ。略奪者の一団に向かって大股に近づいていきながら、有無を言わさぬ軍人の声音で命令を繰り返し、何度も呼び子を吹いた。上等の外套のアストラカンの襟に縁どられた顔には激しい怒りが表われていた。その姿を見るや、暴徒の大半は逃げ出したが、しかし、様子をうかがいながら残骸の間にとどまった不敵な者も何人かいた。将官は怒りもあらわに、彼らを排除すべくつかつかと歩み寄り、罵倒の言葉を浴びせた。最初、男たちはまったく関心を払わなかったが、やがて全体が大きな輪となり、三、四人がひとかたまりになって、何カ所かからいっせいに将官めがけて突進した。将官はリヴォルヴァーを抜き、暴徒たちの頭上に向けて発射した。間違いだった。彼らに向けて発射すべきだったのだ。男たちはあっというまに将官を取り囲み、銃を奪い取ろうとした。警官隊は到着しない。取っ組み合いになった。もみ合っているうちに、偶然か故意にか、銃が溝を覆う格子の下に落ちてしまった。銃の所有者たる将官は、五十代後半の長身で頑強な体軀の男だった。だが、私には彼が息を切らしているのがわかった。一方の暴徒たちは筋骨たくましい若者ばかりで、不気味にも表情というものがいっさいなかった。彼らは抜け目なく、金属や割れたガラスの破片やバラバラになった家具の一部など手近にあるものをてんでに持って、将官に襲いかかった。将官は壁を背にして警杖で応戦した。暴徒たちの数と執拗さに将官の力は徐々に衰え、動きが鈍くなっていった。石が一個投じられ、次いで雨あられと降りそそいだ。一つが将官の帽子をはじきとばし、髪のない頭がむき出しになった。それを見た男たちから下卑《げび》た喚声が上がった。瞬時、将官はひるんだ。その隙を逃がさず、男たちは包囲の輪を狭め、狼の群れさながらに殺到した。将官は顔から血を流しながらも、壁を背に何とか撃退した。その時、何かきらめくものが見えた。誰かがナイフを使ったのだ。ほかの男たちもそれにならった。将官は胸をかきむしり、流れ落ちる血に眼が見えなくなって、よろよろと二、三歩前に出た。壁から離れたと見るや、男たちは四方八方から跳びかかり、めった打ちにした。将官が倒れると、その体の上に跳び乗り、外套をはぎ取り、凍った地面に将官の頭を打ちつけ、踏みにじり、蹴飛ばし、鎖で顔を殴りつけた。ついに、将官は雪の上に転がったまま動かなくなった。もはや助かる見込みはまったくない。これは殺人だった。

私とは関係のない出来事だった。しかし、そのまま何もせずにそこに立っていることは私にはできなかった。この暴漢どもは社会の屑だ。平常時なら将官に近づこうとさえしないだろう。まして手を出すなど考えられもしないことだ。小柄な男が将官の外套を着て、あざけるような声を上げながら踊りまわり、ぞろぞろと引きずっている裾《すそ》に足を取られてよろめいた。胸がむかついた。怒りが頂点に達した。抑えることができなくなって男に跳びかかり、外套をはぎ取ると、両腕をねじ上げ、何度も拳《こぶし》をお見舞いした。そして、舗道の向こうに投げとばし、わめき声を上げる男の顔が壁に激突する音を聞いて溜飲を下げた。振り向くと、眼の前に今の男の二倍はあろうかという大男がいた。長靴が一閃するのが見えたと思うまもなく、脚に鋭い痛みが走って思わずよろめいたが、倒れる寸前に何とか体勢を立て直した。男の腕が熟練したこなしでカーブを描き、振り上げられるのが眼に入った瞬間、私はかつて受けた訓練そのままの反応を示していた。教科書どおりのフォール。あおむけになり、一方の足で男の踝《くるぶし》をロックする。そして、振り降ろされるナイフのきらめきを捕らえると同時に、もう一方の足で、トラップした男の膝頭《ひざがしら》が砕けるまで蹴りを入れた。すぐに残りの全員が襲いかかってくるだろう。ナイフを持った大勢の暴漢を相手にしては、将官と同様、勝てる見込みはまったくない。それでも、私はやられてしまう前に少しでもダメージを与えてやるつもりでいた。その時、銃声と怒鳴り声が起こり、いっせいに走ってくる大勢の足音が聞こえた。警官隊がようやく到着したのだった。警官隊が暴漢を追って角を曲がり、別の通りに駆け込んでいくのを見送ったのち、私は足を引きずりながら、地面に横たわった将官に歩み寄った。

あおむけに転がった体の無数の傷から血が流れていた。壮年期を過ぎてまださほどたってはいないだろう。先刻の将官は背が高く活力にあふれた堂々たる偉丈夫であり、身体能力もまだ充分通用するレベルに見えた。それが今は、鼻はつぶれ、口の両端は裂け、片方の眼が眼窩から半ば跳び出している。顔と頭は血と泥にまみれ、原形をとどめないほどにゆがんでしまっていた。一面、血の海だった。右腕がほとんどちぎれていた。ぴくりとも動かず、息をしている様子もない。私はかたわらに膝をつき、上着とシャツをはだけて、胸に片手を当ててみた。心臓の鼓動は感じられず、手が血でベトベトになった。ハンカチで手を拭ったのち、外套を拾ってきて将官の体にかぶせ、惨状を覆った。わずかでも尊厳を残せればと思ってのことだった。一度も言葉を交わしていない行きずりの他人ではあるが、将官は私と同種の人間であり、あの暴徒どもとは異なる人種だった。連中が将官を殺すなど、あってはならないことだ。本来なら将官の力と権威の前にひれ伏さねばならないというのに。連中は一人でいる将官を襲った。すでに若くもなく不利な立場にある将官に、よってたかってこれほどまでの暴行を加えた。何と唾棄すべき連中だろう。もっともっと徹底的に痛めつけてやらなかったことが悔やまれてならなかった。

私はリヴァルヴァーのことを思い出し、溝格子の上に屈み込んだ。格子はちょうど手が入るだけの幅があった。私は拳銃を拾い上げ、ポケットに入れて、歩きはじめた。脚がひどく痛み、引きずりながらでしか歩けなかった。不意に大声が上がり、銃弾が鋭い音を立てて間近を飛んでいった。私は足を止め、警官たちが追いつくのを待った。

「何者だ？　こんなところで何をしている？　なぜ死体に触わった？　許されんこと

だ」私が答えようとした時、きしむような音がして、眼の前の建物の一階の窓が勢いよく開き、窓敷居から大量の雪を跳ねとばした。そして、私のすぐ横に女性の頭が突き出された。「この人は勇敢な人です。勲章ものです。何が起こったかずっと見ていました。この人はたった一人で騒ぎの中に跳び込んでいって、大勢の連中に向かっていったんです。向こうはナイフを持っていて、この人は丸腰だったっていうのに。始めから終わりまでここから見ていました」警官の一人が女性の名前と住所を手帳に書きとめた。

警官たちの態度は大きくやわらいだものの、それでも、報告書を作成するために署まで来てもらわねばならないと言い、一人が私の腕をとった。「ほんのすぐそこですから。それに、あなたも手当てが必要なようだし」私は署内に入らざるをえなかった。厄介な事態だった。私自身について、また私の行動や動機について知られたくはない。さらに、リヴォルヴァーが見つかったら事はさらに面倒になる。警察の人間でも、間違いなく、軍用の型式であることには気づくだろう。私は外套をぬぐ際に周到に気を配って、ポケットのふくらみがわからないようにした。彼らは私の体中に絆創膏を貼り、脚をギプスで固定した。顔を洗ってから、ラム酒を入れた濃いコーヒーを少し飲んだ。そののち、署長が一人で私と話をすることになった。署長は私の証明書類にはちらりと目を向けただけで、何かほかのことで頭がいっぱいになっているという印象だった。接近しつつある氷について何らかの正確な情報を持っているのかもしれないが、それをたずねるわけにはいかなかった。私たちは煙草を交換し、食糧問題について話し合った。署長は、配給量はわずかで、それもコミュニティに対するそれぞれの仕事の重要度に応じて分配されていると言った。「仕事をしなければ食べ物もないというわけです」話をしている間中、署長の顔からは、過度のストレスと重圧を示すサインが消えなかった。最終的な事態は私が予想していた以上に間近に迫っているに違いない。私は質問の内容を慎重に考えながら、難民についてたずねてみた。氷から逃げてくる着のみ着のままの人々の大集団は、何とか生き長らえているどの国家にとっても大きな問題となっていた。「働ける者であれば、逗留を認めています。我々は可能な限り多くの働き手を必要としているものでしてね」「いろいろと難しい問題が出てくるでしょう？　たとえば、どうやって全員に住居をあてがっているのですか？」「男性には難民キャンプがあります。女性は宿泊所に収容しています」ようやく肝心なところに話を持ってくることができた。私は専門家としての関心をそそられたふりを装って、こう頼んでみた。「宿泊所のどこかを視察させてもらうわけにはいきませんか？」「もちろんですとも」署長はくたびれた笑みを浮かべて言った。格別に開けた人物なのか、それとも単にそうしたことに無頓着なだけなのか、私には判断できなかった。辞去する前に、署長は宿泊所の住所をくれた。事態の好転は予想をはるかに超えていた。私は望んでいた情報と高性能の軍用リヴォルヴァーを手に入れたのだ。

　私は少女を探しに向かった。また雪が降りはじめ、風はいっそう冷たく強くなっていた。街路はどこも見捨てられたかのように静まり返り、道を教えてくれる通行人など一人としていなかった。目指す家を見つけたと思ったのだが、そこには何の標示も出ていなかった。来るのが遅すぎたのかもしれない。理由はわからないままに少女を探そうという気力が減退していた時期が長すぎて、手遅れになってしまったのかもしれない……。その通りに並ぶ家のドアを次々に試してみた。どれも錠が下ろされていた。一軒、鍵のかかっていない家があった。私は躊躇なく中に入った。家具はいっさいなく、荒れてはいたが、どことなく、普通の家ではなく施設というおもむきがあった。どの部屋にも火の気はなかった。少女は灰色の外套を着込み、カーテンのようなもので脚をくるんで座っていた。私の姿を見た途端、少女ははじかれたように脚の布を払いのけて立ち上がった。「何てこと！　彼が送ってよこしたのね……私のメッセージは受け取らなかったの？」「誰に送ってよこされたのでもない。メッセージとは何だ？」「あなた宛てに、私を追わないようにというメッセージを残してきたの」私は受け取っていないと言った。受け取っていたとしても違いはない、どのみち私はここに来ていたから、と。少女は不信の色もあらわに、怒りと怯えをたたえた大きな眼で私を見つめた。「私はあなたたち二人のどちらともいっさいかかわりたくない」私は、この言葉を無視した。「こんなところに一人でいてはいけない」「どうして？　問題なくやっているわ」何をやっているのかと私はたずねた。「働いているわ」「報酬はどれくらいもらっている?」「食べ物をもらっている」「金はもらわないのか?」「特別ハードな仕事をした時には、お金をもらうこともあるらしいけど」少女は弁解するように続ける。「私は本当にハードな仕事をするには小さすぎるから。体力が足らないって」私は少女からずっと眼を離さなかった。少女は、飢餓状態とまでは言えないにしても、満足な食事もとっていないように見えた。少女の細い手首は常に私を魅了してやまなかったものだが、今は別の意味で、重たげな袖口から棒切れのように突き出している手首から眼をそらせることができなかった。少女がやっているという仕事の内容をたずねる代わりに、これからどうするつもりなのかときいてみた。少女は突っぱねるような口調で「どうして、そんなことをあなたに話さなければならないの?」と言った。少女が何のプランも持っていないことは明らかだった。私は、少女が私を友人として見てくれるのを心から願っていると言った。「私のほうには、そうする理由はまるでないわ。どちらにしても、友達なんていらない。私は一人でやっていける」私は、少女を連れてどこかもっと暮らしやすい土地に、もっと気候の温暖な地域に行きたいと思って、迎えにきたのだと告げた。少女の反抗心が弱まりはじめたのが感じられた。私は厚い霜に覆われた窓を指し示した。窓敷居に積もった雪は窓全体の中ほどまで達している。「寒さはもう充分じゃないか?」少女はもはや不安を隠すこともできなくなって、組んだ手をしきりにひねりはじめていた。

私はさらに言った。「それに、ここは危険地帯だし」少女の顔に、いつもの傷ついた表情が表われはじめた。自分をコントロールする力が徐々に失われていった。「危険って、どんな?」そのまま見つめていると、少女の瞳孔が広がっていくのがわかった。「氷だ」それ以上言うつもりもなかったが、このひとことで充分だった。少女は全身に恐怖を表わして震えはじめた。

私は少女に歩み寄り、手に触れた。少女は反射的に手を引っ込めた。「そんなことしないで!」私は外套の折り返しをつかみ、怒りと怯えを浮かべた少女の顔を見つめた。裏切られた子供の顔。その眼の周囲には、長い間泣きつづけた子供のような、かすかな心の傷痕がうかがえる。「放っておいて!」少女は外套の厚い布地を私の手からもぎ離そうとした。「出ていって!」私は動かない。「それなら、私が出ていくわ!」少女は身を振りほどくと、ドアに突進し、全体重をかけて体当たりした。ドアは勢いよく開き、少女はバランスを失って倒れた。きらめく髪が床に広がった。暗くくすんだ朽葉色の床に、生命を持った水銀の髪がさざ波となって輝いた。私は少女を引き起こした。少女はあえぎながら抵抗した。「行かせてよ! あなたなんか大嫌い、大嫌い!」少女にはもう力はまったく残っていない。もがく子猫をつかんでいるようなものだった。私はドアを閉め、錠に差し込まれたキーを回した。

数日間、私は待った。待つのは苦しかった。出立の時が来た。かつてない規模の災厄が襲来するのは、文字どおり時間の問題となっていた。この事実は機密事項のはずだったのに、どこからかニュースが漏れたに違いない。突然、町に不穏な動きが起こり、あっというまに町全体に広がっていった。窓から眺めていると、一人の若者が家から家へと駆けめぐって、恐るべきメッセージを伝えていった。それから、せいぜい数十分という驚くほど短時間の間に、街路は鞄や大きな包みを抱えた人でいっぱいになった。およそ統制のとれた動きとはほど遠く、誰もが考えられる限りの恐怖と切迫感を示して、一刻も早く逃げ出そうと右往左往している。誰もはっきりした目的地やプランを持っているわけではなく、とにもかくにも町から逃げ出さねばという極度の焦りに追い立てられているだけのようだ。驚いたことに、当局は何の行動も起こさなかった。思うに、現実に実行可能な避難計画を立てることができず、そのまま事態が成り行きに従って進んでいくにまかせることにしたのだろう。混乱というレベルをはるかに超えたこの大脱出のさまを見ているうちに、不安がつのってきた。誰もがパニックの瀬戸際にあるようだった。彼らが、逃げ出す準備もせず窓格子の前に座っている私を見て、どうかしていると思っているのは明らかだった。群集の恐怖には伝染性があった。すぐそこに危機が迫っているという感触に、私も心中穏やかならぬ気持ちになりはじめた、ちょうどその時、待っていた連絡が届き、私は安堵の息をついた。その内容は、一隻の船がまもなく港の外、氷の陰のどこかに錨を降ろす、これは寄港する最後の船で、停泊時間は一時間限り

――というものだった。

私は少女のもとに行き、最後のチャンスだ、一緒に来なければならないと告げた。少女は拒否した。立ち上がることさえ拒んだ。「あなたと一緒なら、どこにも行くつもりはないわ。あなたなんか信用していない。私はここにいる。ここでなら自由でいられる」「何のための自由だ？　飢えるためか？　凍えて死んでしまうためか？」私は椅子に座った少女を体ごと抱え上げ、自分の足で立たせた。「私は行かない。あなたに無理強いできるわけがない」少女は眼を大きく見開いてあとずさりし、壁にぶつかると、そのまま、誰か、あるいは何かが助けにきてくれるのを待つとでも言うかのように、じっと立ちつくした。忍耐の限界を超えた私は少女を家から引きずり出し、腕をつかんだまま歩いていった。ずっと引きずりつづけていなければならなかった。

雪は激しく降りしきり、通りの向かい側さえ見えないほどだった。荒涼とした、純白の、死の気配に満ちた、来たるべき極地の景観。極北の風に追い立てられた大量の雪が羽毛のように私たちのかたわらを飛んでいく。歩くことも難しい状態だった。風は私たちの顔に雪をたたきつけ、あらゆる方向から襲いかかり、狂ったような螺旋《らせん》を描く雪の渦に私たちを巻き込んだ。何もかもが形を失い、ぼんやりとした定かならぬ影と化している。人の姿はまったく見えない。不意に、ブリザードの奥から騎馬警官が六人現われた。蹄《ひづめ》の音は聞こえず、馬具だけが鈴のような音を立てていた。彼らの姿を見た途端、少女が「助けて!」と叫んだ。警官なら助けてくれるものと思ったのだろう、必死に身を振りほどこうとし、私がつかんでいないほうの手を哀願するように差し伸べた。私は少女をつかんだ腕に力を込め、ぴったりと抱き寄せた。警官たちは声を上げて笑い、口笛ではやし立てながらすれ違うと、吹きすさぶ白い闇の奥に消えていった。少女は堰《せき》を切ったように泣き出した。

鐘の音がゆっくりと近づいてきた。角の向こうから、年老いた司祭が足を引きずりながら現われた。聖職者用の黒い頭巾つきの外套をまとい、吹きつける風に上体を屈めるようにして進んでくる司祭のあとには、大勢の人が付き従っていた。鐘は運動場の子供たちを呼び集めるのに使われるもので、司祭は歩きながら、ずっとその鐘を小さく鳴らしつづけていた。腕が疲れると、司祭はしばし腕を休ませ、震える声を張り上げて、「生き延びられる者は生き延びよ! (Sauve qui peut!)」と叫んだ。これに応えて、従っている者の何人かが同じ言葉を葬送歌のように詠唱し、通り過ぎる家々の前で一人二人がわずかな時間立ち止まっては扉をたたいた。そうした家からは、時として、ぼんやりした人影が這うように出てきて、行列に加わることもあった。私は思った。いったいこの人たちはどこに行くつもりなのだろう。それほど遠くまで行けるとはとても思えない。みな体の弱った年寄りばかりで、体力のある若い者たちに置き去りにされてしまったに違いない。一行は隊列を組み、おぼつかない足どりでのろのろと進んでいった。その動きはばらばらで、老いた顔はどれも吹きつける寒風に赤らんでいた。

少女は深い雪に足を取られてよろめいてばかりいた。半ば抱きかかえるようにして進まざるをえなかったが、私自身、ほとんど息ができない状態だった。このうえない寒さに、息はそのつど断ち切られ、いちいち足を止めてからでないと呼吸できなかった。吐く息が襟もとで凍って氷柱《つらら》になり、粘膜が凍って鼻の中が氷で詰まった。極地の空気をひと口吸い込むたびに、私は咳き込み、あえいだ。何時間とも思える時がたってようやく、私たちは港にたどり着いた。ボートを見ると、少女は今一度弱々しい抵抗を試み、叫んだ。「こんなこと、させやしない……」無言で少女をボートに押し込み、続いて私も跳び移ると、オールをつかみ、岸壁から押し出して、全力で漕ぎはじめた。

後方で何人もが叫ぶ声が聞こえたが、私は無視した。私の頭にあるのは少女だけだった。ボートが通れる水路の幅は驚くほど狭まっており、その両端は凍っていた。もうまもなく完全に閉ざされてしまうだろう。刻々厚さを増していく港の氷から、銃声のような、雷鳴のような、長く尾を引く鋭い音がひっきりなしに届いてくる。極度の寒気に顔が灼けつき、両手は青くなって凍傷の前兆を見せはじめたが、私は漕ぐ手を休めることなく、一心に船を目指した。猛烈に吹き荒れるブリザード、飛び散る水飛沫《しぶき》、轟く氷、叫び声、血。小さなボートが転覆し、狂ったように打ち振られるいくつもの手の周りで水が沸き立っていた。溺れかけた者の指が必死に私たちのボートの船べりをつかもうとするが、私はその手をオールで打ち払った。恋人同士なのか、凍りついた腕で固く抱き合った男女が、波にもてあそばれながら、後方に漂い去っていった。不意にボートが大きく揺れた。素早くリヴォルヴァーを抜いて振り返った私の眼の前で、一人の男が船べりを乗り越えようとしていた。私は銃を発射し、男を水中に追い返した。水が赤く染まっていった。やがて、亡霊のように立ち現われた船の舷側が、断崖のように険しく、私たちの頭上にそそり立った。昇降梯子はようやく私の肩が届く位置にあった。

途轍もない努力を払い、やっとのことで少女を木の梯子に乗せると、下から押し上げながら、必死に甲板までよじ登っていった。私たちは乗船を許された。ほかに船まで来ることができた者はいなかった。船は直ちに動きはじめた。私たちは勝利したのだった。

それからは何度も船を乗りつぎながらの旅が続いた。少女は強烈な寒さに耐えられず、ずっと震えつづけて、ヴェネチアンガラスのように砕けていった。その崩壊の過程は実際に見て取ることができた。少女は次第にやせ細り、さらに白く、さらに透明に、亡霊のようになっていった。この変容は何とも興味深いものだった。少女は完全にエッセンスだけの存在となり、動くことすらなくなった。あまりにも細くなってしまった手足は、とても使うことなどできそうになかった。季節は存在することをやめ、永遠の寒気にその場を譲った。至るところに氷の壁がそそり立ち、雷鳴の轟きを響きわたらせ、なめらかに輝くこの世のものならぬ氷河の悪夢を現出させて、昼の光は氷山の放射する不気味な幻の光に飲み込まれてしまった。私は一方の腕で少女を暖め、支えていた。もう一方の腕は死刑執行人の腕だった。

寒さがほんの少しやわらいだ。私たちは別の船を待つために上陸した。そこは戦火にさらされた国で、町は徹底的なダメージを受けていた。利用できる宿泊施設はなく、わずかに一軒のホテルが再建中だったが、ようやく一階部分ができあがったばかりで、使える部屋はすべてふさがっていた。執拗に頼んでも、多額の金を提示しても、私たちを泊まらせてくれる者はいなかった。旅行者は嫌われ、忌避された。こんな状況ではそれも当然だろう。町の外に避難民のための一種のセンターがあり、そこなら泊まれるだろうということで、私たちは車に乗せられて、そこに向かった。荒れ果てた郊外区域はあらゆるものが破壊され、木立も公園も跡形もなく、まっすぐに立っているものは何一つ残っていなかった。その先の田園地帯は実際の戦場だった場所で、今は形を失った瓦礫の山に覆われた荒地でしかなかった。

私たちは、かつて農場だった場所で降ろされた。周囲には筆舌につくしがたい混沌が広がっていた。カートやトラクター、自動車、農具の残骸が至るところに散乱し、古タイヤの一部や何とも見当のつかない用具の断片が、ばらばらになった武器や軍用物資と混ざり合って、いくつもの山を作っていた。案内人は慎重に足を運びながら、地雷や不発弾に注意するようにと言った。屋内のどの部屋にも、何であったのか判別もできないほど粉々になった断片が散らばっていた。私たちが連れていかれたのは床が土の部屋だった。家具はなく、壁には無数の穴があき、天井は板が粗雑に打ちつけてあるだけだった。三人の男が壁に背をもたせかけて、地べたに座り込んでいた。黙りこくって身動き一つせず、生きていないようにさえ思えるほどで、私が声をかけても何の反応も示さなかった。あとで聞かされたところでは、彼らは鼓膜が破れてしまって耳が聞こえないのだということだった。そんな人は国中に数えきれないほどいるという。苛酷な寒風のもとで、どの人の顔も唇もズタズタに切れてしまっていた。回復の見込みのない状態の男が一人、薄い毛布をかぶって横になっていた。髪が何カ所もごっそりと抜け落ち、手と顔の皮膚が無数の細い帯になって垂れ下がり、咳き込むたびに、出血している黒い歯茎の間でゆるんだ歯がカタカタと鳴った。男は四六時中、咳き込み、うめき、血を吐きつづけていた。やせ細った数匹の猫がうろうろと出入りしては、先の尖ったピンクの舌で血をなめてまわった。

船が来るまではここにとどまっていなければならなかった。何か眼を向けていられるものがあればと心の底から思ったものの、建物の中にも外にもそんなものはいっさいなかった。畑も家も道路もなく、ただ途方もない量の石とゴミと死んだ動物の骨が転がっているばかりだった。見渡す限りの大地を一面に覆っている形も大きさも様々な石の厚さは一メートルにもなるだろうか。ところどころに大きな盛り上がりを見せている石積みは、平穏な時代には自然の景観の中の丘に見えていたに違いない。私は馬を一頭手に入れて、二十キロほど内陸部に行ってみた。しかし、このおぞましい無形の情景は変わることなく、どの方向を見ても荒れ果てた石の大地が地平線まで広がっていて、どこにも生命や水の存在する気配はなかった。この国の全域が灰色の死んだ石の広がりに覆いつくされているようだった。石の丘を別にすれば、丘の一つもない。自然の輪郭すらも戦争によって破壊されてしまったのだ。

少女はこれまでの長旅で疲労し、消耗しきって、出立の時になっても、これ以上、旅を続けたくないと言った。休息しなければと言い張り、自分を置いて一人で行ってくれと懇願した。「これ以上、私を引きずっていかないで!」そう言う少女の声は苛立っていた。「あなたは、私を苦しめるだけのために、こんなことを続けているんだわ」私は、少女を助けようとしているのだと言った。少女の眼に怒りの色が浮かんだ。「あなたはいつもそう言うのね。私は本当に愚かだったわ。最初にあなたを信じたのが間違いだった」彼女を喜ばせようとするあらゆる試みもむなしく、少女は私を不誠実な敵として扱うのをやめようとしなかった。これまで私はずっと、少女を元気づけよう、理解しようと努力しつづけてきた。そして、いっこうに消え去る気配もない少女の敵意は、とうとう私の努力を反転させる効果を発現するに至った。私は少女のあとを追って小さな船室に入った。少女は抵抗したが、船室は逃げる余地もなかった。船が揺れて少女は寝台から転げ落ち、肩を床に打ちつけて、やわらかな皮膚が傷ついた。「人でなし！　けだもの！　あなたなんか大嫌い！」少女は私を殴ろうとし、必死にもがいたが、私は少女を組み敷いて、固く冷たい床にしっかりと押さえつけた。「殺してやりたい！」と叫んで少女はすすり泣きはじめ、ヒステリックにもがきつづけた。その頬に私は平手打ちを食らわせた。

少女は私を怖れるようになった。だが、敵愾心だけは依然として変わることがなかった。かたくなな怯えた子供の表情は私の神経に障った。気候は徐々に温暖になっていったが、少女は相変わらず寒がりつづけた。それでも、私の外套を使うのは拒絶した。私は絶え間なく震えつづける少女をただ見つめているしかなかった。

少女はいっそうやせ細っていき、肉体は溶け去って骨だけになっていくように見えた。髪は輝きを失い、重すぎるものになって、頭を上げておくこともできなくなった。少女は常にうつむいたまま、私を見ないようにしていた。無気力な様子で陰に隠れたり、私を避けるために、おぼつかない足どりで船内をさまよい歩いたりした。衰弱した脚はバランスをとることができず、いつもよろめいていた。私はもはや何の欲望もおぼえず、彼女と話をするのもあきらめて、あの長官の沈黙を私自身の姿勢として採用した。私が無言で出たり入ったりすることが彼女の眼にいかに恐ろしいものと映るかを私は十二分に意識しており、そこにいくばくかの満足感を見出していた。

旅は終わりに近づきつつあった。

11

明るい無傷の町。光と色彩にあふれ、自由で危険はなく、暖かな陽光をいっぱいに浴びた町。どの顔も幸せに満ちている。脱出に成功したという思いが多幸症をもたらしている。過去は忘却の彼方に消えた。長く厳しい危険な旅路も、それに先立つ悪夢の日々も、完全に消え去ってしまった。悪夢が続いていた間は、悪夢だけが唯一、真実であるように思え、それ以外の失われた世界は想像か夢の中の存在でしかないように思えたものだが、その世界が今ここに、もはや失われることもなく、確固たる実体を備えたものとしてあった。劇場があり、映画館があり、レストランやホテルがあり、ありとあらゆる品物を自由に買える店があった。このコントラストは目まいを起こさせるほどだった。圧倒的な安堵感。過剰なリアクション。一種、熱に浮かされたような度を越した昂揚状態が誘発されていた。人々は町中で歌い踊りまわり、誰彼かまわず抱擁を交わした。町全体が祭のように飾り立てられていた。至るところに花が置かれ、街路樹は提灯や電飾で飾られ、ビルにはフットライトが、公園や庭園には色とりどりのライトが、入念なプランのもとに配置されていた。ダンスミュージックのどよめきはやむことがなかった。毎夜、花火が打ち上げられた。ひと晩中、焔の星やロケットが天空に花開き、暗い港を赤々と染めながら沈んでいった。イベントは果てしなく続いた。カーニバル、花合戦、舞踏会、ボートレース、コンサート、山車《だし》行列。誰一人として、ほかの国々で何が起こっているか思い出させられるのを望む者はいなかった。外の世界から届く様々な噂は領事の指令によって公表を禁じられた。領事は法と秩序の維持に責任を負う者であり、「現状の改変は未決状態に置く」が、その基本姿勢だった。新しい条例のもとでは、災厄について語ることは違法行為となった。知らないでいるという態度を選ぶことが基本ルールだった。

状況こそ違え、かつて私自身がいかに忘却を願ったかを思うと、多幸症がもたらす「見たくないものは見ない」という姿勢は理解できないことではなかった。しかし、理解はできても容認はできなかった。私は人々の喜びには加わらなかった。陽気な気分にはなれなかった。ダンスや花火見物をして過ごしたいなど、これっぽっちも思わなかった。ほんの少したっただけで、私は突飛な衣装を着て演奏するバンドや観衆に心底うんざりしてしまった。一方、少女は、この陽気さ、華やかさがすっかり気に入ったようだった。彼女は完全に変容し、生活そのものが嘘のように一変した。心身の脆弱さは跡形もなく消え失せ、様々な店におもむいて贅沢な服や化粧品を買いあさり、美容院やエステティックサロンに足繁く通うようになった。まるで別人になってしまったようだった。もはや内気さのかけらもなく、私の知らない人たちと友達になり、彼らの褒め言葉に自信を得て、一人で行動できる闊達《かったつ》な女性になった。少女の姿を見かけることはほとんどなくなった。そうした時間を彼女がどこで過ごしているのか、私には見当もつかなかった。私のもとに戻ってくるのは金が必要になった時だけで、私はそのつど言われるままの金を与えた。私にとって、これは満足できる状況ではなかった。終わりにしなければならないと思った。

外の世界と断絶したままでいることはできない。私はこの惑星全体の運命にかかわっている。どんな事態であろうと、私はその運命の中でアクティブな役割を果たさなければならない。この町での終わりなき祝祭の日々は、うんざりすると同時に、どこか、ペストが流行した時代の狂宴を思い起こさせる不吉な色合いを帯びているように思えた。当時も今も人々は自己を欺いている。好きなことだけをやり、希望的観測に頼ることで、偽の安心感を得ているにすぎないのだ。私は一瞬たりと、この町の人たちが本当に危機を脱したとは思わなかった。

私は注意深く天候を観察した。上天気が続き、温暖ではあったが、充分に暖かいとは言いかねた。ことに陽が落ちてからは気温が下がり、はっきりと肌寒さが感じられるようになりはじめていた。悪い兆候だった。だが、このことを口にしても、今は涼しい季節なのだからという答えが返ってくるばかりだった。どんなことがあろうと太陽にはそれ以上のパワーがあるというわけだ。さらに観察を続けていると、ほかにも気候の変化を示す兆候が見つかった。この地域は熱帯に属しているが、庭園の植物が見た目にも弱りはじめているのがわかったので、私は作業をしていた男に理由をたずねてみた。男は疑わしげな視線を向けて、はぐらかすような言葉をつぶやき、さらに追及すると、主任が呼んでいるのが聞こえたというふりをしながら走り去ってしまった。私は、妙な長い布のようなものにくるまって歩いていた何人かの住人に、夜の寒さについて意見を述べてみた。彼らがこのほんのちょっとした寒さにも慣れておらず、適当な服を持っていないのは明らかだった。彼らもまた曖昧な答えを返し、警戒のまなざしを向けた。新しい条例に照らして、おそらく私のことを当局のスパイだとでも思ったのだろう。

知己の一人で政府関連の仕事をしている人物が、自家用飛行機の燃料補給のためにこの地に立ち寄った。私は連絡をとって、外の世界で起こっていることについてたずねてみた。彼は口をにごした。理由は察せられたので、それ以上は問わなかった。彼は、私がどういう立場にあるのか、はっきりしたことは知らないはずだった。ミスは許されない。完璧な忠誠が要求される。不注意な発言をした者は即刻排除され、判断の過ちを正す機会は永久に与えられないということなのだろう。彼は気が進まない様子ながらも、出立する際に私を客として同乗させることには同意してくれた。ただし、近隣の列島の一つの島までということだった。私は地図を見て、インドリたちの住む島がさほど遠からぬところにあるのを知り、とりあえず、彼らのもとを訪れることにした。そのあとは以前の任務に戻り、軍事作戦が展開されている戦いの現場に行くことに決めていた。

少女にこのプランを知らせる必要があった。午後もまだ早い時刻だった。道路を渡ろうとしたところで、行列が通過するからと制止され、その場でしばし待つことになった。行列の先頭に少女がいた。パルマスミレで飾られた大型のオープンカーの運転手の横に立っていた。少女は私に眼を向けなかった。眼を向ける理由もなかった。陽光を浴びた髪を青白い焔のように輝かせ、笑みを浮かべて、観衆にスミレを投げていた。この女性が、私がずっとともに旅を続けてきたあの少女と同じ人物だとはとても思えなかった。その後、部屋に行った時にも、少女はまだスミレ色のドレスを着たままだった。その繊細な色合いが彼女のたおやかな青白さと調和して、このうえない魅力を発散していた。銀とスミレ色のスパンコールを散らした輝く髪はマッチする染料で淡く染められ、ほのかに揺らぎ立つ幻想的な雰囲気がその魅力をいっそう際立たせていた。

あとで開けるようにと言って、私は少女が以前から欲しがっていたブレスレットと個人小切手の入った小さな箱を渡した。「それからもう一つ、いいニュースを持ってきた。さよならを言いにきたんだ」少女は狼狽した様子で、どういう意味かときいた。「今夜発つ。飛行機で。うれしくないのかい?」少女は黙って私を見つめるばかりだった。私は続けた。「君はずっと私から逃げたがっていた。その私がようやく行ってしまうというのだから、うれしくなかろうはずがない」ひとときの間《ま》を置いて冷たい怒りのこもった声が発せられた。「私がどう言うと思っているの?」この反応に私は当惑した。少女はなおも冷ややかに私を見つめていたが、不意に激しい口調で言った。「あなたは自分がどういう人間だと思ってるの?」私を非難している。「これであなたにもわかったでしょう、私があなたを信用しなかった理由が。私にはずっとわかっていた。あなたがまた私を裏切るだろうということは……お行きなさいよ。私を置いて。前にやったと同じように」私は反論した。「身勝手にもほどがある! 私が出立するからといって、君に責められる筋合いはない。君のほうがずっと、私に行ってしまえと言いつづけてきたんじゃないか。それに、君には私にさいてくれる時間がまるでないこともはっきりした。ここに来て以来、君の姿を見ることさえほとんどなかったからな」「何てことを……!」嫌悪感もあらわに叫ぶと、少女はくるりと背を向けて二、三歩離れた。

たっぷりしたスカートがひるがえった。スミレにそそがれる月光のような絹の輝き。輝く髪が揺れ、スミレ色のハイライトがきらきらと光った。私はその髪に指先を置いた。髪は生命を得たようにさざめいていた。やわらかな繻子《しゅす》の光沢を持った腕、良い香りのするなめらかな肌、スミレの花環を巻いた細い手首。私は少女の体に腕をまわし、首筋に接吻した。その瞬間、少女は全身を緊張させ、荒々しく身を振りほどいた。「触わらないで！　こんなにも無神経な人だとは思わなかった……」少女の声は細くなっていき、泣き出す寸前で、またわずかに強さを取り戻した。「さあ、何を待っているのよ。どうして行かないの？　今度は戻ってこないでね。あなたには二度と会いたくない。思い出したくもない！」少女は私がプレゼントした腕時計と指輪を外して荒っぽく投げてよこすと、今度はネックレスを外そうとしはじめた。両手を頭のうしろにまわして掲げられた腕が、少女のほっそりした体に実際にはありもしない官能的な表情を与えた。再び抱きしめたくなるのをかろうじて押しとどめると、私は言った。「そんなに怒らないでくれ。こんな別れ方はしたくない。私が君にどんな思いを抱いてきたかはわかっているはずだ。私がなぜ君を追いつづけ、無理に連れてきたのかも。だが、君はいつも私を憎んでいると言いつづけてきた。私とはかかわりを持ちたくないと言いつづけてきた。だから、私も結局、その言葉を信じざるをえなくなったんだ」これは半分しか真実ではなく、自分でもそのことはわかっていた。私はためらいがちに少女の手を取った。その手は強張っていて反応はなかったが、それでも振り払おうとはしなかった。握るにまかせたまま、少女はひたと私を見据えていた。疑念と非難と譴責《けんせき》をこめて私に向けられた、真剣で無垢な、深いかげりを帯びたまなざし。頭のうしろにまわされた手は、まだネックレスをつかんでいる。輝く髪とスミレの香りが私の手の間近にあった。そして、重々しい本気の問いが発せられた。「それじゃ、私がそのようなことを言わなければ、ずっと私と一緒にいてくれたと言うの？」

今こそ真実のすべてを語るのが何よりも重要だと思えた。だが、その真実がいったい何なのか、私には確信が持てなかった。結局のところ、唯一、真実だと思えたのはこれだけだった。「わからない」

少女は怒りを爆発させた。私の手から自分の手をもぎ取るように離すと、もう一方の手で首の周りの鎖を力まかせに引っ張った。鎖はちぎれ、真珠の玉が部屋中にはじけ飛んだ。「よくもそれほどまでに冷淡でいられるわね。しかも、それを口に出せるなんて！ ほかの人なら誰だって恥を感じるはずだわ……でも、あなたは……あなたという人は、感情を持っているふりさえしない……ひどい、ひどすぎる……あなたは人間じゃないんだわ！」私はすまないという気持ちでいっぱいになった。少女を傷つけるつもりなどまったくなく、少女の憤《いきどお》りは一面で理解することができた。私に言えることは何もないようだった。私の沈黙は少女の怒りをさらにつのらせた。「行きなさいよ！ 行って！ 行ってったら！」少女はくるりと振り向き、私を力いっぱい押した。予期していなかったこの攻撃に私はよろめき、後退した。肘がドアにぶち当たった。激しい痛みが走り、苛立った私は思わずこう口走った。「どうしてそうも熱心に私を部屋から追い出したがるんだ？ ほかの男を待っているのか？ さっき乗っていたオープンカーの持ち主か？」「もうたくさんよ！　私があなたをどれほど嫌っているか、これっぽっちもわかっていないのね！」少女は再度私を押した。「出ていってって言ってるのよ！　出てって、行って、行って！」少女は深く息を吸うと、私に跳びかかり、拳《こぶし》で胸をたたきはじめた。しかし、これはさすがに無理だと思ったのか、すぐにあきらめて壁にもたれると、がっくりと頭を落とした。輝く髪が顔を隠してしまう寸前、影になったその顔に感情の爆発で傷ついた表情が現われているのを、私は見て取った。沈黙が降りた。短い沈黙ではあったが、私にとって、全身を覆っていく冷えびえとした感覚を感じ取るには充分な時間だった。まもなく訪れる空虚さと喪失感……それは、少女のいない人生がどのようなものになるかを明確に予兆していた。

この重い感覚を追い払うには行動が必要だった。私はドアの把手《とって》に手を置いて、最後の瞬間に少女が引きとめようとするのではないかと半ば期待しながら言った。「わかった。もう行くよ」少女は動くことも言葉を発することも、いかなる感情を見せることもなかった。ただ、私がドアを開いた時、奇妙な短い音が喉から漏れた。むせび泣きか、息が詰まったのか、咳なのか、私にはわからなかった。廊下に出て、閉ざされたドアの並ぶ前を急ぎ足に通り過ぎ、自分の部屋に戻った。

まだ少し時間があった。スコッチを一壜持ってこさせると、座って飲んだ。確信が持てず、分断されているような感覚があった。鞄はすでに荷作りを済ませて階下に運ばせてある。数分したら、私もそのあとを追っていかなくてはならない……計画を変更してここにとどまることにしない限りは……。私はさよならを言わなかったことを思い出し、もう一度戻るべきだろうかと考えたが、心を決めることはできなかった。出かける時間になっても心は定まらないままだった。

階下へ降りる途中で今一度、少女の部屋の前を通らなければならなかった。ドアの前で一瞬立ちどまり、そのまま急いでエレベーターに向かった。出発するのは当然だ。奇跡的とすら言っていいこの脱出のチャンスを無駄にするのは狂気の沙汰に等しい。次の機会を当てにするなど、とうていできることではないのだから。

12

飛行中に聞いたニュースは私が考えていた最悪の予測を裏づけるものだった。世界は破局の最終局面に入りつつあるようだった。私自身の国も含めて多数の国が消滅してしまったという事実も、今なお生き長らえている大国の軍事主義への歯止めにはならず、大国間の対立は続き、小国はいずれの陣営につくかによって二分されていた。どちらの首長国も通常の過剰殺戮力の何倍にも相当する核兵器を保有し、その核の傘のもとでは、脅威のバランスはうまく保たれているように思われた。しかし、特定されてはいないものの、弱小国家の中にも熱核兵器を保有している国がいくつかあった。どの国が持っているかわからないということと、その結果生じた緊張が危機のエスカレーションを誘発し、それが累積していって、今まさに最終的な局面が出現しようとしているのだった。闇雲に死を求める常軌を逸した衝動が人類を二度目の自殺に駆り立てている。最初の自殺的営為の全容すらまだつかみきってはいないというのに。私は暗然たる思いに包まれ、大量処刑とも言うべき恐るべき事態が起こるのをただ待っているだけという感覚に捕らえられていた。

私は自然の世界に眼を向けた。自然は私と同じ感情を共有し、迫り来る運命から逃れようと無益な努力を続けているように思えた。波は水平線に向けて無秩序な逃走を続け、海鳥《うみどり》やイルカやトビウオは狂ったように空中を疾駆している。島々は揺らぎ、透明になって、みずからを海から引き離し、蒸気となって空に消え去ろうとしている。だが、逃亡は不可能だ。防御のすべを持たない地球は、ただ破壊されるのを待っているしかない。なだれ落ちる氷によってであれ、果てしなく続く連鎖爆発によってであれ、最終的に地球は最小の構成物質にまで分解され、宇宙の塵《ちり》に変容してしまうだろう。

私は一人、インドリを探してジャングルに分け入っていった。彼らの魔法のような力が重くのしかかっている死のおもりを取り除いてくれるのを信じていた。実際にインドリに出会うかどうかはどうでもよく、夢に見るだけでもかまわなかった。暑い、蒸気が揺らぎ立つ日だった。ギラギラと輝きわたる太陽が、この最後のひと時、持てる限りの力を赤道地帯に降りそそいでいた。頭が痛み、疲れきってしまった私は、それ以上、灼けつく太陽に耐えられず、暗い木陰に横になって眼を閉じた。

インドリたちが近くにいるのがわかった。不安と絶望が消えたのも、あるいは彼らが近くにいるからこそだったのだろうか？　別世界からの希望のメッセージを受け取っているような感覚が強まっていった。暴力も悲惨もない世界、絶望というものが存在しない世界。私は何度となくその世界を夢想したものだ。地上の人生の何千倍もエキサイティングで壮大な生が生きられている世界。その世界の住人の一人が今、私のかたわらに立っている。彼は私にほほえみかけ、私の手に触れ、私の名を呼んだ。その顔は静謐《せいひつ》で一片の偏《かたよ》りもなく、時を超えた知性をたたえ、善き意志にあふれ、いかなる装いとも無縁だった。

彼は時空間の幻覚について語った。過去と未来が結びつくことで、どちらも現在になりうる、そして、あらゆる時代に行けるようになる、と。私が望むなら、自分の世界に連れていってあげようと言った。彼と、そして彼と同種の人たちはすでに、この惑星の終末と人類という種族の終焉を見ていた。人類は今、集合的な死への願望と自己破壊の衝動によって、この地上で死にかけている。ただ、生命そのものは終わらずにすむかもしれない。この地での生命は終わった。だが、別の地で生命は続き、大きく広がっている。その、より広範な生命に我々人類も加わることができる。我々がそれを選ぶならば。

私は理解しようと努力した。彼は人間だが、それ以上の存在とも言える。少なくとも私が今あるような意味での人間ではない。より高き叡智を、究極の真理と言うべきものを知る能力を持っている。そして、その特権を付与された世界の自由を私にも与えようと言っている。私の最も奥深い自己は、心からその世界を知りたいと願っていた。私は想像を超えた体験の興奮を感じた。人間によって破壊され、死に瀕しているこの世界から、新しい、永遠に生きつづける、限りない可能性に満ちた、もう一つの世界の姿を捕らえたように思った。一瞬、その素晴らしい世界での、より高い次元の生を生きる能力を私自身持っていると思った。しかし、少女を、長官を、広がっていく氷を、抗争と殺戮のことを思った時、同時に私は、それがいかに遠く、私の力の及ばないところにある世界であるかを悟った。私はこの地上世界の一部だ。この惑星の出来事と人間に結びついており、そのつながりを断ち切ることはできない。私の自己の一部が最も欲しているものをあきらめるのは、心が引き裂かれる思いだった。だが、私は、自分の場所が死の宣告を下されたこの世界にあること、ここにとどまってその最期を見届けねばならないことを知っていた。

夢、幻覚、その他何であるにせよ、覚醒したのちも、その強烈な影響はいっこうに消え去らなかった。私にはこの体験が忘れられなかった。夢の顔にたたえられた超越的な知性と完全性を忘れることができなかった。私は、大きな空白感、喪失感とともに取り残されていた。このうえなく貴重なものを手にしながら、みずからそれを投げ捨ててしまったような感覚だった。

今、自分がやっていることはどうでもいいように思えた。私は暴力に関与している。この行動様式を続けていくほかはない。こうして、私はゲリラ戦が続いている本土に何とかたどり着き、いっさいに無頓着なまま、西側から金をもらっている傭兵の一員になった。我々は沼沢地での戦闘に従事した。無数の河口を持つ、海にほど近いデルタ地帯で、腿まで泥につかって戦った。敵との銃撃戦より泥の中での行動で多くの人員が失われ、やがて撤退を余儀なくされた。私は、実際に戦っている相手は氷なのだというふうに思っていた。氷は戦争にも何にも眼もくれず、その死の沈黙と荘厳な白い平穏の内にさらに多くの地を飲み込みながら、着実に近づいてきている。我々は戦争によって自分たちが生きているという事実を声高に主張し、ひそやかに地球を覆っていく氷のもたらす死に抵抗しているのだ。

私は依然として、恐るべきことが起こるのを待ち受けていながら奇妙な形で宙吊りにされているような感覚を覚えていた。一種の情緒障害が起こっていた。それは私だけでなく、ほかの人たちにも共通することだった。食糧暴動の鎮圧の際、我々の機関銃は暴動者も無害な通行人も見境なくなぎ倒した。この行為に私は何も感じず、同時に、ほかのすべての人たちも同じ無感情状態にあるのに気づいた。誰もがこの無差別殺戮を何かのパフォーマンスのように眺めているだけで、怪我人を助けにいこうとさえしなかった。ある期間、五人の男と宿泊用テントを共有しなければならなかった。とんでもない度胸を発揮しながら、危険も生も死も、そのほか何に関してもいっさい考えることをせず、肉とジャガイモの暖かい食事を毎日食べられる限り満足している男たちだった。そんな男たちと交わることなどとてもできず、私は外套をカーテン代わりに吊るして、その陰で横になったまま眠れぬ夜を過ごした。

やがて、長官に関する噂が再び聞かれるようになった。長官は今では西側の司令部に所属し、重要なポストについているということだった。大国と手を結ぶという長官の野望を思い出し、それをこういう形で実現させた長官に、私は驚嘆の念を禁じえなかった。長官のことを考えると、自分に苛立ちがつのってきた。残された時間も少なくなった今、傭兵部隊で過ごしている自分が愚かしく思えてならなかった。私は、もっと大きな展望を持てる任務につけないか、長官に頼んでみようと決意した。問題はどうやって長官のもとに行くかだった。我々の部隊で折々に上の指揮系統と直接のコンタクトをとるのは隊長だけだったが、彼は自分の昇進以外にはいっさい関心を持っておらず、私に手を貸すのを拒絶した。我々の部隊は数日来、機密書類が保管されているというビルに攻撃を続けていた。ビルの防衛態勢は堅固で攻撃は難航していたが、隊長は自分の部隊だけで攻略して栄誉を得ようと、増援部隊の要請はしなかった。私は単純な策略を提案し、隊長の望みを実現させてやった。ビルはわがほうに落ち、機密書類は司令部に送られて、隊長は高い評価を得るに至った。

私の機略に感じ入った隊長は一杯飲もうと誘い、昇進させてやろうと言い出した。隊長は翌日、個人的に報告に出向くことになっていたので、私は、褒賞代わりに司令部まで同行させてもらいたいと言った。隊長の返事は、君のような部下を手放すわけにはいかない、これからも今回のような助言をしてもらわなければならないのだから、というものだった。隊長はすでにかなり酔っていた。私はもっと飲むように仕向け、正体がなくなるまで酔いつぶれさせた。翌朝、隊長が出発しようとしている時に、私は、彼がさも連れていってやるという約束をしたかのように装って車に跳び乗った。前夜の飲み方では絶対に何を言ったか憶えていないはずだと踏んでのことだった。危うい一瞬ではあった。隊長は明らかに疑いを持っている様子を見せたが、私を車から放り出しはしなかった。隊長とともに私は司令部に向かった。司令部に着くまで、どちらもひとこともしゃべらなかった。

13

司令部は戦場から遠く離れたところにあった。真新しい巨大な建物で、しみ一つない大きな旗がひるがえっていた。今にも壊れそうな老朽化した背の低い木造家屋に囲まれて、どっしりと堅固にそびえ立つ石とコンクリートのその建物は、見るからに金のかかった難攻不落の威容を誇っていた。メインエントランスに立っている歩哨を別にすれば、戦争とは縁もゆかりもない建物としか見えず、内部も特別なセキュリティ対策が講じられている様子はなかった。隊長が酔っ払って言った、司令部の連中は実際の戦闘をするには軟弱にすぎるという言葉が思い出された。テクノロジーの優位性と国土の大きさ、豊かさを信頼しきっていて、現実の戦闘でみずからの手を汚す必要などなく、戦いは下級の連中に金を払ってやらせればいいと考えているのだ。

私は長官の部屋の場所を教えてもらった。建物全体が空調されていた。エレベーターはなめらかに、静かに、すみやかに上昇し、広い廊下は両方の壁から壁まで絨毯《じゅうたん》が敷き詰められていた。私がこれまで過ごしてきたむさ苦しい毎日を思うと、贅沢なホテルと見まがうばかりだった。戸外には陽光があふれ返っているというのに、どこもかしこも照明で輝きわたっている。窓は完全に密閉されていて、開け閉めするようには作られていない。こうしたしつらえが生み出す雰囲気には、どこか非現実的なおもむきがあった。

制服姿の女性秘書が、長官は誰にも会うことはできないと言った。これからすぐに視察旅行に出かけ、数日は戻ってこないという。私は「出発する前に、どうしても会わなければならない。緊急の用なんだ。そのためにわざわざやってきたんだから。一分と引きとめはしない」と言ったが、秘書は口をすぼめて首を振った。「お通しするわけにはまいりません。サインしなければならない重要書類もありますし、誰にも邪魔させぬようにと厳命を受けておりますので」見事にとりつくろわれたその顔は断固としていて、とりつくしまもなかった。それが癇《かん》に障った。「命令がどうした！　こっちは会わなければならないと言ってるんだ！　個人的な用件なんだ。わからないのか?」私は彼女を揺り動かして何らかの人間的な表情を与えてやりたいと思った。だが、それは実行には移さず、代わりに声をやわらげて、「せめて、私がここにいるということを伝えてくれ。そして、会うつもりがあるかどうか、きいてみてくれ」と言った。私であることを示すものがないかとポケットを探り、そののち、紙片に名前を書いた。すると、将校が一人入ってきた。秘書は席を立って将校に歩み寄り、小声で話しはじめた。ひとしきりのやりとりが終わると、将校は、自分がメッセージを伝えようと言って名前を記した紙片を受け取り、たった今入ってきたのと同じドアから出ていった。長官に私のことを伝える気などまるでないのは明らかだった。断固たる行動をとらなければ面談はかないそうにない。まもなく時間切れになってしまう。

「あのドアはどこに通じている?」私は部屋の一番奥にあるドアを指差した。「いえ、あの、一般の方は立入禁止になっています。入ることはできません。禁じられていますす」ここに至って女性秘書は優越者の平静さを失い、うろたえた様子を見せはじめた。直接行動に対応する訓練を受けていないようだ。「それなら入らせてもらうことにしよう」と言って、私はドアに向かった。「いけません!」秘書はあわてて私の前に立ち、行く手をふさいだ。彼女の属する国家は世界における自分たちの力を極端なまでに信じている。その国民たちも、相手が誰であれ、どんなささいなことであれ、現実に反抗されることがあるなど、まるで考えられなくなっているのだろう。私は笑いながら秘書を押しのけた。彼女は私の服をつかみ、引き戻そうとした。ひと時、もみ合いになった。閉ざされたドアの向こうから、私のよく知っている声が聞こえてきた。「そこで何をやっているんだ?」私は部屋に入っていった。「おや、君だったのか」長官はまったく驚いた様子を見せなかった。秘書は戸口に立って早口に弁明の言葉をまくしたてた。長官は手を振って秘書を追い払った。ドアが閉じた。私は言った。「どうしても聞いてもらいたいことがある」

二人だけになったそこは豪華な部屋だった。寄せ木細工の床にはペルシャ絨毯が敷かれ、時代物の家具が並んでいて、壁には高名な画家の手になる長官の全身の肖像画がかかっていた。私の着古してあちこちがすりきれたプレスもしていない軍服が、長官の優美で威風堂々たる制服をいっそう際立たせた。袖口と肩に金の徽章《きしょう》があり、胸にはいろいろな勲章の略綬がとめつけられていた。長官が立ち上がった。記憶では、これほどまでに長身ではなかったような気がした。さらに、いつもながらの堂々たる物腰が、以前、最後に会った時よりもいっそう印象的なものになっているように思えた。私は落ち着かない心持ちになった。長官の存在が私に影響を及ぼすのはいつものことだったが、今のようにあまりにも明白な差があると、長官にコンタクトをとるという考えが、漠然とながら、不適切で気恥ずかしいもののように思えてきた。長官が冷ややかに「ここに押し入ってきたのも無駄だったようだな。私は即刻出立する」と言った時、私はまごついて、同じ言葉を繰り返すことしかできなかった。「どうしても聞いてもらいたいことがある」「無理だ。すでに遅れている」長官は腕時計を見やり、ドアに向かいかけた。「ほんの少し時間をとってくれるくらい、できないわけがないだろう！」私はあわてて長官の前に立ちはだかった。まずい行動だった。長官の眼が閃光を放った。怒っている。唯一のチャンスを逃してしまった。この愚かさに私は自分をののしった。私のがっくりした表情が、あるいは長官を面白がらせたのかもしれない。不意に長官の態度が変わったようだった。口もとにはかすかな笑みさえ浮かんでいる。「君と話をするだけのために戦争に一時停止を命ずるなどできない相談だ。どうしても話さなければならないことがあるというのなら、同行してもらわねばなるまい」私は躍り上がった。願ってもないこと、予想もしていなかったことだ。「同行できる？　すばらしい！」私は熱狂的な謝辞をまくし立てた。長官は声を上げて笑い出した。

空港への道路には、車で通り過ぎる長官をひと目見ようと、大勢の人が待ち構えていた。道端には六列の人垣ができ、庭や窓、バルコニー、屋根、街路樹、広告掲示板、電柱など、あらゆるところに熱い視線を送る人たちがいた。何時間も待ちつづけていた人もいるに違いない。この大群集に与えている長官の直接的なインパクトの大きさに、私は強い印象を受けた。

機内で長官の隣に座った私は、乗客たちの詮索するようなまなざしを意識しないわけにはいかなかった。海と陸を見降ろすのは、いつもながら不思議な感覚をもたらした。眼下に広がる世界は平坦でもなければゆるやかに湾曲しているのでもなく、明らかに球体の一部だった。海はライトブルー、地上は黄色味を帯びた緑。頭上はダークブルーの夜だ。飲物が運ばれてきて、私はすずやかな音を立てるグラスを受け取った。「氷！　何と贅沢な！」長官は私のすり切れた軍服にちらりと眼をやって顔をしかめた。「英雄であろうとすれば、贅沢など期待してはいかんと言うわけか」言葉は揶揄《やゆ》的ではあったが、笑い顔には見る者の気持ちを引きつけるものがあった。もしかしたら、長官はこれまでも友好的な関心を持ちつづけてきたのかもしれないと思えるほどだった。「失礼だが、いったいどういうわけで、君は突然、我らが英雄的闘士の一員になったりしたのかね？」ここで新しいポストの話をするべきなのはわかっていた。だが、なぜか私は、抑鬱状態から脱するために何か思いきった行動をとる必要があったからだと答えていた。「それはまた面白い療法だな。死ぬ可能性のほうが高いだろうに」「あるいは、それこそ望んでいたことだったのかもしれない」「違うね。君は自殺をするようなタイプではない。いずれにせよ、我々全員が来週にも絶滅しようという時に、どうしてくよくよ悩んだりする？」「来週？　そんなにも早く？」「まあ、文字どおり来週ということもないだろうが、ただ、ごく間近いことだけは確かだ」私は長官が眼をしばたたかせているのに気づいた。一種の癖だが、これが起こる時、輝く青い瞳がまばゆい青の光を反射しているように閃いて見える。これは何か語られていないことがあるのを示すサインだった。むろん、長官が極秘情報を握っているのは間違いない。長官は常に、ほかの誰よりも早く、あらゆる情報を入手している。

途方もない量のディナーが供された。贅沢というレベルをはるかに超えた無意味としか言えない量だった。私は半分も食べることができなかった。こんな大量の食事をとる習慣から遠ざかって久しかった。ディナーののち、今一度、何のためにここまでやってきたのかを話そうとしたのだが、言葉はいっこうに形をなさず、気づいてみると、私は長官のことを考えていた。そこで、私が現われた時、まったく驚いていなかったことについてきいてみた。「君が来ることはほぼ予期していた」かなり奇妙な物言いだった。「事が起こる直前に、それがわかるということはあるものなんだよ」長官はしごく真面目に話しているように思えた。「本当に数週間か数日のうちに破局が来ると予想しているのか?」「そのように思える」

ブラインドが降ろされ、外界が遮断された。映画が上映されるらしい。長官が耳もとでささやいた。「みんなの注意がスクリーンに集中するまで待ちたまえ。もっと興味深いものを見せてあげるとしよう。機密ということになっているんだが」私は好奇心をつのらせながら待った。まもなく、我々は静かに席を立ち、ドアを抜けて、ブラインドを降ろしていない窓の前に行った。時間感覚が混乱していた。どこまで行っても上空は夜が続いているのに、下方の大地は依然として昼の光に包まれている。雲はない。海上に点在している島が見える。ごくありきたりの飛行機からの眺めだ。と、その時、驚異的なものが現われた。この世のものとは思えない超常的な光景。虹色の氷の壁が海中からそそり立ち、海を真一文字に切り裂いて、前方に水の尾根を押しやりながら、ゆるやかに前進していた。青白い平らな海面が、氷の進行とともに、まるで絨毯のように巻き上げられていく。それは恐ろしくも魅惑的な光景で、人間の眼に見せるべく意図されたものとは思えなかった。その光景を見降ろしながら、私は同時に様々なものを見ていた。私たちの世界の隅々までを覆いつくす氷の世界。少女を取り囲む山のような氷の壁。月の銀白色に染まった少女の肌。月光のもと、ダイヤモンドのプリズムにきらめく少女の髪。私たちの世界の死を見つめている死んだ月の眼。

我々が飛行機を降りたのは、とある遠隔地の国の、私の知らない町だった。長官がここに来たのは重要な会議に参加するためで、緊急事態に携わる大勢の関係者が彼を待っていた。長官は急ぐふうもなく、私と並んで歩いていった。私は内心、得意な気分になっていた。長官は言った。「君にもひとわたり見てもらわなければ。実に興味深い町だよ」この町は、つい最近、領有者が変わったばかりだった。軍による被害は相当なものではなかったのかとたずねてみたところ、こんな答えが返ってきた。「我々のうちにも文明というものを知っている者がいることを忘れてもらっては困る」華美な軍服に身を包んだ長官は、黒と金の制服の衛兵を従え、私と並んで、美しく手入れされた庭園をのんびりと歩いていった。長官とともにいることが誇らしかった。長官は、あらゆる点で、自分の外容をみずからの持てる力と同じ高いレベルに保っていた。運動選手さながらに鍛えられた肉体、入念にとぎすまされた知性と感性。濃密な身体的なヴァイタリティと、生きることを楽しんでいる感覚に加え、長官からは強烈な支配者の風格が放射されていた。長官の力と成功のオーラは周囲を満たし、私にまで及んでいるように思えた。人工の滝を通り過ぎ、流れが広がって池になっているところに差しかかった。スイレンが花開き、巨大な柳の枝が長い緑の髪を水中にただよわせて、誘いかけるような涼しげな緑陰の洞窟を作っていた。私たちは石の椅子に腰を降ろし、宝石をちりばめた放物線を描いて飛びまわるカワセミを眺めた。動きのない灰色の影になって浅瀬のあちこちにたたずんでいるサギ。静かで平穏に満ちた牧歌的な情景。暴力は遠い異世界の出来事でしかない。この静謐な美は、しかし、一般の人には嘆賞することを許されていないのではないか。私はそう思ったものの、口にはしなかった。すると、長官が私の思考を読み取ったかのように言った。「以前は、市民も一定の日に入園できるようになっていたんだがね。破壊行為がたび重なったもので、その慣例も中止せざるをえなくなった。兵隊たちの破壊行為が終わったと思ったら、考えなしの市民どもがそれを引き継いだ。いくら教えたところで、美を味わうことのできない人間はいるものだ。人間以下の輩《やから》だな」

川の向こう岸に、ガゼルに似た動物が群れをなしてやってきて、優美な角《つの》の生えた頭を上げ下げしながら水を飲みはじめた。衛兵たちは少し離れたところに立っている。私たち二人きりと言っていい今、私は長官にかつてなく近しい感覚をおぼえていた。兄弟のような、一卵性双生児とさえ言っていいような感覚だった。これまで経験したこともないほどに強く長官に引き寄せられた私は、この感情を口にせずにはいられなくなった。

そして、彼の親切をどれほどうれしく思っているか、友人であることをいかに大きな栄誉と思っているかを語った。何かが変わった。長官は笑いもせず、賛辞に応えようともせず、唐突に立ち上がった。私も続いて立ち上がった。この動きに驚いて、水の向こうの動物たちが走り去った。私を取り巻く空気が変化しはじめたかと思うと、不意に、暖かい空気が氷の上を通り過ぎていったかのように、冷気が生じた。私は不可解な恐怖に襲われた。悪夢のさなか、落下しはじめる直前に訪れる感覚にも似た恐怖。

長官が私のほうに向き直っていた。眼は青い怒りを放射し、顔は冷酷な仮面だった。「彼女はどこにいる?」その声は猛々しく、素っ気なく、氷のように冷たかった。するりと拳銃を抜き、私にピタリと狙いを定めたという感触だった。背筋に冷たいものが走った。一つの感情からまったく正反対の感情へのこの突然の転換に、私はただ混乱し、愚かしくこう口ごもるしかできなかった。「たぶん、私が残してきたところに……」長官は氷の一瞥を投げた。「知らないと言うのか?」凍りつくような譴責の語調に、私はもはや答えることもできなかった。

衛兵たちが駆け寄ってきて私を取り囲んだ。眼を隠すためか、顔を認知されないためか、あるいは恐怖心を起こさせるためか、彼らは制服の一部として顔の上部を覆う黒いプラスチックのヴァイザーを着用しており、それが、仮面をつけているような印象を与えていた。私はぼんやりと、この衛兵たちについて語られていたことを思い出した。恐ろしくタフな連中であること、そして、彼らが実は有罪を宣告された凶悪犯や殺人犯で、上官への完全な忠誠と引き換えに免責されたのだということも。

「つまり、彼女を見捨てたというわけだ」ブリザードを貫いて飛ぶ青い氷の矢。長官の眼が細められ、私をぐさりと突き刺した。「そんなことは予想もしていなかった。たとえ君であろうと」その声に込められた底知れぬ蔑《さげす》みに、私はたじろぎ、「彼女がずっと敵意を抱いていたのはわかっているはずだ。彼女のほうが私を追い払ったんだ」とつぶやいた。「君は彼女の扱い方を知らない」長官は冷ややかに言う。「私なら、彼女を鍛えて一人前にしてやることができたんだが。必要なのはトレーニングだけだ。彼女にはタフさというものを教えてやらなければならん。人生においても、ベッドにおいても」私は口をきくことも考えをまとめることもできなかった。一種のショック状態にあった。長官が「彼女に関して、何かしたいと思っていることはあるのか？」とたずねた時も、言うべきことは何も見出せなかった。この間《かん》、長官はずっと冷ややかな侮蔑とよそよそしさを表わして私を凝視しつづけた。それは、このうえない苦痛と屈辱感をもたらした。長官の眼の青い焔が私の思考を停止させてしまったようだった。「それなら、私が彼女を連れ戻すことにしよう」この短く素っ気ない言葉で、長官は少女の将来に決着をつけてしまった。この件に関して少女には決定権などありはしなかった。

その瞬間、私はまたも強く長官に引き寄せられた。同じ血を分け合っている者同士のように密接に結びつけられた。これ以上、長官から疎《うと》んじられるのは耐えられなかった。「どうしてそんなに怒っているんだ?」と言って、私は一歩、長官に歩み寄り、袖口に触わろうとしたが、私の手が届く前に、長官はついと身を引いた。続けて「理由は彼女のことだけなのか?」と言った。実際にはそうは思っていなかった。長官と私自身の絆はこのうえなく強いものに思われ、それに比べれば、今この瞬間、少女は私にとって何の意味もなく、現実の存在とさえ言えないものだった。私たちは少女を共有することもできたのだ。そういったことを何か言っておけばよかったのだ。しかし、長官は石に刻まれた彫像の顔を崩さず、その声は鋼鉄をも切り裂くほどに堅く冷たかった。長官は何千キロも遠く離れたところにいた。「時間ができ次第、彼女のところに行って連れてくる。その後はずっと私のもとに置いておく。君はもう二度と彼女に会うことはない」

絆などなかった。これまでも一度として存在したことはなかった。私の想像の中以外では。長官は友人などではなく、私と近しかったこともない。一体感は幻想にすぎなかった。長官は私を自分より下位の軽蔑すべき人間として扱っている。何とか自分を取り戻そうとむなしい努力を続けながら、私はずっと彼女を助け出そうとしてきたのだと言った。長官の眼はこれ以上はないほどに激しく、青く、私にはほとんど受けとめることもできなかった。彫像の石の顔はまったく変化を見せない。私は必死に、何とかその顔から眼をそらさないようにしていた。やがて、彫像の口だけが動いて言葉が発せられた。

「彼女は助け出されるだろう、可能であれば。だが、君によってではない」そう言うと、長官は踵《きびす》を返し、金の肩章に飾られた華麗な軍服に包まれて、ゆったりと歩き出した。数歩行ったところで足を止め、背を向けたまま煙草に火をつけると、私には一瞥もくれずに再び歩きはじめた。長官が片手を上げて衛兵に合図を送ったのがわかった。

衛兵たちが包囲の輪を狭めた。黒い仮面を着けた人間ならざる者たち。ゴムの警棒でめった打ちにされ、鼠蹊《そけい》部を蹴り上げられ、倒れる際に石の椅子に頭を打ちつけて、私はそのまま意識を失った。私にとっては幸運なことだった。意識のない体を痛めつけるのは、彼らには面白くも何ともないはずだったからだ。再び意識を取り戻した時、彼らの姿はなかった。頭が脈打ってガンガンと鳴り、眼を開くのにも恐ろしい努力を払わなければならなかった。骨は折れていなかったが、体中、痛くない個所などないという状態だった。あまりの痛みに朦朧《もうろう》として、何が起こったのか、どのくらいの時間が経過したのか、事態の成り行きはどうなっているのか、いっさい確信を持つことができなかった。なぜこれだけで放免されたのかもわからずにいた私だったが、やがて、衛兵たちは任務を完遂するために改めて戻ってくるつもりなのだということに思い至った。この場で発見されたら、二度と息を吹き返すことはあるまい。動くこともままならない状態ではあったが、渾身の力を振りしぼって何とか川岸まで体を引きずっていった。そこで、周囲のあらゆるものが揺らぎはじめ、藺草《いぐさ》の中に倒れ込んで、泥に顔を半分突っ込んだまま、しばらく転がっていた。

遠い物音に眼を覚まされた時、すでにあたりは暗くなっていた。離れたところから黒い影の群れが半円を作って、何かを探しているようにゆっくりと近づいてくる。私はハッとし、私を探している衛兵たちだと思って体を動かさず、息をひそめていた。だが、それはどうやら草を喰《は》んでいた動物たちだったらしく、次に眼を向けた時には、彼らの姿は消え失せていた。このショックで、改めて逃げなければならないことを思い出した。水際まで這っていき、川の流れに顔をひたして頬骨の上の深い切り傷を洗い、血と泥をある程度洗い落とした。

冷たい水が私をよみがえらせてくれた。どうにか公園の門にたどり着き、道路に出て歩きはじめたが、ほんの少し行ったところで全身の力が失せ、そのまま倒れてしまった。結婚式か何かから戻ってくる途中の車に乗った騒々しい若者たちの一団が、路上に転がっている私を見つけ、何事かと車を停めた。飲みすぎて引っくり返った仲間の一人だと思ったようだった。何とか頼み込んで病院まで運んでもらい、医者の手当てを受けた。傷を負った原因については適当な話をでっち上げ、その後、救急医療室のベッドをあてがわれた。二、三時間、眠ったところで、救急車のけたたましいサイレンに眼覚めさせられた。あわただしい足音とともに担架が運び込まれてきた。体を動かすのはただただつらく、そのまま眠りつづけたかった。だが、それがどれほど危険であるかも充分にわかっていた。私はこれ以上とどまっていてはならないと断を下した。夜間の当直医たちが到着したばかりの患者に忙殺されている間に、脇のドアから暗い廊下に出て、病院をあとにした。

14

頭が割れるように痛み、意識の中のあらゆるものが混乱していた。わかっているのはただ一つ、夜明け前に町を出なければならないということだけだった。何も考えられなかった。一瞬の幻覚が見えたかと思うと、次の瞬間には、それとはまったく結びつかない現実が戻ってきた。狭い路地で一台の車が私を跳ねとばそうと猛烈な勢いで突進してきて、アルプスのような高さの家並の間の空間いっぱいに広がった。私は拳《こぶし》から血を滴らせながら、よろよろと鍵のかかった扉から扉へと伝い走り、最後の瞬間、一つの扉に我とわが身をたたきつけた。途方もなく壮麗な制服に身を固めた長官が、黒い大型車に乗って私の眼の前を走り過ぎていった。長官の横には少女がいる。その髪が雪の上に落ちる樹々の影のような紫色にきらめき、二人が疾駆していく上空には、一つの部屋ほども広く、雪の吹き溜まりのように深い、丸く磨かれたルビーで縁どられた、白い毛皮の敷物のような天蓋が広がっている。

オーロラのまばゆく冷たい焰に照らされて、二人はギラギラと輝く氷山の間を歩いている。吹き荒れる極地の白いブリザード、長官の骨白色の額《ひたい》と氷柱《つらら》の眼、北極星のもと、氷花にきらめく少女の銀の霜に覆われた髪。氷の間に雷鳴の轟きが響きわたる。長官は北極熊と戦い、両の手で熊を締め殺したのち、タフさを身に着ける訓練として、鋭利なナイフで熊の皮を剝《は》ぐやり方を少女に教える。作業が終わると、少女はぬくもりを求めて長官に寄り添う。巨大な毛皮が長い白い毛の先端から血を滴らせながら二人を覆う。二つの体を隠す純白の厚い毛皮。その密生した毛の先から滴る血が雪を真紅に染める。

少女は松明《たいまつ》に照らされて、夢見るようなまなざしで立っている。私は少女を見つめ、少女を欲し、少女を連れていきたいと思う。だが、別の人間がすでに、少女は自分のものだと宣言している。くすぶっている松明の煙の向こうで、少女の白い子供のような体が彼の膝の上に倒れ落ちる。私は少女を探しに出る。略奪者どもが町を荒らしまわっている。あらゆる場所を探すが、少女は見つからない。ようやく、私は瓦礫の間に横たわっている少女の体に蹴つまずく。異様な角度にねじ曲がった頭。渦巻く煙と土埃を通して、黒い土と建物の残骸を背にした白い肌が見える。その白い肌の上の血は、最初は赤く、やがて黒くなっていく。豊かな銀白色の髪をつかんで横ざまにねじられた頭。折れた細い首。子供時代に受けた虐待によって、少女は犠牲者としての運命を受け入れるようになった。私が何をしても、また、何をしなくても、この運命は最終的にみずからの目的を達するだろう。少女をその運命の手に委ねるのは一つの選択だ。しかし、彼女をあの男の手に委ねるのはまったく違う。その選択をすることは、私にはできない。

長官より先に少女のもとに行かなければならない。だが、そのために乗り越えねばならない困難は途方もないものだった。普通に使える移動手段がまったくないということは、賄賂や偽装、様々な策略、場合によっては、もっと決定的な手段に頼らなければならないことを意味していた。私の意識の眼はずっと氷の最前線を見つめつづけていた。海洋を渡り、あの列島に向けて、地図上では特定できなかったあの特別な島に向けて、進んでいく氷。私は、みずからが包囲されていることも知らぬまま、その中心にいる少女のことを思った。私たちは別々の方向から彼女のもとに向かっている。一方から私が、別の方向から長官が、そして、氷が……。私が最初に彼女のもとに到達する可能性はなきに等しいように思えた。私にとっては、ほんの一キロを進むのさえ、たいへんな努力と時間を要するだろう。長官のほうは、その気になりさえすればいつでも、飛行機を使って数時間で到達することができる。唯一の希望と言えるのは、長官が今出席している重要な会議と、そのほかの軍事にかかわる問題が、可能な限り彼の出立を遅らせてくれることだったが、だからと言って、楽観的になることは許されなかった。

頭の傷と切られた顔は治りはじめていたが、気持ちは平常には戻らなかった。頭痛はひと時としておさまることがなく、様々なおぞましいヴィジョンに追われつづけた。凶暴な死を炸裂させ、全世界の滅亡をもたらす災厄のヴィジョン。私は死刑執行の時に向かっているのだということを絶えず意識していた。私自身の死はどうでもよかった。すでに私は人生を生き、様々なことをし、世界を見てきた。このまま年を重ね、老いて、知性と身体の能力が失われていくことを甘受するつもりもなかった。だが、今一度少女に会いたい、長官よりも氷よりも先に少女のもとに到達したいという切迫した思いだけはどうすることもできなかった。

移動しなければならない距離はたいへんなものだった。国境を公然と越える危険を冒すわけにはいかず、二日間、休む場所も食べ物も飲み物もないまま、荒野を歩き通した。その後、地上に停止しているヘリコプターを発見した時は、これである程度の距離を稼げるかもしれないと、小躍りした。戦争のただ中のポップアートと言うべきか、機体の横腹に、けばけばしい色で裸の女が描かれている代物だった。どこかに乗員がいるはずだ。このチャンスを失うわけにはいかない。だが、期待は長続きしなかった。必死に操縦者を探しまわったものの、撃墜されたとおぼしい機体の周辺には何も見つからず、ペンキで描かれた顔が間の抜けた笑いを向けているばかりだった。頰はピンクの丸が二つ、黒い眼は人形の眼の空虚な平穏さをたたえていた。

戦時下にある国で、実際の戦闘の場に近づかないよう注意深く移動していた私は、思いがけないほどひっそりとした町に出た。静寂を破るものと言えば、兵士や作業員を山積みにした大型トラックが走り抜けていく騒音だけだった。どんよりとした灰色の一日、どんよりとした灰色の町。ものうげに平たい川石に汚れた洗濯物をたたきつけている顔色の悪い女たち。私は疲労困憊し、気力もなえはじめていた。何らかの移動手段を使わない限り、この旅を終えることはできそうになかった。この町には、私を元気づけてくれるものは何一つなかった。通行人は、私が見ると、眼をそらせた。よそ者を警戒しているのは当然ながら、私の顔の傷や汚れてすり切れたゲリラ兵の軍服など、外見だけでもとうてい安心感を与えられるものではなかっただろう。誰かアプローチできそうな人間はいないかと気をつけて歩いていったが、そんな人間はまるで見つからなかった。ガソリンスタンドの主人に、金と望遠照準付きの外国製の新型ライフルを差し出して、車を譲ってくれないかと話しかけてみたものの、主人は強い口調で警察を呼ぶぞと言い、私を助けてくれる気配も見せなかった。

夕闇が迫るころ、雨が降りはじめた。夜になるとともに雨足は激しさを増した。夜間外出禁止令が敷かれていた。家々から明りはまったく漏れてこず、路上の人影も消えた。私は戸外にとどまる危険を冒していたわけだが、疲労と落胆とで警戒することさえ忘れてしまっていた。サイレンが鳴り、遠くで爆発音が起こった。衝突が始まったようだった。その後、一定の間隔を置いて交互に繰り返される一斉射撃を伴いつつ、戦闘は次第に近づいてきた。滝のように降る雨に道路は一本の川と化し、私はアーケードの下に避難して寒さに震えていた。何をしたらいいのか考えることもできなかった。この状況に脳まで麻痺してしまったようだった。私は自棄的な思いに包まれた。

大型の軍用車が猛スピードで眼の前を走りすぎ、道路の反対側に停まった。スチールヘルメットと外套と長いブーツといういでたちの、いかにも軍人らしい面持ちの運転者が降り立ち、家の中に入っていった。散発的な爆撃音は依然として続いている。あえて息をひそめている必要もなさそうだった。なるようになれという気持ちで、私は花崗岩の敷石を一つ掘り起こして、男が入っていった家の一階の窓に投げつけ、ガラスを割った。そして、割れ目から手を差し入れて窓を押し上げ、窓敷居を跳び越えた。その足が床に着くより早く、部屋のドアが開き、私は車の男と対面していた。その時、これまで最大の爆発が家全体を激しく揺るがし、暗い部屋いっぱいに猛烈な焔が広がって、男の頬と眼球に赤々と映じた。男の傷口からほとばしり出た血が黒い川になって流れる中、私は男が動かないのを確認したのち、軍服を脱がせて、それを着込み、男のほうを私のボロボロの服に押し込んだ。幸いなことに、私たちのサイズはほぼ同じだった。続いて大急ぎで室内を荒らした。家具を倒し、鏡を割り、簞笥《たんす》の引き出しを引き開け、絵をナイフで切り裂き、あたかも押し込み強盗が家の所有者に撃ち殺されたかのように細工した。スチールのヘルメットは重すぎたので片手に抱え、他人の服を着た私は家を出て装甲車に乗り込み、発進させた。軍服に血がついてしまったが、毛皮で裏打ちした外套をきっちり着込むことで、外から見えないようにすることはできた。

町外れの検問所で停止を命じられた。謀《はか》ったように、すぐ近くに爆弾が落ちた。混乱が起こり、警備兵には私を尋問する余裕がなくなった。私ははったりで押し通し、検問所を抜けた。警備兵をだましおおせたわけではなく、彼らが疑いを持っていたのはわかっていたが、混乱に対処するのに忙殺されて、私に気をまわす暇はないだろうと判定した。これは間違っていた。わずか数キロ行ったところで、サーチライトが私の車を捕らえ、猛スピードで走ってくる複数のオートバイの爆音がすぐうしろに聞こえた。一台が、停止しろと怒鳴りながら真横を走り抜けたかと思うと、すぐ先で急ブレーキをかけてくるりと反転し、無謀にも道路の真ん中に立ちふさがった。ライダーは私に狙いを定め、銃を発射したが、銃弾はことごとく雹《ひょう》のようにはじき返された。私はスピードを上げ、まともに跳ねとばした。ちらりとうしろを振り返ると、ハンドルを握った黒いかたまりが逆さまに宙を舞い、道路にたたきつけられるのが見えた。あとに続いていた二台が横すべりしながら突っ込み、折り重なって山積みになった。ほんの少し銃撃音が続いたが、追ってくる者はいなかった。生き残った者が処理に追われて、私に逃げおおせる時間を与えてくれることを期待した。やがて雨はやみ、爆撃音も途絶えて、私はリラックスしはじめた。が、その時、ヘッドライトが、あわてて道から離れる制服姿の男たちと、横一列に並べられて道路をふさいでいるパトカーの姿を捕らえた。誰かが電話で通報したに違いなかった。これだけの人員を動員させるとは、私はよほど重要な人物と目されているようだ。これはいったいどういうことなのかと思い、そして、本来この車を運転しているはずの男がすでに発見されたのだと、つまり、重要なのはその人物なのだと思い至った。銃撃が始まった。国境のゲートを突破したという長官の話をぼんやりと思い起こしながら、私はアクセルを踏み込んだ。頑強な軍用車はパトカーの列をティッシュペーパーのように吹きとばした。さらに多くの銃弾が浴びせられたが、何の効果もなかった。すぐにすべてが静かになり、私は道路を独占した。それ以上追ってくる気配はなかった。その後、半時間ほどして国境を越えた時、私はついに脱出を果たしたことを確信した。

この追跡劇はまるで興奮剤のような効果をもたらした。私はたった一人で、私相手に投入された組織の軍勢を打ち負かしたのだ。エキサイティングな高速レースに勝利したように、私は昂揚し、元気づいていた。ようやくノーマルな意識が、以前の自分が戻ってきたのを感じた。私はもはや援助の手が必要な打ちしおれた旅行者ではなく、一人で行動できる力を持った強い人間に戻ったのだ。今操っているマシンのパワーが私自身のパワーになっていた。私は車を停めて車体を調べてみた。何カ所かへこみや擦り傷はあるものの、まったく問題はない。タンクにはまだ四分の三ほどガソリンが残っており、後部には、目的地に行くのに必要な量の何倍もあろうかという、おびただしい量のガソリンの缶が積まれてあった。さらに食糧の入った大きな箱も見つかった。ビスケット、チーズ、卵、チョコレート、リンゴ、そしてラムが一壜。これで、必需品を調達するために停まったりする必要もなくなったというわけだった。

気づいてみると、いつか、旅も最終段階に差しかかろうとしていた。打ち勝ちがたく思われた様々な障壁にもかかわらず、目的地はもうほとんど目に見えるところにまで近づいていた。私は、自分が成し遂げたことに、私自身に、満足していた。やむをえず犯した殺人のことは考えまいと思った。別の行動をとっていたとしたら、ここまで来ることはできなかったはずだ。いずれにしても、死の時をほんの少し早めただけと言って言えなくはない。生あるものはことごとく、もうまもなく潰《つい》え去ってしまうのだから。全世界が死に向かっている。氷はすでに何百万人もの人々を埋葬し、生き残っている人々も、抗争と無意味な逃走に奔走しながら、しかし、誰にも打ち負かすことのできない敵が迫ってきていることはわかっている。どこへ行こうとも氷もやがてそこにやってくること、最終的には氷が征服者となることを知っている。なすべきことは、残された一瞬一瞬からどれだけの充足を引き出せるか、それだけしかない。ハイパワーの車で夜を突っ走るのを、私は大いに楽しんだ。スピードと自分の運転技術に酔い、興奮と危険の感覚にひたった。疲れると、路傍に車を停めて一時間あまり眠った。

夜明けに寒さで眼が覚めた。凍てつく星が、ひと晩中、地上に氷の冷気を投射し、その冷気は地表を透過して地中に蓄えられる。氷の冷気の貯蔵庫全体の表面にうかがえるのは、薄い皮膜だけだ。この亜熱帯地方にあって、薄氷で白く覆われた大地を眺め、足の下に固く凍りついている地面を思うと、日常の生活から踏み出して、既知の法則はまったく意味をなさない異世界に入り込んでしまったような感覚を覚えずにはいられなかった。手早く朝食をすませ、エンジンを始動させて、地平線に、海に向かって出発した。道路の状態はよく、私は荒れ果てた大地を時速百五十キロで飛ぶように走っていった。長い間隔を置いて、時おり、家屋や村の名残りとも言うべきものが現われた。人の姿は見かけなかったが、廃屋の奥から私を見つめている眼があることが感じられた。軍用車であることを知り、これまでの経験から隠れているほうが安全だということを学んだのだろう、息をひそめて姿を現わさないようにしているのだった。

時間がたつとともに寒さが増し、空が暗くなっていった。後方の山並の背後から不吉な黒雲のかたまりが湧き上がり、海上に集結していった。その雲を見つめながら、私はその意味を理解し、強まっていく寒気《かんき》とともに不安がつのっていくのを感じた。これが意味していることはただ一つ、氷が間近に迫っているのだ。私の知っている世界は消え、まもなく、氷と雪と静寂と死だけの世界になってしまう。暴力も戦争も犠牲者も存在しない、生命の消え去った、凍りついた沈黙以外には何もない世界になってしまう。人類が最終的に成し遂げたのは、単なる自己破壊にとどまらぬ、あらゆる生命の抹殺であったこと、生命にあふれた世界を死の惑星に変容させる行為であったことが、まもなく明らかになる。

本来なら雲一つなく青く燃え立っているはずの空に、陰鬱な嵐雲《らんうん》が形作る巨大な構造物が浮かんでいた。言いようのない不吉さと脅威の色をたたえ、ありえない角度で頭上からぶら下がっているそれは、途方もない規模の崩壊寸前の廃墟のように見えた。氷の結晶がフロントガラスに花咲きはじめた。私は至るところに広がる異世界の感覚に圧倒されていた。迫りくる破局の冷気に、頭上に浮かぶ巨大な廃墟の脅威に、さらには、なされてしまったことの非道さに、人間たちの罪業の重さに、押しつぶされそうだった。自然に、世界に、生命に対してなされた、恐ろしい犯罪。人間は生命を否定することによって太古からの秩序を破壊し、世界を破壊した。そして今、すべてが崩壊し、廃墟と化そうとしている。

カモメが一羽、間近をかすめ飛び、叫び声を上げた。いつか海に着いていた。私は潮《しお》の香りを嗅ぎ、暗い波の彼方の水平線を見わたした。氷の壁はどこにも見えない。だが、空中には氷の死の冷気が満ちており、氷がさほど遠からぬところにあるのは明らかだった。私は何もない荒れ果てた大地を八十キロ走って町に着いた。町の上にかかる雲は低く、さらに黒く、不吉な色をいっそう深めて、私の到着を待ち受けていた。あまりの寒さに私は震え上がった。おそらく、彼はとうに到着していることだろう。私はスピードを落とし、かつて人々が夜を徹して踊り明かしていた市街に入っていった。ここが、あの笑いにあふれていた町と同じところだとは、とても信じられなかった。街路はどこも見捨てられ、静まり返っている。人の姿はなく、車の姿もなく、花も音楽もライトもない。港には沈みかけた何隻もの船。倒壊したビル、閉ざされた店とホテル。別の気候帯、別の場所に属しているはずの、冷えびえとした灰色の光。至るところに、まもなく到来する新たな氷河期のサインがあった。

私は、眼の前にあるものを眺めると同時に、少女の姿を見ていた。少女の映像は常に私とともにあった。紙入れの中と頭の中に。そして今、私が眼を向けるところすべてに少女のイメージが現われた。あらゆるところに、大きな眼を見開いた、少女の白い失われた顔があった。アルビノの青白色が禍々《まがまが》しい黒雲のもとで松明のように燃え立ち、磁石のように私の眼を引きつける。少女は廃墟の間にちらつく光となり、その髪が暗い空のもとで輝きわたる。虐待され、恐怖を植えつけられた子供の眼が、割れた窓の黒い穴の向こうから、私に非難のまなざしを送る。幼い娼婦のように、少女は私の前を走り過ぎ、大きな眼で私を誘う。少女の苦痛を眺めるという快楽への欲望を呼び覚まし、さらに忌まわしい欲望の数々への妄想をふくらませる。少女の顔の亡霊のようなきらめきが私を影の中へと誘い込み、その髪が光の雲になる。だが、私が近づくと、少女は身をひるがえして走り去り、肩に流れる銀の髪は月光にきらめく滝になる。

以前、私たちが滞在していたホテルのエントランスには、侵入を防ぐための障害物の一部が残っていた。私はやむなく車を降りて、車寄せを歩いていった。氷から吹き寄せてくる信じがたいまでに冷たい強風が息を切り裂いた。私は何度となく炭色の海に眼をやり、氷そのものはまだ見えていないことを確めた。ホテルの一階部分の外容は以前のままだったが、上方の壁面には大きな穴がいくつも開き、屋根は大きくたわんでいた。私は中に入った。内部は暗く、冷えきっていて、暖房も明りもなく、壊れかけた椅子とテーブルがカフェのように並べられていた。金箔の装飾の断片があちこちに残ってはいたが、この荒れ果てた部屋がいったいどの部屋だったのか思い出せなかった。

不ぞろいな足音と杖の音が聞こえた。近づいてきた男は私の名前を知っていた。若い男で、どことなく見憶えがあるように思ったが、暗い光のもとで、最初は誰とも見当がつかなかった。握手をしている時に、唐突に記憶がよみがえった。「そうか、支配人の息子さんか」脚を引きずっている姿を見たことはなく、それが記憶の回復を妨げていたのだった。若者はうなずいた。「両親は亡くなりました。爆撃でやられたんです。記録上は僕も死んだことになっていますが」私は何が起こったのかとたずねた。彼は顔をしかめて脚に触わった。「退去時のことでした。負傷者は全員、置き去りにされました。僕が死亡者として報告されたと聞いた時も、わざわざ訂正する気になど……」若者は不意に言葉を切って、不安げな視線を投げた。「でも、いったい何だってまた戻ってきたんです？　ここにいるわけにいかないことくらい、わかっているでしょう？　すぐそこまで危険が迫っているエリアなんですから。誰もが退去するように言われました。今残っているのはほんの数人、古くからの住人だけです」

　私は若者を見つめた。彼がなぜ私に不安を感じているのか理解できなかった。私が以前、この町で見知っていた大勢の人はとうの昔に去ってしまったと、彼は言った。「ほとんどは戦争が始まる前に出ていってしまいました」私は、少女を見つけられるのではないかと思って来たのだと言った。「だが、とっくに出ていってしまったと考えるのが当然だったろうな」私は若者が長官のことを持ち出すのを待った。しかし、彼は長官の話はせず、かなりためらったのちに、おずおずとした表情を浮かべて、こう言った。「実を言うと、彼女は出ていかなかったごくわずかなうちの一人なんです」この言葉を聞く直前、少女がもうここにはいないと思った私の心は激しくかき乱されていた。その事実を隠すために、また、今この瞬間の安堵感をさらに確実なものにするために、私はこれまでに少女の消息をたずねてきた者はいなかったかときいてみた。「いいえ」と答えた若者の顔には何の表情も浮かんでおらず、この点に関しては真実を語っていると思われた。「彼女はまだここで暮らしているのか？」再び「いいえ」と答えると、若者は続けて「ここはレストランに使っていたんですが、建物全体が危険な状態なんです。修理をしてくれる人なんて残ってやしません。どちらにしたって、修理をする意味なんてありませんよね？」氷の接近がそうした行為をいっさい無意味なものにしてしまったという点には、私も同意した。だが、今、私に関心があるのは少女のことだけだった。「彼女は今どこに住んでいる？」若者は再びためらった。今回のためらいはさらに長く、はっきりしていた。この質問に困っているのは明らかだった。ようやく彼が答えた時、私は即座にその理由を察知した。「すぐ近くです。ビーチハウスです」私は若者を見つめて言った。「わかった」これですべてがはっきりした。そのビーチハウスはよく憶えている。そこは若者の家であり、彼が両親と一緒に暮らしていたところだ。若者はいくぶん言いにくそうに「彼女にとっては便利なんですよ。ここで働いていますから」と付け加えた。「ほう？　どんな仕事を？」私は関心をそそられた。若者は「いえ、レストランの手伝いです」と言ったが、その口調はどこかごまかしているようだった。「つまり、客の応対をしていると？」「そうですね、時にはダンスの相手とか……」この話題を避けようとするかのように、若者は言った。「彼女がほかの人たちのように安全な場所に行かなかったのは、悔やんでも悔やみきれません。あのころは、まだそれができたのだから。一緒に連れていってくれる友達も大勢いたし」「たぶん、ここに一緒にとどまっていたい友達がいたということだろう」私は若者の顔をまじまじと見た。だが、薄れていく外の光を背にして、彼の顔は影に包まれ、その表情を見定めることはできなかった。

不意に私は苛立ちを覚えた。若者を相手にずいぶん時間を浪費してしまっていた。私が話をしなければならないのは彼女だけだというのに。ドアに向かいながら、私はたずねた。「どこに行けば彼女に会えるか、知っているかね？」「自分の部屋にいるはずです。ここに来るのはもっと遅くなってからだから」若者は杖にすがって脚を引きずりながら、私のあとを追ってきた。「庭を抜ける近道を教えてあげますよ」私は、彼がなるべく時間をかけさせようとしている印象を受けた。「たいへんありがたいが、自分の行く道は自分で見つけられる」ドアを開けて外に出ると、若者にそれ以上何も言うひまを与えず、彼の面前でピシャリとドアを閉じた。

15

外に出た私を凍てつく氷の空気が直撃した。夕闇の帳《とばり》が降りはじめ、風が凍った雪を運んできた。近道は探さずに、浜辺に至ることがわかっている道をたどっていった。以前、この道の脇に繋っていたエキゾティックな植物は霜にやられ、ほとんどが姿を消していた。シュロの葉はしなび、黒ずみ、枯れ死寸前で、きっちりたたんだコウモリ傘のような姿をさらしている。気候の変化には慣れてしまったと思っていたにもかかわらず、今一度、私は日常の世界から外れ、まったく見知らぬ別世界に踏み込んでしまったような感覚を覚えはじめた。このすべてが現実であり、実際に起こっていることなのだが、そこには非現実の感触があった。これは今までとはまったく異なった形で進行している現実なのだ。

雪が本格的になり、極北の風にあおられて、私の顔を打った。寒気《かんき》が皮膚を灼き、息を凍らせた。雪が眼に入らぬよう、私は重いヘルメットをかぶった。浜辺が見えてくるころには、つばに厚い氷の輪ができてヘルメットはいっそう重たくなった。はためく純白の雪のカーテンを通して、前方にぼんやりと家の姿が現われた。だが、その先に広がるのが波浪なのか、それとも起伏のある広大な氷原なのか、もはや見定めることはできなかった。風に逆らって進むのは非常な労力を要した。雪はさらに激しく、いつ果てるともなく降りしきり、ひと時たりと鎮《しず》まる気配も見せずに、不毛の純白の布で死にゆく世界の面《おもて》を覆っていく。暴力行為に奔走する人々もその犠牲者もともに巨大な共同墓地に埋葬し、人間と人間の営為の最後の痕跡を消し去っていく。

突然、白い渦を通して、私とは反対の、氷のほうに向かって走っていく少女の姿が見えた。私は「止まれ！　戻ってこい！」と叫ぼうとしたが、極地の寒気は酸のように私の喉を灼き、声にならない声は渦巻く風に運び去られてしまった。旋回する霧のような雪の粉に包まれて、私は少女を追った。彼女の姿はほとんど見えなかった。目の前すら見えなかった。いったん立ち止まり、痛みに耐えながら、眼球に付着しはじめた氷の結晶をぬぐわねばならなかった。そののちに改めて追跡を再開したものの、凶暴な風は絶えず私を押し戻そうとし、降り積もったいくつもの雪の山から火山のように噴き上がる白い雪煙に、再び私の眼は見えなくなった。恐ろしい死の寒気の中を私はのろのろと進みつづけた。よろめき、つまずき、すべり、倒れ、必死に立ち上がり、それを延々と繰り返しながら、ようやく少女に追いついて、感覚のなくなった手で彼女の肩をつかんだ。

手遅れだった。チャンスはもうまったく残されていないことを私は即座に悟った。四囲にはぐるりと、蜃気楼のような極地の輝きを放つ、この世のものならぬ凄絶な氷の建造物がそそり立っていた。壮大な氷の胸壁と、虹色に輝く無数の小塔と尖塔が空を埋めつくし、鉱物質の冷たい焔で内側から照らし出されている。周囲にめぐらされた壁の群れに、私たちは捕らえられていた。亡霊のような死刑執行人たちの輪がゆっくりと無慈悲に迫ってくる。私たちに死をもたらすために。私は動くことも考えることもできない。執行人の息が体と脳を麻痺させている。私は氷の死の冷気が触れるのを感じ、轟きを聞き、まばゆいエメラルドの亀裂を走らせて氷が割れるのを見る。頭上はるかな高みで、ギラギラと輝く氷山の頂《いただき》が、重いうなりを上げて震え、今にも崩れ落ちてこようとしている。少女の肩にきらめく霜、氷の白さに染まった顔、頰をかすめるほどに長いまつげ。私は少女を胸もとに引き寄せ、固く抱きしめる。落下してくる山のような氷の巨塊を少女が見なくてすむように。

灰色のローデン地の外套にくるまって、少女はビーチハウスを囲むベランダに立っていた。誰かを待っている様子だった。最初は私がやってくるのに気づいたのだと思ったが、すぐに、彼女の眼が向けられているのは別の道だということがわかった。私は立ち止まって少女を眺めつづけた。彼女が誰を待っているのかを確かめたいと思ったのだ。今、私がここにいるのを知っている以上、ホテルの若者がやってくるはずはない。少女は自分が一人ではないことを感じたかのように、あちこちに眼を向けはじめ、やがて私に気づいた。私がいるところからは、少女の瞳が大きくなり、白い顔の上で眼がひときわ大きく黒くなるのは見定められなかった。だが、少女が鋭い驚きの声を発したのは聞こえ、くるりと背を向けた少女の髪が渦を巻くようにきらめくのは見えた。フードを引き上げると、少女は浜辺に向かって駆け出した。ベランダを離れると、少女の姿はほとんど見えなくなった。雪の中に身を隠してしまおうとしているのだ。少女は突然の恐怖に捕らえられていた。青い眼の持ち主のことで頭がいっぱいになっていた。あの氷の眼の磁力は、少女の意志を奪い、少女を幻覚と恐怖の底に突き落とす力を持っている。少女がともに生きている不安――常に彼女の間近にあって、平常な世界の表面のすぐ背後に潜んでいる恐怖は、いつか、彼に集約されるようになっていた。さらに、彼に結びついているもう一人の男がいた。二人は結託している。あるいは二人は同一人物なのかもしれない。

二人はともに少女を苦しめた。少女にはその理由がわからなかった。それでも、これまでみずからの身に起こることすべてを受け入れてきたように、その事実を受け入れた。虐待され、犠牲者にされることを予想しながら。人間の手によってであれ未知の力によってであれ、最終的には破滅に至らしめられることを予想しながら。この運命は時が始まった太初からずっと少女を待ち受けていたように思われた。その運命から少女を救えるものがあるとしたら、それは唯一、愛だけだった。だが、少女は決して愛を求めようとしなかった。自分の役割は苦しむこと。苦しみならわかっているし、受け入れることができる。結局、残ったのはあきらめだった。運命に逆らって闘っても意味はない。少女はスタートする以前から自分が敗北していることを知っていた。

私が追いついた時、少女はまだベランダから数歩も離れていなかった。私は彼女をベランダの屋根の下に引き戻した。少女は顔の雪をぬぐうと、「まあ、あなただったの！」と驚きの声を上げ、私をまじまじと見つめた。「誰だと思っていたんだ？」と言った時、私は軍服を着ていたことを思い出して、「ところで、この服は私のものじゃない。借り物なんだ」と言った。少女の顔から不安が消えた。ほっとした表情を見せると同時に、少女の雰囲気はまったく異なったものになった。突然、冷静さを取り戻したようだった。自信を持って行動していることを感じさせるこの雰囲気は、私も知っているものだった。周囲の人間なり環境なりが安心感をもたらした時だけ、少女はこんなふうに振る舞うことができる。これを可能にしたのはあのホテルの若者に違いない。「中に入りましょう。急いで。こんなところに立ちっぱなしでいるなんて、どうかしているわ」少女は打ちとけた口調で言った。私が戻ってきたのも予定どおり、予想されていたものだというかのようだった。この状況は何ら特別なものではないというふうに少女は振る舞っていた。私は腹が立った。あれほど困難な旅を続けてようやくここに到着したというのに、これはあんまりではないか。私を取るに足らないものと感じさせようというのだろう。

少女は先に立って自分の部屋まで行くと、どうぞという仕草を見せて私を招じ入れた。がらんとした小さな部屋で、旧式の石油ヒーターは、寒さを追い払うにはほとんど役に立っていなかった。それでも、すべてが清潔できちんと整えられており、心のこもった気配りがなされているのがわかった。浜で拾ってきた流木と貝殻が飾ってあった。「あまり居心地のいい部屋とは言えないでしょうね、あなたの基準からすると」少女は私をからかおうとしていた。私は何も言わなかった。少女はコートのボタンを外し、フードを取って、頭を振りながら髪を解き放った。髪は以前より長くなり、生命の輝きにキラキラときらめいていた。コートの下に着ていた、いかにも高価そうな灰色のスーツは見たことがないもので、明らかに誂《あつら》え仕立てだった。経済的には不自由していないというわけだ。上等のスーツをまとった魅力的な少女を見つめているうちに、なぜか、さらに腹立ちがつのってきた。

ありきたりの女主人が普通のおしゃべりをするように、少女は続けた。「自分の場所を持てるのは素敵なことだわ。あれだけあちこち旅を続けてきたあとだと、なおさら」私は少女を見据えた。私は少女を見つけるためにたいへんな道のりを旅してきたのだ。そのおびただしい死や苦難をくぐり抜けて、ようやく彼女のもとにたどり着いたのだ。その私に対して、少女は、まるで見知らぬ他人を相手にしているかのように話をしている。

もうたくさんだ。私は傷つけられた思いと憤りを感じていた。少女の気安げなポーズと、私の到着の重要性を消してしまおうという意図に苛立った私は、強い口調で言った。「どうしてそんな態度をとるんだ？　ちょっと立ち寄っただけの客のように扱われるために、はるばるやってきたわけじゃない」

「赤い絨毯でも敷いて迎えてもらえると期待していたわけ？」どこか軽薄な感じさえするこの応答は挑戦的に響いた。怒りはさらにつのり、これ以上、自分を抑えていられなくなりそうなのがわかった。少女はなおもこの茶番劇を続けるつもりらしく、とりすました口調で、これまで何をしていたのかとたずねた。私は冷ややかに「君も知っている、ある人物と一緒にいた」と答え、同時に、意図を込めた厳しいまなざしを向けた。私が誰のことを言っているのか即座に理解した少女の顔から装いの仮面が落ち、不安の色が浮かび上がった。「最初、あなたに気がついた時……私、あなたが……あの人だと……あの人がここまで来たんだと思って……」「いつ何どき到着するかわからない。私はそれを知らせにきたんだ。君が別のプランを持っている場合を考えて、警告するために。彼は君を連れ戻そうと――」「嫌よ――絶対に！」少女は私の言葉をさえぎり、激しく頭を振った。そのあまりの激しさに、髪から水飛沫《しぶき》のようなきらめきが散った。「それなら、一刻も早くここから出なくてはならない。彼が来ないうちに」

「ここを出る？」悲痛な声だった。少女はうろたえたまなざしで、自分が作り上げた

〝家〟を見まわした。慰めを与えてくれる、貝殻のような部屋。このうえなく心安らぎ、このうえなく安全な小さな部屋は、地上でただ一つ、自分のものと呼べる場所なのだ。「でも、どうして？　あの人に私が見つけられるはずはないわ……」切なく哀願するようなその声も私の心を動かしはしなかった。私は依然として妥協しない冷ややかな声で言った。「見つけられないわけがない。現に、私は君を見つけた」「ええ、でも、あなたはこの場所を知っていたもの……」少女は疑うようなまなざしを向けた。私は信用されていないのだ。「あの人に教えてはいないでしょうね？」「もちろん。私は、君に、私と一緒に来てほしいと思っているのだから」

この言葉を聞いた途端、先刻の自信に満ちた少女が戻ってきた。再び、さげすむような態度で嘲笑のこもった一瞥を向けた。「あなたとですって？　とんでもない！　あんなことをまたそっくり繰り返すなんて、金輪際ごめんだわ！」精一杯の皮肉を表わそうと、少女は大きな眼をぐるりと回してから天井を見上げた。意図的な侮辱だった。私は踏みにじられた思いに包まれた。少女の態度は、私が彼女のもとに到達するために払ってきた途方もない努力を一蹴し、私が必死の思いで耐え抜いてきたいっさいを愚弄するものだった。抑えようもない怒りの発作に駆られて、私は少女をつかみ、荒々しく揺さぶった。「いいかげんにしろ！　もう我慢できん！　これ以上、そんな態度を続けるな！　私はやっと地獄から這い出してきたところなんだ。君のために信じられないような状況をくぐり抜けて、途轍もない危険にさらされて、何百キロも旅を続けてきたんだ。死んでしまわなかったほうが不思議なくらいだ。それなのに、君はこれっぽっちの感謝の気持ちも見せない……ありがとうのひとこともない……それどころか、ごく普通の礼儀さえ示そうとしない……私が受け取ったのは安っぽいあざけりだけ……何ともチャーミングな謝意の表わし方だ！　チャーミングこのうえない振る舞い方だよ！」黙って私を見つめる少女の眼は、黒い瞳だけになってしまっていた。怒りは少しもおさまらなかった。「今の今でも謝ろうとするだけの礼儀さえわきまえていないんだ、君という人間は！」

激昂したまま、私は少女をののしりつづけた。我慢できない人間、耐えがたくて傲慢で低俗な人間と呼んだ。「将来はせめて、自分のために何かをしてくれた人間には感謝するくらいの礼儀を身に着けてもらいたいものだ！　その人たちを笑って、愚かしい慢心でいっぱいの無作法さをさらけ出すのではなく！」少女は打ちのめされ、声を失ってしまったようだった。頭を垂れて無言で立ちつくしていた。自信に満ちた雰囲気はもうどこにもない。このほんの数秒間で、少女は、大人たちの逸脱した振る舞いによって傷つけられ、退行し、怯えた、不幸な子供になってしまっていた。

少女の首の付け根の脈動が、私の眼を捕らえた。皮膚の下の何かが逃げ出そうとしているかのように急速に脈打っている。以前にも何度か、怯えた時にこの症状が現われるのに、私は気づいていた。この脈動は今もまた、私にいつもと同じ効果をもたらした。私は大声で言った。「君のことを心配したりするなんて、私は何と愚か者だったんだろう。私がここから出ていった途端に、君は男友達のところに移ったんだろうから」少女は眼を上げ、不安気に私に短い視線を投げると、口ごもりながら言った。「何を言いたいの？」「わからないふりをするのはやめてくれ——反吐《へど》が出そうだ！」私の声は攻撃的になり、さらに大きくなっていった。「もちろん、この家の持ち主のことを言ってるんだ。君が同棲している男、私が着いた時に、君がベランダで待っていた男だ」自分が叫んでいるのがわかった。この声の激しさに、少女は怯えきっていた。少し前から震えはじめ、唇がわなないていた。「私は彼を待っていたんじゃない——」少女は私が何をしようとしているかに気づいて言葉を切った。「錠を下ろさないで……」すでに下ろしていた。あらゆるものが、鉄に、氷に変わっていた。堅く冷たい灼けつくような焦燥感。私は少女の肩をつかみ、ぐいと引き寄せた。少女は抵抗し、「そばに寄らないで！」と叫び、蹴り、もがいた。突き出した手が、繊細な翼の形の貝殻を入れた鉢にぶつかった。鉢は床に落ちて割れ、私たちの足が貝殻を虹色の破片に踏み砕いた。私は少女を押し倒し、血の染みのついた上衣の下に組み敷いた。軍服のベルトの尖ったバックルが少女の腕を捕らえた。やわらかな白い肌にビーズ玉のように現われる血……私の口に広がる血の鉄の味……。

少女は黙りこくったまま、身じろぎ一つせずに横たわり、顔は壁に向けて、私を見ないようにしていた。顔が見えないせいか、少女は私の知らない人間のように思えた。もう少女に対して何も感じなかった。あらゆる感情が消え去っていた。先ほど、これ以上我慢できないと言ったが、それは本当だった。このままこんなふうに続けていくことはできない。何もかもがただひたすらに屈辱と苦痛に包まれている。以前にも、少女との関係を断ちたいと思ったことは何度もあった。そして、実際に関係を断つことはできなかった。だが、今ようやく、その時が来たようだ。立ち上がって出ていく時、このどうしようもない関係を完全に終わりにする時だ。これまで、私はあまりに長く、成り行きのままに進んでいくにまかせきっていた。その状況は常に苦痛をもたらすだけで、報われることはついぞなかった。私は立ち上がった。少女は動こうとしない。どちらもひとことも発しなかった。私たちはたまたま同室に居合わせた二人の見知らぬ者同士のようだった。私は何も考えていなかった。ただ車に乗って果てしなく走っていきたいとだけ思っていた。どこかはるか遠く、このいっさいを忘れることのできるところまで走っていきたかった。私は少女に眼を向けることも言葉をかけることもなく部屋を出た。そして、極北の酷寒の中に歩み出た。

戸外はすでに漆黒の闇に包まれていた。私はベランダで足を止め、闇に眼が慣れるのを待った。降りしきる雪が少しずつ燐光のようなほのかなきらめきを帯びて眼に見えるものになっていった。うつろな咆哮を上げる風が時おり突発的な高まりを見せて襲いかかり、そのたびに雪は狂ったようにあらゆる方向に激しく渦巻いて、混沌としたスペクトルで夜を満たした。私自身の内にも、これと同じ、どうしようもない混乱が沸き立っているように思えた。様々な土地をあちらからまたこちらへと闇雲に駆けめぐってきた日々。狂乱する雪の舞踏は人生のすべてを映していた。少女のイメージが現われ、銀の髪をなびかせて飛び過ぎていったかと思うと、荒れ狂う混乱に飲み込まれて消えていった。この狂乱の舞踏の中では、暴虐な行為を冒す者と犠牲者とを区別することなどできない。いずれにしても、そんな区別はもはや何の意味もない。死の舞踏のさなか、踊り手たちはみな、無の崖っぷちでくるくると旋回しているのだから。

自分が死刑執行の時に向かって進んでいるという感覚に、私は次第に馴染んできていた。ただ、それは、どこか遠くにあるもの、つまりは、単に馴染みになっただけの観念にすぎなかった。それが今いきなり私の前に現われた。もはや観念ではなく、もうまもなく起ころうとしている現実として、肘のすぐ横に立ちはだかっていた。私はショックに襲われた。みぞおちに熱い感触が走った。過去はすでに消滅して無と化し、未来には、すべてが死に絶えた想像を絶する無が広がっているばかり。残されているのは着実に縮んでいく〝現在〟と呼ばれる時間の断片だけ。ただそれだけだ。

私は飛行機から見た凄絶な光景を思い出した。頭上には昼と夜が一つになった暗青色の空が続き、眼下では地球の全域を覆っていく虹色の氷の壁がゆっくりと海上を進んでいた。死の冷気を放射する、そそり立つ青白い断崖。人類を滅亡に導くべく迫ってくる亡霊のような復讐者たち。私は氷が四方から近づいていることを知っている。前進する禍々《まがまが》しい氷の壁をこの眼で見たのだから。その壁が今この瞬間も刻一刻と近づいていること、あらゆる生命が消え去ってしまうまで決してその歩みをとめないことを、私は知っている。

私は背後の部屋に置き去りにしてきた少女のことを思った。彼女は幼い子供、成熟していないガラスの少女だ。彼女はあの氷を見ていない。理解していない。みずからが運命づけられていることは知っているものの、その運命の本性も、それにいかに対峙すべきかも、理解していない。彼女に〝自分一人だけで〟ということを教えた者は誰もいないのだ。ホテルの支配人の息子は、私には、格別信頼できるとも、保護を託せる人物だとも思えない。むしろ、彼自身が弱い人間であり、加えて脚も不自由だ。破局の時が訪れた時、彼が少女に何かをしてやれるとはとうてい考えられない。崩れ落ちてくる氷の山々の真ん中で防御の手だてもなく怯えきっている少女の姿が見えた。頭上に響きわたる氷の轟音と少女の力ない悲痛な叫びが聞こえた。私にはこれだけのことがわかっている。それなのに、どうして少女を何の助けもないままに一人きりで残していくことができるだろう。彼女はもう充分すぎるほどの苦しみを味わってきているではないか。

私は家の中に戻った。少女は先ほどからまったく動いていないように見えた。私が部屋に入っていくと、一瞬、こちらに眼を向けたが、すぐにまた横を向いてしまった。少女は泣いていた。私に顔を見られたくないようだった。私はベッドに歩み寄り、少女に触れることなく、横に立って見降ろした。何とも痛々しげな姿だった。冷えきって細かく震えている白い肌は、貝殻と同じ、ほのかな青みを帯びた色になっていた。今の少女はほんのちょっとしたことでも簡単に傷ついてしまうだろう。私は静かに言った。「どうしても聞いておかなくてはならないことがある。君が何人の男と寝たかなどはどうでもいい。私が聞きたいのはそんなことじゃない。だが、この今になって、なぜ、ああも私を愚弄するような態度をとったのか、それだけはどうしても知る必要がある。私が到着してからずっと、私に屈辱感を与えようとしていたのはいったい何のためなんだ?」少女はこちらを見ようとしなかった。私は答えるつもりがないのだろうと思った。だが、やがて少女は合間合間に長い沈黙を置きながら、ようやくという感じで言葉をしぼり出した。「私は……自分で……何とか……自分を……守りたかったの……」私は異を唱えた。「だが、何のために? 私はここに着いたばかりだった。君には何もしていなかった」

「だって、わかっていたもの……」涙の間に発せられる、責めるようなその声を聞き取るのに、私は体を屈めなければならなかった。「あなたに会う時はいつだってわかっている。あなたが私にひどいことをするってことが……足蹴にして……奴隷か何かみたいに扱う……すぐにでなくとも、一時間か二時間たてば、でなければ翌日には……必ずそう……あなたはいつだってそう……」私は愕然とした。ショック状態に陥りかねないほどの衝撃だった。少女の言葉は、私が見たくないと思っている私自身の姿を指していたからだ。私はあわてて別の質問をした。「君がベランダで待っていたのは、ホテルの男でないのなら、いったい誰だったんだ？」今一度、まったく予想していなかった答えが返ってきた。「あなたよ……車の音が聞こえて……それで思ったの……もしかしたら、って……」私は驚き、激しく心乱された。ただ、この言葉は容易に信じることはできなかった。「そんなことが本当であるはずがない――君自身がそう言っていても。君は私が来るのを知らなかった。私には信じられない」

少女は荒々しく体をよじって上半身を起こし、豊かな白い髪をうしろに振り払って、哀れな犠牲者の顔をあらわにした。表情は涙に溶けて消え失せ、眼は深い傷が口を開けているかのように黒かった。「本当よ、本当だってことだけは確かよ、あなたが信じようと信じまいと！　なぜだかはわからない……私にはいつだって、あなたがあんなに恐ろしかったのに……わかっているのは、ただ、私がずっと待っていたということだけ……ずっと、あなたが帰ってくるかどうか考えつづけていた……あなたは一度も便りを寄こさなかった……でも、私は待っていた……ほかの人たちがみんな行ってしまった時も、ここに残ったのは、あなたが私を見つけられるようにと思ったから……」寄るべのない子供のように、少女はすすり泣きながら語った。だが、その言葉はあまりに信じがたく、私はもう一度同じことを繰り返した。「そんなことはありえない——本当であるはずがない」少女は顔を引きつらせ、涙で喉を詰まらせながら、あえぐように言った。「これでもまだ充分ではないと言うの？　あなたは永遠に私をさいなむことをやめられないの？」

不意に私はこのうえない恥辱感に包まれた。「すまない……」過去の言葉と行為のすべてを消してしまえたら……。私は心からそう願った。少女は再び顔を下にして横たわっていた。何を言ったらよいのかわからぬまま、私はじっと少女を見つめて立ちつくしていた。状況は言葉など遠く届かないところに行ってしまったように思えた。結局、私の口から出たのはこれだけだった。「あんな質問をするだけのために戻ってきたわけじゃない」答えはなかった。私の言葉が聞こえたかどうかもわからなかった。私はそのまま待っていた。すすり泣きが徐々に低くなり、やがて、完全に消えた。沈黙の中、私はなおも細かく脈動している首筋を見つめ、脈動している個所に一本の指先をそっと載せ、それからそのまま静かに手を降ろした。純白の繻子《しゅす》のような肌、月の光の色をした髪……。

少女はひとことも発せずに、ゆっくりと私のほうに顔を向けた。輝く髪の奥から、まず口が、次いで長いまつげの間にきらめく濡れた宝石の眼が現われた。もう泣いてはいない。だが、心の内ではまだすすり泣きが続いているように、一定の間隔を置いて、震えと音のないあえぎが息を中断させた。私は待った。数秒が過ぎた。これ以上待てないという時になって、私は静かに言った。「私と一緒に来るかい？　約束する。もう決して君にひどい振る舞いをしたりはしない」少女は答えず、結局、ひと呼吸ののちにこう付け加えざるをえなくなった。「それとも、私に去ってほしいのか？」唐突に少女は背筋を伸ばして起き直り、取り乱した様子を見せた。だが、依然として何も言わなかった。私は再び待った。ためらいがちに両手を差し伸べた。長い沈黙の時、いつ終わるともしれない未決の時。ついに少女は手を差し出した。私はその手に口づけ、髪に口づけ、ベッドから抱き降ろした。

少女が身支度をしている間、私は窓辺に立って吹き荒れる雪を見つめていた。海を渡って近づいてくる禍々しい氷の壁を見たことを、最終的にはその氷が、私たちとそれ以外のすべての生命を滅ぼすべく定められていることを、少女に話すべきかどうか考えた。だが、思考は漠然と行ったり来たりを繰り返すばかりで、結論を出すことはできなかった。

少女が、用意ができたと言ってドアに向かい、ドアの前に来たところで立ち止まって部屋を振り返った。心の傷を負った顔が見えた。極端な傷つきやすさと語られぬ数々の怖れを、私は見て取った。この小さな部屋は唯一、少女を暖かく包んでくれる慣れ親しんだ場所なのだ。外には脅威に満ちた見知らぬものしか存在していない。果てしなく広がる異邦の夜、雪、想像を絶する寒さ、威嚇的に立ちふさがる知られざる未来。少女の眼がこちらに向けられ、私の顔を探った。疑念と譴責がこめられた、非難すると同時に問いかけている、真剣なまなざしだった。私という人間もまた、彼女にとっては不安をかき立てる今一つの大きな要因なのだ。少女には私を信用するいかなる理由もない。私はほほえみかけ、その手に触れた。少女の唇がほんのわずか、別の状況のもとでなら微笑になったかもしれない動きを見せた。

私たちはぴったりと寄り添って吹きすさぶブリザードの中に踏み出し、逃亡する亡霊たちのように旋回する白い渦の中を突っ切っていった。雪はほのかな燐光を放っていたが、それ以外に明りと言えるものはまったくなく、道をたどっていくのさえ難しかった。背後からの風を受けていても、歩くのは恐ろしい努力を必要とした。車までの距離は思っていたよりもはるかに遠く、私は少女の腕をとって進路を示し、歩くのを助けた。少女がつまずいてよろめいた。私は片腕で少女を抱きとめて、倒れないよう体を支えながら助け起こした。厚いローデン地の外套を着ていてさえ、少女は氷のように冷たく、私の重い手袋を通して触れる手は凍えきっていた。私はその手をこすって少しでもぬくもりを送り込もうとした。しばし、少女は私に寄りかかっていた。闇の中で月長石の光を放つ少女の顔のまつげの先端には雪がついていた。ここまでですでに力を使い果たしていた少女だったが、今一度歩き出そうと努力しているのが感じられた。私は少女を励まし、褒め、腰に腕をまわしたまま抱きかかえるようにして最後の道のりを進んだ。

車にたどり着くと、何よりも先にヒーターのスイッチを入れた。車内は一分とたたないうちに暖まったが、少女はリラックスする様子もなく、沈黙し緊張したまま、私の横に座っていた。真横からの疑念もあらわな視線を受けて、私はしごく当然の非難を受けていると感じていた。これまで少女をどんなふうに扱ってきたかを考えれば、私が受けるに値するのは疑念以外にありうるはずもなかった。私が、つい今しがた、穏やかな思いやりに新しい喜びを見出したことなど、少女にわかろうはずもない。私は腹はすいていないかとたずねた。少女は小さく首を振った。私は食糧のパックからチョコレートを取り出して差し出した。一般の人々はもう長い間、チョコレートなど見たこともないはずだ。少女が以前、このブランドを好んでいたことを私は憶えていた。少女は疑わしげにチョコレートを見つめ、一瞬拒絶しそうなそぶりを見せたが、次の瞬間、不意に緊張を解いたかと思うと、チョコレートを受け取り、おずおずとしたいじらしい笑みを浮かべて礼を言った。なぜ、私はこれほどまでに長い間、少女にやさしくするのを押しとどめてきたのだろう。それも今、もうほとんど手遅れと言っていい時になるまで。私たちの最終的な運命について、刻一刻と接近しつつある氷の壁について、私は何も言わなかった。代わりに、氷は赤道に到達する前にその歩みを止めるだろう、赤道地帯のどこかに安全な場所を見つけられるだろうと言った。そんな可能性がわずかでもあると思っていたわけではなく、少女が信じたかどうかもわからなかった。ただ、終わりの時がいかなるものになろうとも、私たちが一緒にいることだけは確かだ。私にできるのは、せめて少女にとっての終わりの時を瞬時の、そして苦痛のないものにすることくらいしかない。

氷河期の凍てつく夜を突いて大型車を走らせながら、私はほとんど幸福と言っていい思いに満たされていた。長い間渇望しつづけて失った、あのもう一つの世界を惜しむ気持ちはなかった。私の世界は今、雪と氷に包まれて終わろうとしている。雪と氷以外にはもう何も残されていない。人間の生命は終わった。地中深く何トンもの氷の下に埋葬された宇宙飛行士たち、みずからが作り出した災厄によって跡形もなく消し去られた科学者たち。私はこのうえなく愉快だった。なぜなら、私たち、ブリザードを突いて疾走している私たち二人は生きているのだから。

窓外の様子を見定めるのはますます困難になっていった。凍った雪の花は、フロントガラスからぬぐい取られるそばから、いっそう厚い様々な模様を作り出し、やがて、その向こうには、降りしきる雪のほかには何も見えなくなってしまった。幻の鳥の群れのように、無の世界から無の世界へと果てしない飛翔を続ける、数限りない雪ひら。

世界はすでに終わりの時を迎えてしまったように思われた。それももうどうでもいいことだった。この車が私たちの世界になっていた。小さく明るく暖かい部屋。静かに凍りついていく無辺の宇宙の中の私たちの家。私たちはお互いの体が生むぬくもりを逃すまいと、ぴったりと寄り添っていた。私の肩にもたれかかっている少女のどこにもう緊張や疑念はなかった。

氷と死の超絶的な世界が、これまで私たちが知っていた生ける世界に取って代わっている。生命は無機質の結晶に還元され、窓外には絶対的な酷寒が、氷河期の凍った真空が広がっているばかりだ。だが、ここ、明りのともった私たちのこの部屋は安全で暖かい。私は少女の顔を見る。いかなる不安もなくほほえんでいるその顔。恐れも悲しみももうそこには見られない。少女はほほえみ、さらに身を寄せ、この家の中、私とともにいることに充足している。

私は恐ろしいスピードで車を走らせる。逃亡しているかのように、逃亡できると思っているかのように。だが、私にはわかっている。逃亡の道はない。氷から、私たちを最後のカプセルに包み込んでゼロに近づいていく時間の残余から、逃れるすべはない。私はその残された時間を最大限に活用する。時間と空間が飛ぶように過ぎ去っていく。ポケットの拳銃の重さが心強い安心感を与えてくれる。

訳者あとがき（二〇〇八年、バジリコ版）

一九六八年十二月五日、ひとりの作家がロンドンの自宅で死んでいるのが発見された。検死の結果、死後二十四時間経過していることが判明したので、厳密には十二月四日に死亡したということになる。身じまいを整え、メークアップもした彼女の手にはヘロインが入ったままの注射器があった。彼女は四十年以上にわたってヘロインを常用していた。何度も自殺を図った経験を持ち、実際、ヘロインの大量摂取で死の直前まで行ったこともある。ただ、検死では薬物による直接的な反応の痕跡は見出されず、とりあえず、この死が自殺であったという可能性は否定されている。

この孤高の作家、アンナ・カヴァンが、死の前年、一九六七年に発表した最後の作品が本書『氷』*Ice* である。刊行当時、六十六歳。それまで長く〝忘れられた作家〟だったカヴァンだが、フランツ・カフカやウィリアム・ブレイクを想起させる特異なヴィジョンと暗い終末の予見にあふれた『氷』は、当時の先鋭的な読者・評論家の注目するところとなり、六九年にはアメリカでも刊行、六〇年代後半から七〇年代の時代背景のもと、その死の状況や謎めいた人生も相まって、カウンターカルチャー世代の一部に(一種カルト的な反応をもって)受け入れられるに至った。

Ice 以前の作品の出版を「あまりに一般的でない」ということで躊躇していたPeter Owenも、死後、カヴァン作品のほとんどを出版している。それまで、イギリスのメインストリーム(純文学界)からはほとんど無視され、出版社を見つけるのにも苦労していたことを考えると皮肉な成り行きと言えなくもないが、生前はとんど知られていなかった(死後〝発見された〟)作家は少なくないし、私たち読者にとっては、この『氷』をはじめとするカヴァン作品を今なお読めるのは喜ばしい限りだと言っていい。

私がアンナ・カヴァンを知ったのもこの時期――ブライアン・オールディスが一九六七年度ベストSF長編に『氷』を挙げていたのがきっかけだった。初めて目にする名前、それも年度ベストSFということでいたく関心をそそられ、いくつかの作品に目を通した結果、私の中でアンナ・カヴァンはJ・G・バラードら当時の先鋭的なSF=現代小説の作家たちと同じ領域に位置づけられた。そして、カヴァン名による最初の作品集『アサイラム・ピース』の一部を、当時編集に携わっていた『季刊NW-SF』誌で紹介し、『氷』をサンリオSF文庫で訳出させてもらった(一九八五年)。サンリオSF文庫では、『氷』のほかに『ジュリアとバズーカ』、『愛の渇き』が出版され、『アサイラム・ピース』やその他の作品も刊行が予定されていたのだが、八〇年代以降の世界的なムーヴメントの鎮静化(文学的退潮)とともに、サンリオSF文庫自体が終刊を余儀なくされ、カヴァン作品のそれ以上の紹介も実現することなく終わった。

イギリスをはじめとする英語圏でも、その後、カヴァン作品は刊行はされていたものの、死の直後の脚光を浴びた時期は過ぎ去って、カヴァンは再び〝忘れられた作家〟の領域に入ってしまった。ただ、〝忘れられた作家〟というのは、あくまでメインストリームないし、売れ行きの多寡をもって判断される世界の形容句にすぎない。作品そのものの力と、カヴァンの作品世界に共鳴する読者は、読書界の一部とはいえ、常に存在していたし、それは今も変わらない。

私自身、『氷』は今の読者にも充分に受け入れられると思いつづけてきたひとりであり、今回の復刊の話があった時は、現代文学のひとつの極とすら言っていいこの傑作が再び日本の読者に読んでもらえることになったのを心からうれしく思った。これはひとえに、復刊の企画と編集をしてくださった藤原編集室の藤原義也さんのおかげである。藤原さんもまた、一読者として『氷』のすごさに打たれ、編集者として「この作品はぜひとも復刊させたい」という思いを抱きつづけてこられたということだった。藤原さんがいなければ、『氷』は日本の読者にとっていつまでも〝幻の作品〟でありつづけたに違いない。

本書は約四半世紀ぶりの復刊ということになる。復刊の話があった当初、「改訳ではなく改訂」という条件だったのだが、読み返しと改訂作業を進めているうちに、二十五年前の日本語にはあまりに不満な個所が多すぎることに気づき（カヴァンの英文はきわめて凝縮度が高く、当時の私には太刀打ちできなかった部分が多々あったというのが正直な感想だ）、徹底的に手を入れたので、結果的には「ほとんど改訳」に等しいものになった。

作品そのものの印象は変わっていないと思うが、全体としては、*Ice* の世界に今一歩近づけた翻訳になったと考えている。

同時に、改訂作業を進めながら、改めてこの作品の力に強い印象を受け、一読者としても深い感銘をおぼえたのは何よりのことだった。すぐれた作品は常に予見的なものであり、『氷』のヴィジョンは発表から四十年を経た今も、あるいは今こそ、〝現代〟そのものの姿としてとらえられるのではないかと思う。

イギリスでは、二〇〇六年、ジェレミー・リードによるアンナ・カヴァンのすぐれた評伝、*A Stranger on Earth: The Life and Work of Anna Kavan* が刊行され（作品と深く結びついたカヴァンの特異な人生は、それだけで大いなる興味の対象だが、カヴァン作品の本質は〝リアリズム〟とは遠く隔たった〝想像世界〟にあり、生涯についての紹介は、また別の機会に委ねたい）、二〇〇七年には、新たに発見された未発表の長編 *Guilty* も刊行された。

二一世紀に入り、世界がますますカヴァンの予見した姿に近づいている中、カヴァン再発見の動きが見えはじめているように思える。

ちくま文庫版あとがき

二〇〇八年に『氷』が復刊されて以来、アンナ・カヴァンをめぐる読書界の状況は少し変わったような気がする。

『氷』単行本刊行時には、復刊ということもあって、書評はほとんど出ず、どういう受け止め方をされたのかも判然としなかったのだが、二〇一三年に『アサイラム・ピース』（カヴァンとしての最初の作品集）が刊行された時の反響は驚くほどだった。とりわけ、ネット上で読むことができた多くの読者の方々の感想には、「これだけの人が本気でカヴァン作品を待っていてくれたのだ」と感銘を受け、改めて「作品そのものの力と、カヴァンの作品世界に共鳴する読者は、読書界の一部とはいえ、常に存在していたし、それは今も変わらない」に間違いはなかったという思いを強くしたものだった。

その後、同年中に、『ジュリアとバズーカ』、『愛の渇き』が復刊（いずれも一九八一年に訳出されたものなので、三十数年ぶりの復刊ということになる）、二〇一四・一五年には初訳の『われはラザロ』と『あなたは誰?』も刊行された。これをそのまま〝カヴァン再発見の動き〟と言っていいかどうかはともかく、少なくとも、これだけのカヴァン作品が同時的に読める状況は、いまだかつてなかったものだ。

ひとつだけ、ささやかな問題があった。『アサイラム・ピース』刊行とほぼ同時に、『氷』単行本の版元在庫がなくなってしまったことだ。刊行からわずか四年あまりで在庫切れというのは、それ自体驚くべき(喜ばしい)ことだったのだが、『アサイラム・ピース』で初めてカヴァンを知った方も少なくないはずだと思うと、『氷』が入手しづらい状況になったのは残念と言うしかなかった。しかし、今回、ちくま文庫で再復刊されたことで、この状況も解消され、本当にうれしく思っている。

今回の文庫版について少し触れておくと、前回の単行本版で四半世紀前の訳を「ほとんど改訳」したこともあり、本文は、単行本とほぼ変わっていない(機会があれば、いずれ再度、全面改訳したいと考えてはいる)。

単行本との最大の異同点は、まず序文——最初に訳出したサンリオSF文庫版と単行本に載せたブライアン・オールディスの序文は、カヴァンをSFに位置づけた(その結果、より広範な読者がカヴァンを知るに至った)という点でたいへん意義のあるもので、オールディス自身の思いも強く表現されており、これを削るのは残念ではあったのだが、版権上の都合から、二〇〇六年版の *Ice* に付されたクリストファー・プリーストの序文に差し替えることになった。とはいえ、プリーストの新序文は、読んでいただければわかるとおり、カヴァンを〝スリップストリーム〟として位置づけるという、オールディスのさらに先を行く観点が提示されており、この〝今〟にこそふさわしい序文になっていると言っていいだろう。（なお、プリーストの序文では一カ所、『氷』を初めて読む読者に誤解を与えかねないと思われる記述があり、その部分のみ修正を加えたことをお断りしておく）

そしてもうひとつ、この文庫版では、川上弘美さんに解説を書いていただくことができた。

最初の紹介時からカヴァンに心を寄せてこられた方々に、そして「新しい世代の読者に」、この解説と新序文を添えた新たな文庫版をお届けできるのは、プリースト同様、私にとってもこのうえない喜びだと言うしかない。

二〇一五年　山田和子

アンナ・カヴァン作品リスト

◎ Helen Ferguson 名

A Charmed Circle（1929）

The Dark Sisters（1930）

Let Me Alone（1930）

A Stranger Still（1935）

Goose Cross（1936）

Rich Get Rich（1937）

＊これらの作品の一部は現在では Anna Kavan 名で刊行されている。

◎ Anna Kavan 名

Asylum Piece and Other Stories（1940）『アサイラム・ピース』山田和子訳、国書刊行会（二〇一三年）／ちくま文庫（二〇一九年）

Change the Name（1941）『チェンジ・ザ・ネーム』細美遙子訳、文遊社（二〇一六年）

I Am Lazarus（1945）『われはラザロ』細美遙子訳、文遊社（二〇一四年）

Sleep Has His House（1948）『眠りの館（仮）』安野玲訳、文遊社（二〇二三年刊行予定）
The Horse's Tale（1949）　＊K. T. Bluthとの共著
A Scarcity of Love（1956）『愛の渇き』大谷真理子訳、サンリオSF文庫（一九八一年）／
文遊社（二〇一三年）
Eagles' Nest（1957）『鷲の巣』小野田和子訳、文遊社（二〇一五年）
A Bright Green Field（1958）『草地は緑に輝いて』安野玲訳、文遊社（二〇二〇年）
Who Are You?（1963）『あなたは誰？』佐田千織訳、文遊社（二〇一五年）
Ice（1967）『氷』　＊本書／サンリオSF文庫（一九八一年）／バジリコ（二〇〇八年）

＊以下、死後出版

Julia and the Bazooka and Other Stories（1970）『ジュリアとバズーカ』千葉薫訳、サンリオ
SF文庫（一九八一年）／文遊社（二〇一三年）
My Soul in China（1975）　＊Rhys Davies編・序
My Madness: The Selected Writings of Anna Kavan（1990）　＊Brian Aldiss編・序
Mercury（1994）
The Parson（1995）
Guilty（2007）
Machines in the Head（2019）　＊Victoria Walker編・序

主要評伝

The Case of Anna Kavan: A Biography（1994）by David A. Callard

A Stranger on Earth: The Life and Work of Anna Kavan（2006）by Jeremy Reed

単独邦訳短編

「輝く草地」西崎憲訳、『英国短篇小説の愉しみ3　輝く草地』（筑摩書房）／『短篇小説日和　英国異色傑作選』（ちくま文庫）所収

「あざ」岸本佐知子訳、『居心地の悪い部屋』（角川書店）／（河出文庫）所収

「カウントダウンの五日間」西崎憲訳、『たべるのがおそい』2号（書肆侃侃房）掲載

「訪問」「穢れた寂しい浜辺」西崎憲訳、『早稲田文学』二〇一五年秋号（早稲田文学会）掲載

解説　もう二度と出られなくなる

川上弘美

「私は道に迷ってしまった」

と始まるこの小説が、冒頭の一文からどんなふうに展開してゆくのかを予想できる人は、おそらくこの世界中に、ほとんどいないだろう。「小説とは、このようなものだろう」と決めてかかった読者は、ことごとく期待を裏切られるにちがいない。起承転結。序破急。そのような、「小説作法」的な展開は、この小説には、ほとんどない。

迷う、と始まっているとおり、これは語り手「私」が、迷う小説である。けれど、迷ったからには、迷い終わりがあり、そののちにふたたび開けた道へ出る、というような定番の展開は、あらわれない。

冒頭の数ページを読んでゆくうちに、非常な不安感がきざす。同時に、見たこともないような美しく冷酷なものに、からめとられるような心もちになる。

「ヘッドライトが瞬時、探照灯のように少女の裸体を浮かびあがらせる。雪の純白を背にした、子供のように華奢なアイボリーホワイトの身体、ガラス繊維のようにきらめく髪。少女は私のほうを見ていない。その眼は、ゆっくりと彼女に向けて迫ってくる壁にひたと据えられている。ガラスのように輝く巨大な氷塊の環。少女はその中心にいる」

小説の五ページめの描写である。これがはたして現実なのか、それとも語り手「私」の見る幻想なのかは、ここでは明らかにされない。

「私」の旅路は、たいそうスリリングだ。

どうやら語り手「私」は、「少女」という存在を追っているらしい。舞台は、北の国。ヨーロッパと思われるが、定かではない。そして、もう一つ重要なのは、小説の題となっている「氷」というものの存在である。

「私」と「少女」の関係は、いったいどんなものなのか。なぜ「少女」と「私」は、出会っても出会ってもふたたび引き裂かれるのか。「少女」とはいったいどんな存在なのか。「氷」とは、いったい何を意味するのか。

「私」の旅の間に、それらのことは、少しずつ明かされる。けれど、すべてが説明されることはない。謎は謎のままありつづけ、語り手が迷いから解放されることはない。

場所の名も、登場人物の名も、時代も、その背景も、何も説明されない。そして、「私」や「少女」の行動も、一貫していない。心を開いたと思えば、ひるがえすようにぴったり閉じ、喜びがやってくると思えば、次の瞬間には心が凍りついている。

最初のうちは、心もとなくてしょうがない。物語、というもののある種の安逸さから遠くへだたったところにある、道なき道を歩いているような気分になる。謎も深まるいっぽうだ。それならば、この小説は難解で読み進めるのにひどい困難をともなう小説なのかといえば、まったくそうではない。

こんなにも、すべてのことが曖昧なのに、読者は「私」と「少女」のみちゆきになめらかに寄り添うことだろう。どこの国ともしれぬ場所に、やすやすと連れてゆかれることだろう。抽象的なようでいながら、たいそう具体的なこの小説に伴走するように、共に疾駆しはじめることだろう。

そもそも、小説というのは、不自然なものなのだ。現実世界の物理法則は、たいがい小説の中ではきちんと働いていない。「小説」の中では、時は突然流れ、人々の心理はかんたんに説明され、起こるはずのない偶然がどんどん起こる。けれど、この小説『氷』は違う。一見、不条理に思われるさまざまなできごと、登場人物たち、エピソード。けれどよく考えてみれば、それは現実のわたしたちの世界の中に常にある不条理を、むしろ一般の「小説」よりもずっと誠実にうつしとっているのではないだろうか。

プリーストの序文を読むと、カヴァンの小説は「スリップストリーム」に分類されるという。私にとっては、はじめて聞く言葉だったが、なるほど、と思った。カフカの読後とも似た読後だなあ、と本書を読んで思ったこととも、つながる。だから、もしこの『氷』を読んで、さらにもっとたくさんの小説を求めるならば、ぜひ序文に挙げられているさまざまな作家のものを手にとっていただきたいと思う。ただ、妙な言い方なのだけれど、そして、解説でこの言葉を使うと誤解をよぶおそれもあるのだが、カヴァンの小説は、挙げられた「スリップストリーム」の小説よりも、ずっと「狭い」気がするのだ。

「狭い」という言葉は、あまりいい印象を与えないかもしれない。大きな小説、とか、大きな世界、という方が、ずっと「いい」感じがするだろう。でも、カヴァンの「狭さ」は、ほかに類をみない「狭さ」なのだ。その狭い隙間に、休をするっとすべりこませたが最後、もう二度と出られなくなるような。そして、出ようとして、さらに狭い奥へ奥へと進んでゆくと、もう入り口は全然見えなくなっていて、でもその先も見えなくて、絶望してしまうような。絶望してしまったすえに茫然とたたずんでいると、今までに感じたことのない不可思議な心地よさ、がやってくるような、つまりその絶望感は、ある種の官能を刺激するものであるような。

誰かに似ている、ということを考えつけない作家である。だから、この作品を訳すのは、さぞ力がいったことだろうと思う。そしてまた、翻訳者冥利につきるだろうとも。安穏な読書ではなく、読書の冒険をしたい方に、この本を強くおすすめする次第である。

本書は一九八五年サンリオSF文庫刊、二〇〇八年にバジリコで改訳復刊された
アンナ・カヴァン『氷』(山田和子訳)の再刊です。

思考の整理学　外山滋比古

アイディアを軽やかに離陸させ、思考をのびのびと飛行させる方法を、広い視野とシャープな論理で知られる著者が、明快に提示する。

質問力　齋藤孝

コミュニケーション上達の秘訣は質問力にあり！ これさえ磨けば、初対面の人からも深い話が引き出せる。話題の本の、待望の文庫化。（斎藤兆史）

整体入門　野口晴哉

日本の東洋医学を代表する著者による初心者向け野口整体のポイント。体の偏りを正す基本の「活元運動」から目的別の運動まで。（伊藤桂一）

命売ります　三島由紀夫

自殺に失敗し、「命売ります。お好きな目的にお使い下さい」という突飛な広告を出した男のもとに、現われたのは？（種村季弘）

こちらあみ子　今村夏子

あみ子の純粋な行動が周囲の人々を否応なく変えていく。第26回太宰治賞、第24回三島由紀夫賞受賞作。書き下ろし「チズさん」収録。（町田康／穂村弘）

ベルリンは晴れているか　深緑野分

終戦直後のベルリンで恩人の不審死を知ったアウグステは彼の甥に訃報を届けに陽気な泥棒と旅立つ。歴史ミステリの傑作が遂に文庫化！（酒寄進一）

向田邦子ベスト・エッセイ　向田邦子　向田和子編

いまも人々に読み継がれている向田邦子。その随筆の中から、家族、食、生き物、こだわりの品、旅、仕事、私……、といったテーマで選ぶ。（角田光代）

倚りかからず　茨木のり子

もはや／いかなる権威にも倚りかかりたくはない……話題の単行本に3篇の詩を加え、高瀬省三氏の絵を添えて贈る決定版詩集。（山根基世）

るきさん　高野文子

のんびりしていてマイペース、だけどどっかヘンテコな、るきさんの日常生活って？ 独特な色使いが光るオールカラー。ポケットに一冊どうぞ。

劇画　ヒットラー　水木しげる

ドイツ民衆を熱狂させた独裁者アドルフ・ヒットラーとはどんな人間だったのか。ヒットラー誕生からその死まで、骨太な筆致で描く伝記漫画。

ねにもつタイプ　岸本佐知子

何となく気になることにこだわる、ねにもつ。思索、奇想、妄想はばたく脳内ワールドをリズミカルな名短文でつづる。第23回講談社エッセイ賞受賞。

TOKYO STYLE　都築響一

小さい部屋が、わが宇宙。ごちゃごちゃと、しかし快適に暮らす、僕らの本当のトウキョウ・スタイルはこんなものだ！　話題の写真集文庫化！

自分の仕事をつくる　西村佳哲

仕事をすることは会社に勤めること、ではない。仕事を「自分の仕事」にできた人たちに学ぶ、働き方のデザインの仕方とは。（稲本喜則）

世界がわかる宗教社会学入門　橋爪大三郎

宗教なんてうさんくさい⁉　でも宗教は文化や価値観の骨格であり、それゆえ紛争のタネにもなる。世界宗教のエッセンスがわかる充実の入門書。

ハーメルンの笛吹き男　阿部謹也

「笛吹き男」伝説の裏に隠された謎はなにか？　十三世紀ヨーロッパの小さな村で起きた事件を手がかりに中世における「差別」を解明。（石牟礼道子）

増補　日本語が亡びるとき　水村美苗

明治以来豊かな近代文学を生み出してきた日本語が、いま、大きな岐路に立っている。我々にとって言語とは何なのか。第８回小林秀雄賞受賞作に大幅増補。

子は親を救うために「心の病」になる　高橋和巳

子は親が好きだからこそ「心の病」になり、親を救おうとしている。精神科医である著者が説く、親子という「生きづらさ」の原点とその解決法。

クマにあったらどうするか　姉崎等　片山龍峯

「クマは師匠」と語り遺した狩人が、アイヌ民族の知恵と自身の経験から導き出した超実践クマ対処法。クマと人間の共存する形が見えてくる。（遠藤ケイ）

脳はなぜ「心」を作ったのか　前野隆司

「意識」とは何か。どこまでが「私」なのか。死んだら「心」はどうなるのか。――「意識」と「心」の謎に挑んだ話題の本の文庫化。（夢枕獏）

モチーフで読む美術史　宮下規久朗

絵画に描かれた代表的な「モチーフ」を手掛かりに美術を読み解く、画期的な名画鑑賞の入門書。カラー図版約１５０点を収録した文庫オリジナル。

素粒子
ミシェル・ウエルベック
野崎歓 訳

人類の孤独の極北にゆらめく絶望的な愛——二人の異父兄弟の人生をたどり、希薄で怠惰な現代の一面を描き上げた、鬼才ウエルベックの衝撃作。

地図と領土
ミシェル・ウエルベック
野崎歓 訳

孤独な天才芸術家ジェドは、世捨て人作家ウエルベックと出会い友情を育むが、作家は何者かに惨殺される——。最高傑作と名高いゴンクール賞受賞作。

競売ナンバー49の叫び
トマス・ピンチョン
志村正雄 訳

「謎の巨匠」の暗喩に満ちた迷宮世界。突然、大富豪の遺言管理執行人に指名された主人公エディパの物語。郵便ラッパとは？（巽孝之）

スロー・ラーナー［新装版］
トマス・ピンチョン
志村正雄 訳

著者自身がまとめた初期短篇集。「謎の巨匠」がみずからの作家生活を回顧する序文を付した話題作。驚異に満ちた世界。（高橋源一郎、宮沢章夫）

エレンディラ
G・ガルシア＝マルケス
鼓直／木村榮一 訳

大人のための残酷物語として書かれたといわれる中・短篇。「孤独と死」をモチーフに、大著『族長の秋』につらなるマルケスの真価を発揮した作品集。

氷
アンナ・カヴァン
山田和子 訳

氷が全世界を覆いつくそうとしていた。私は少女の行方を必死に探し求める。恐ろしくも美しい終末のヴィジョンで読者を魅了した伝説的名作。

アサイラム・ピース
アンナ・カヴァン
山田和子 訳

出口なしの閉塞感と絶対の孤独、謎と不条理に満ちた世界を先鋭的スタイルで描き、作家アンナ・カヴァンの誕生を告げた最初の傑作。（皆川博子）

オーランドー
ヴァージニア・ウルフ
杉山洋子 訳

エリザベス女王お気に入りの美少年オーランドー、ある日目をさますと女になっていた——4世紀を駆ける万華鏡ファンタジー。（小谷真理）

昔も今も
サマセット・モーム
天野隆司 訳

16世紀初頭のイタリアを背景に、「君主論」につながるチェーザレ・ボルジアとの出会いを描き、「政治人間」の生態を浮彫りにした歴史小説の傑作。

コスモポリタンズ
サマセット・モーム
龍口直太郎 訳

舞台はヨーロッパ、アジア、南島から日本まで。故国を去って異郷に住む〝国際人〟の日常にひそむ事件のかずかず。珠玉の小品30篇。（小池滋）

バベットの晩餐会　I・ディーネセン　桝田啓介 訳
バベットが祝宴に用意した料理とは……。一九八七年アカデミー賞外国語映画賞受賞作の原作と遺作「エーレンガート」を収録。（田中優子）

ヘミングウェイ短篇集　アーネスト・ヘミングウェイ　西崎憲 編訳
ヘミングウェイは弱く寂しい男たち、冷静で寛大な女たちを登場させ「人間であることの孤独」を描く。繊細で切れ味鋭い14の短篇を新訳で贈る。

カポーティ短篇集　T・カポーティ　河野一郎 編訳
妻をなくした中年男の一日を、一抹の悲哀をこめ、ややユーモラスに描いた本邦初訳の「楽園の小道」他、選びぬかれた11篇。文庫オリジナル。

フラナリー・オコナー全短篇（上・下）　フラナリー・オコナー　横山貞子 訳
キリスト教を下敷きに、残酷さとユーモアのまじりあう独特の世界を描いた第一短篇集『善人はなかなかいない』を収録。個人全訳。（蜂飼耳）

動物農場　ジョージ・オーウェル　開高健 訳
自由と平等を旗印に、いつのまにか全体主義や恐怖政治が社会を覆っていく様を痛烈に描き出す。『一九八四年』と並ぶG・オーウェルの代表作。

パルプ　チャールズ・ブコウスキー　柴田元幸 訳
人生に見放され、酒と女に取り憑かれた超ダメ探偵が次々と奇妙な事件に巻き込まれる。伝説的カルト作家の遺作、待望の復刊！（東山彰良）

ありきたりの狂気の物語　チャールズ・ブコウスキー　青野聰 訳
すべてに見放されたサイテーな毎日。その一瞬の狂った輝きを切り取る、伝説的カルト作家の愛と笑いと哀しみに満ちた異色短篇集。（戌井昭人）

死の舞踏　スティーヴン・キング　安野玲 訳
帝王キングがあらゆるメディアのホラーについて圧倒的な熱量で語り尽くす伝説のエッセイ。「2010年版へのまえがき」を付した完全版。（町山智浩）

スターメイカー　オラフ・ステープルドン　浜口稔 訳
宇宙の発生から滅亡までを壮大なスケールで描いた幻想の宇宙誌。1937年の発表以来、各方面に多大な影響を与えてきたSFの古典を全面改訳で。

トーベ・ヤンソン短篇集　トーベ・ヤンソン　冨原眞弓 編訳
ムーミンの作家にとどまらないヤンソンの作品の奥行きと背景を伝える短篇のベスト・セレクション。「愛の物語」「時間の感覚」「雨」など、全20篇。

マンスフィールド・パーク
ジェイン・オースティン　中野康司訳
伯母にいじめられながら育った内気なファニーはいつしかいとこのエドマンドに恋心を抱くが——。恋愛小説の達人オースティンの円熟期の作品。

ボードレール全詩集Ⅰ
シャルル・ボードレール　阿部良雄訳
詩人として、批評家として、思想家として、近年重要度を増しているボードレールのテクストを世界的な学者の個人訳で集成する初の文庫版全詩集。

文読む月日(上・中・下)
トルストイ　北御門二郎訳
一日一章、一年三六六章。古今東西の聖賢の名言・箴言を日々の心の糧となるよう、晩年のトルストイが心血を注いで集めた一大アンソロジー。

暗黒事件
バルザック　柏木隆雄訳
フランス帝政下、貴族の名家を襲う陰謀の闇——凛然と挑む美姫を軸に、獅子奮迅する従僕、冷酷無残の密偵、皇帝ナポレオンも絡む歴史小説の白眉。

ダブリンの人びと
ジェイムズ・ジョイス　米本義孝訳
20世紀初頭、ダブリンに住む市民の平凡な日常をリアリズムに徹した手法で描いた短篇小説集。リズミカルで斬新な新訳。各章の関連地図と詳しい解説付。

眺めのいい部屋
E・M・フォースター　西崎憲／中島朋子訳
フィレンツェを訪れたイギリスの令嬢ルーシーは、純粋な青年ジョージに心惹かれる。恋に悩み成長する若い女性の姿と真実の愛を描く名作ロマンス。

キャッツ
T・S・エリオット　池田雅之訳
劇団四季の超ロングラン・ミュージカルの原作新訳版。あまのじゃく猫におちゃめ猫、猫の犯罪王に鉄道猫。15の物語とカラーさしえ14枚入り。

ランボー全詩集
アルチュール・ランボー　宇佐美斉訳
束の間の生涯を閃光のようにかけぬけた天才詩人ランボー——稀有な精神が紡いだ清冽なテクストを、世界的ランボー学者の美しい新訳でおくる。

怪奇小説日和
西崎憲編訳
怪奇小説の神髄は短篇にある。ジェイコブズ「失われた船」、エイクマン「列車」など古典的怪談から異色短篇まで18篇を収めたアンソロジー。

世界幻想文学大全
幻想小説神髄
東雅夫編
ノヴァーリス、リラダン、マッケン、ボルヘス……時代を超えたベスト・オブ・ベスト。松村みね子、堀口大學、窪田般彌等の名訳も読みどころ。

猫語の教科書
ポール・ギャリコ
灰島かり訳
ある日、編集者の許に不思議な原稿が届けられた。それはなんと、猫が書いた猫のための「人間のしつけ方」の教科書だった……⁉（大島弓子）

猫語のノート
ポール・ギャリコ
西川治写真
灰島かり訳
猫たちのつぶやきを集めた小さなノート。その時の猫たちの思いが写真とともに1冊になった。『猫語の教科書』姉妹篇。（大島弓子・角田光代）

アーサー王の死
中世文学集I
T・マロリー
厨川《くりやがわ》文夫／圭子編訳
イギリスの伝説の英雄・アーサー王とその円卓の騎士団の活躍ものがたり。厖大な原典を最もうまく編集したキャクストン版で贈る。（厨川文夫）

炎の戦士クーフリン／黄金の騎士フィン・マックール
ローズマリー・サトクリフ
灰島かり／金原瑞人／久慈美貴訳
神々と妖精が生きていた時代の物語。かつてエリンと言われた古アイルランドを舞台に、ケルト神話に名高いふたりの英雄譚を1冊に。（井辻朱美）

ギリシア神話
串田孫一
ゼウスやエロス、プシュケやアプロディテなど、人間くさい神々をめぐる複雑なドラマを、わかりやすく綴った若い人たちへの入門書。

ケルト妖精物語
W・B・イエイツ編
井村君江編訳
群れなす妖精もいれば一人暮らしの妖精もいる。不思議な世界の住人達がいきいきと甦る。イエイツが贈るアイルランドの妖精譚の数々。

ケルトの薄明
W・B・イエイツ
井村君江訳
無限なものへの憧れ。ケルトの哀しみ。イエイツ自身が実際に見たり聞いたりした、妖しくも美しい話ばかり40篇。（訳し下ろし）

ケルトの神話
井村君江
古代ヨーロッパの先住民族ケルト人が伝え残した幻想的な神話の数々。目に見えない世界を信じ、妖精たちと交流するふしぎな民族の源をたどる。

ムーミン・コミックス　セレクション1
ムーミン谷へようこそ
トーベ・ヤンソン＋ラルス・ヤンソン
冨原眞弓編訳
ムーミン・コミックスのベストセレクション。1巻はムーミン谷で暮らす仲間たちの愉快なエピソードを4話収録。オリジナルムーミンの魅力が存分に。

ムーミン・コミックス　セレクション2
ムーミン一家のふしぎな旅
トーベ・ヤンソン＋ラルス・ヤンソン
冨原眞弓編訳
ムーミン・コミックスのベストセレクション。2巻は日常を離れ冒険に出たムーミンたちのエピソードを4話収録。コミックスにしかいないキャラも。

ムーミンを読む　冨原眞弓

ムーミンの第一人者が一巻ごとに丁寧に語る、ムーミン物語の魅力を徐々に明らかになるムーミン一家の過去や仲間たち。ファン必読の入門書。

クマのプーさん エチケット・ブック　A・A・ミルン　高橋早苗訳

『クマのプーさん』の名場面とともに、プーが教えるマナーとは？　思わず吹き出してしまいそうな可愛らしい教えたっぷりの本。（浅生ハルミン）

魂のこよみ　ルドルフ・シュタイナー　高橋巖訳

悠久をへめぐる季節の流れに自己の内的生活を結びつけ、魂の活力の在処を示し自己認識を促す詩句の花束。瞑想へ誘う春夏秋冬、週ごと全52詩篇。

新編 ぼくは12歳　岡真史

12歳で自ら命を断った少年は、死の直前まで詩を書き綴っていた。――新たに読者と両親との感動の往復書簡を収録した決定版。（高史明）

心の底をのぞいたら　なだいなだ

つかまえどころのない自分の心。知りたくてたまらない他人の心。謎に満ちた心の中を探検し、無意識の世界へ誘う心の名著。（香山リカ）

生きることの意味　高《コ》史《サ》明《ミョン》

さまざまな衝突の中で死を考えるようになった一朝鮮人少年。彼をささえた人間のやさしさを通して、生きることの意味を考える。（鶴見俊輔）

まちがったっていいじゃないか　森毅

人間、ニブイのも才能だ！　まちがったらやり直せばいい。少年のころを振り返り、若い読者に肩の力をぬかせてくれる人生論。（赤木かん子）

星の王子さま、禅を語る　重松宗育

『星の王子さま』には、禅の本質が描かれている。住職でアメリカ文学者でもある著者が、難解な禅の哲学を指南するユニークな入門書。（西村惠信）

友だちは無駄である　佐野洋子

でもその無駄がいいのよ。つまらないことや無駄なことって、たくさんあればあるほど魅力なのよね。一味違った友情論。（亀和田武）

自分の謎　赤瀬川原平

「眼の達人」が到達した傑作絵本。なぜ私は、ここにいるのか。自分が自分である不思議について。「こどもの哲学　大人の絵本」第1弾。（タナカカツキ）

品切れの際はご容赦ください

三島由紀夫レター教室　三島由紀夫

五人の登場人物が巻き起こす様々な出来事を手紙で綴る。恋の告白・借金の申し込み・見舞状等、一風変ったユニークな文例集。（群ようこ）

コーヒーと恋愛　獅子文六

恋愛は甘くてほろ苦い。とある男女が巻き起こす恋模様をコミカルに描く昭和の傑作が、現代の「東京」によみがえる。（曽我部恵一）

七時間半　獅子文六

東京―大阪間が七時間半かかっていた昭和30年代、特急「ちどり」を舞台に乗務員とお客たちのドタバタ劇を描く隠れた名作が遂に甦る。（千野帽子）

青空娘　源氏鶏太

主人公の少女、有子が不遇な境遇から幾多の困難にぶつかりながらも健気にそれを乗り越え希望を手にする日本版シンデレラ・ストーリー。（山内マリコ）

御身　源氏鶏太

矢沢章子は突然の借金返済のため自らの体を売ることを決意する。しかし愛人契約の相手・長谷川との出会いが彼女の人生を動かしてゆく。（寺尾紗穂）

カレーライスの唄　阿川弘之

会社が倒産した！　どうしよう。美味しいカレーライスの店を始めよう。若い男女の恋と失業と起業の奮闘記。昭和娯楽小説の傑作。（平松洋子）

愛についてのデッサン　野呂邦暢　岡崎武志編

夭折の芥川賞作家が古書店を舞台に人間模様を描く「古本青春小説」。古書店の経営や流通など編者ならではの視点による解題を加え初文庫化。

おれたちと大砲　井上ひさし

家代々の尿筒掛、草履取、駕籠持、髪結、馬方、いまだ修業中の彼らは幕末の将軍様を救うべく、奮闘努力、東奔西走。爆笑、必笑の幕末青春グラフティ。

真鍋博のプラネタリウム　真鍋博　星新一

名コンビ真鍋博と星新一。二人の最初の作品『おーい　でてこーい』他、星作品に描かれた挿絵と小説冒頭をまとめた幻の作品集。（真鍋真）

方丈記私記　堀田善衞

中世の酷薄な世相を覚めた眼で見続けた鴨長明。その人間像を自己の戦争体験に照らして語りつつ現代日本文化の深層をつく。巻末対談＝五木寛之

落穂拾い・犬の生活　小山清

明治の匂いの残る浅草に育ち、純粋無比の作品を遺して短い生涯を終えた小山清。いまなお新しい、清らかな祈りのような作品集。（三上延）

須永朝彦小説選　須永朝彦　山尾悠子編

美しき吸血鬼、チェンバロの綺羅綺羅しい響き、暗い水に潜む蛇……独自の美意識と博識で幻想文学ファンを魅了した小説作品から山尾悠子が25篇を選ぶ。

紙の罠　都筑道夫　日下三蔵編

都筑作品でも人気の〝近藤・土方シリーズ〟が遂に復活。贋札作りをめぐり巻き起こる奇想天外アクション小説。二転三転する物語の結末は予測不能。

幻の女　田中小実昌　日下三蔵編

近年、なかなか読むことが出来なかった〝幻〟のミステリ作品群が編者の詳細な解説とともに甦る。夜の街の片隅で起こる世にも奇妙な出来事たち。

第8監房　柴田錬三郎　日下三蔵編

剣豪小説の大家として知られる柴錬の現代ミステリ短篇の傑作が奇跡の文庫化。〈巧みなストーリーテリング〉と〈衝撃の結末〉で読ませる狂気の8篇。

飛田ホテル　黒岩重吾

刑期を終えたやくざ者に起きた妻の失踪を追う表題作など、大阪のどん底で交わる男女の情と性。直木賞作家の傑作ミステリ短篇集。（難波利三）

『新青年』名作コレクション　『新青年』研究会編

探偵小説の牙城として多くの作家を輩出した伝説の総合娯楽雑誌『新青年』。創刊から101年を迎え新たな視点で各時代の名作を集めたアンソロジー。

ゴシック文学入門　東雅夫編

江戸川乱歩、小泉八雲、平井呈一、日夏耿之介、澁澤龍彥、種村季弘――。「ゴシック文学」の世界へと誘う厳選評論・エッセイアンソロジーが誕生！

刀　東雅夫編

名刀、魔剣、妖刀、聖剣……古今の枠を飛び越えて「刀」にまつわる怪奇幻想の名作が集結。業物同士が唸りを上げる文豪×怪談アンソロジー、登場！

家が呼ぶ　朝宮運河編

ホラーファンにとって永遠のテーマの一つといえる「こわい家」。屋敷やマンション等をモチーフとした逃亡不可能な恐怖が襲う珠玉のアンソロジー！

太宰治全集（全10巻）　太宰治

第一創作集『晩年』から太宰文学の総結算ともいえる『人間失格』、さらに『もの思う葦』ほか随想集も含め、清新な装幀でおくる待望の文庫版全集。

宮沢賢治全集（全10巻）　宮沢賢治

『春と修羅』、『注文の多い料理店』はじめ、賢治の全作品及び異稿を、綿密な校訂と定評ある本文によって贈る話題の文庫版全集。書簡など2巻増巻。

夏目漱石全集（全10巻）　夏目漱石

時間を超えて読みつがれる最大の国民文学を、10冊に集成して贈る画期的な文庫版全集。全小説及び小品、評論に詳細な注・解説を付す。

芥川龍之介全集（全8巻）　芥川龍之介

確かな不安を漠然とした希望の中に生きた芥川の全貌。名手の名をほしいままにした短篇から、日記、随筆、紀行文までを収める。

梶井基次郎全集（全1巻）　梶井基次郎

「檸檬」「泥濘」「桜の樹の下には」「交尾」をはじめ、習作・遺稿を全て収録し、梶井文学の全貌を伝える。一巻に収めた初の文庫版全集。　（高橋英夫）

中島敦全集（全3巻）　中島敦

昭和十七年、一筋の光のように登場し、二冊の作品集を残してまたたく間に逝った中島敦——その代表作から書簡までを収め、詳細小口注を付す。

ちくま日本文学（全40巻）　ちくま日本文学

小さな文庫の中にひとりひとりの作家の宇宙がつまっている。一人一巻、全四十巻。何度読んでも古びない作品と出逢う、手のひらサイズの文学全集。

内田百閒　ちくま日本文学

花火　山東京伝　件　道連　豹　冥途　大宴会　流渦　蘭陵王入陣曲　山高帽子　長春香　東京日記　サラサーテの盤　特別阿房列車　他　（赤瀬川原平）

阿房列車　——内田百閒集成1　内田百閒

「なんにも用事がないけれど、汽車に乗って大阪へ行って来ようと思う」。上質のユーモアに包まれた、紀行文学の傑作。　（和田忠彦）

小川洋子と読む
内田百閒アンソロジー　内田百閒　小川洋子編

「旅愁」「冥途」「旅順入城式」「サラサーテの盤」……今も不思議な光を放つ内田百閒の小説・随筆24篇を、百閒をこよなく愛する作家・小川洋子と共に。

教科書で読む名作
羅生門・蜜柑ほか　芥川龍之介
表題作のほか、鼻／地獄変／藪の中など収録。高校国語教科書に準じた傍注や図版付き。併せて読みたい名評論や「羅生門」の元となった説話も収めた。

現代語訳 舞姫　森鷗外 井上靖訳
古典となりつつある鷗外の名作を井上靖の現代語訳で読む。無理なく作品を味わうための語注・資料を付す。原文も掲載。監修＝山崎一穎

こころ　夏目漱石
友を死に追いやった「罪の意識」によって、ついには人間不信にいたる悲惨な心の暗部を描いた傑作。詳しく利用しやすい語注付。（小森陽一）

続 明暗　水村美苗
もし、あの『明暗』が書き継がれていたとしたら……。漱石の文体そのままに、気鋭の作家が挑んだ話題作。第41回芸術選奨文部大臣新人賞受賞。

今昔物語（日本の古典）　福永武彦訳
平安末期に成り、庶民の喜びと悲しみを今に伝える今昔物語。訳者自身が選んだ155篇の物語は名訳を得て、より身近に蘇る。（池上洵一）

恋する伊勢物語　俵万智
恋愛のパターンは今も昔も変わらない。恋がいっぱいの歌物語の世界に案内する、ロマンチックでユーモラスな古典エッセイ。（武藤康史）

百人一首（日本の古典）　鈴木日出男
王朝和歌の精髄、百人一首を第一人者が易しく解説。現代語訳、鑑賞、作者紹介、語句・技法を見開きにコンパクトにまとめた最良の入門書。

樋口一葉 小説集　樋口一葉 菅聡子編
一葉と歩く明治。作品を味わうと共に詳細な脚注・参考図版によって一葉の生きた明治を知ることのできる画期的な文庫版小説集。

尾崎翠集成（上・下）　尾崎翠 中野翠編
鮮烈な作品を残し、若き日に音信を絶った謎の作家・尾崎翠。時間と共に新たな輝きを加えてゆくその文学世界を集成する。

川三部作
泥の河／螢川／道頓堀川　宮本輝
太宰賞「泥の河」、芥川賞「螢川」、そして「道頓堀川」と、川を背景に独自の抒情をこめて創出した、宮本文学の原点をなす三部作。

ちくま文庫

氷《こおり》

二〇一五年三月　十　日　第一　刷発行
二〇二五年五月二十五日　第十一刷発行

著　者　アンナ・カヴァン
訳　者　山田和子（やまだ・かずこ）
発行者　増田健史
発行所　株式会社　筑摩書房
東京都台東区蔵前二―五―三　〒一一一―八七五五
電話番号　〇三―五六八七―二六〇一（代表）
装幀者　安野光雅
印刷所　株式会社加藤文明社
製本所　株式会社積信堂

ISBN978-4-480-43250-6 C0197